東野圭吾

平行世界的愛情故事

パラレルワールド・ラブストーリー

王蘊潔——譯

導讀——

難道，我們的記憶都不算數

【小說家】何敬堯

如果「推理」是純粹理性的推演，那麼「戀愛」即是毫無邏輯可言的混沌。戀人們心中的嫉妒、懊惱、眷戀、不安……種種千絲萬縷的感受，就算向最頂尖的偵探福爾摩斯求救破解、梳理，恐怕對方也愛莫能助。

儘管「推理」與「愛情」本質可能南轅北轍，但東野圭吾在一九九五年創作的《平行世界的愛情故事》，則罕見地融合這兩種題材，讓讀者耳目一新。

對於東野圭吾而言，一九九五年是特殊的一年。當時他已出道十年，維持每年至少寫作兩、三本書的速度，調性多屬本格推理，而在一九九五年的創作量則多至四本書，每本書風格都迥異前作；《平行世界的愛情故事》如同愛情寓言的科幻推理，《當年，我們就是一群蠢蛋！》書寫青春歲月愚蠢又搞笑的赤裸回憶，《怪笑小說》的黑色幽默甚至無厘頭讓人莞爾，《天空之蜂》則以龐大野心講述沉重的核能議題。

經過這些不同面向的創作，東野圭吾的寫作視野彷彿大開大闔，隔年的作品數量甚至暴增至五本，並開始跳脫傳統的推理框架，挑戰自我極限，最終創作出《白夜行》、《嫌疑犯X的獻身》等等經典名作。

因此，《平行世界的愛情故事》或許可以視為東野圭吾嘗試創作不同風格的轉捩點。這本小說講述了一個奇妙的愛情故事：男主角敦賀崇史發現摯友三輪智彥的女友津野麻由子，竟然是以前一見鍾情的女子，因此產生了嫉妒情緒，沒想到之後卻發生了一連串不可思議的事件。

說是奇妙，但其實應當屢見不鮮，因為戀愛的三角關係，可說是古今中外歷久不衰的寫作題材。在日本最古老的詩歌總集《萬葉集》中，便有和歌描述中大兄皇子、大海人皇子與額田姬三人之間複雜的三角戀情：「紫の匂へる妹を憎くあらば人妻ゆゑに我戀ひめやも。」（妹妍如紫茜，焉能憎厭？況知已是人妻，猶使我生戀。）——愛與不愛的掙扎，成就文學作品的奇異魅力。

在東野圭吾的小說中，陷入愛情與友情選擇題的敦賀崇史，一方面想要直視自己心中無可壓抑的愛戀情懷，一方面卻苦惱著背叛摯友的罪惡感。

但若故事只停留在愛與不愛的分岔路上，未免就流於千篇一律。所以，擅長科學題材的東野圭吾，便在小說中添加了「虛擬實境」（Virtual Reality，VR）的主題。如果愛情的緣由，只是腦內一連串各種激素的化合作用，我們是不是都被苯基乙胺（Phenylethylamine，PEA）給催眠了？

在小說中，主角們的研究工作，便是「虛擬實境」的實驗工程。若人們擁有各種情緒，都只是「刺激」與「反應」的過程，那麼是否只要以科學方法進行「刺激」，即能獲得相對應的情緒體驗？甚至於，創造出與現實截然不符的記憶呢？在科幻奇想的架構下，平行世界的愛情故事於焉展開。

在東野圭吾創作小說的九〇年代，「虛擬實境」的技術尚不純熟，以當時眼光來看，也許故事有些荒誕不經。但近年來，「虛擬實境」的科技日新月異，開始應用於娛樂遊戲、職場訓練等等領域，虛擬實境的裝置 Oculus Rift、三星 Gear VR、簡易版的 Google Cardboard 都成為熱門話題，英國金融時報甚至八卦報導蘋果（Apple Inc.）暗中成立龐大的研究團隊，正秘密開發新時代的VR裝置。同時，也有科技人員致力發展「擴增實境」（Augmented Reality，AR）的相關應用。因此，東野圭吾的《平行世界的愛情故事》讀來絲毫不覺過時，反而非常應景。

若未來，VR與AR能夠實際應用於現實生活，我們的未來勢必出現各種改變。屆時，我們日常生活所體驗到的一切感受，都可能經過變造，我們甚至難以辨識哪些經驗的記憶，究竟是真是假？

當然，這些疑慮都言之過早。不管這些體驗是真是假，作為一名小說的讀者，我們只需要翻開扉頁，享受書中如夢似幻的奇幻劇情。

朱天心在《古都》中書寫記憶與死亡，說出了「難道，你的記憶都不算數」這句名言，而《平行世界的愛情故事》則是記憶與愛情的糾纏。在這一座東野圭吾費心構築的小說殿堂，讀者們將能盡情探索記憶裡，未知而混沌的愛情世界。

最終，無論這些體驗是真是假、記憶算不算數，願我們都能獲得愛人與被愛的勇氣。

目錄

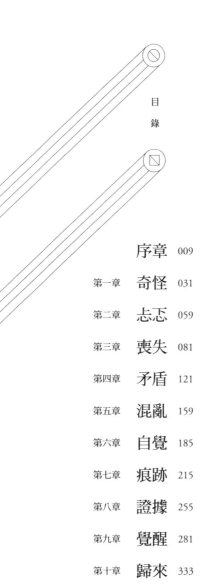

序章

有時候，完全不同線路的兩輛電車會行駛在相同的方向，而且會停靠在相同的車站。位在田端和品川之間的山手線和京濱東北線就是其中一例。

敦賀崇史讀研究所時，每個星期要搭三次山手線，前往位在新橋的大學資料室。每次都在早晨的固定時間搭上同一班電車。雖然已經過了尖峰時間，但幾乎都沒有位子可坐，所以他總是站在門旁，而且每次都站在同一節車廂的同一道車門旁。

他眺望著車窗外的風景，凌亂的高樓、陰沉的天空、粗俗的廣告看板。

但這些風景經常被並行行駛的京濱東北線的電車擋住。京濱東北線的電車時而靠近，時而遠離，行駛在相同的路段。因為速度幾乎相同，所以靠得最近時，簡直就像在同一節車廂內，可以清楚看到對面車廂內的乘客。當然，對面那節車廂內的人應該也可以清楚看到這裡的情況，但無論再怎麼靠近，雙方都沒有空間的交流。那裡是那裡，這裡是這裡，分別身處兩個不同的世界。

有一次，崇史注意到對面車廂內有一個年輕女生。她一頭長髮，有一雙大眼睛，和崇史一樣站在車門旁看著車窗外。崇史從她休閒的打扮推測她可能是大學生。

又搭了幾次車後，崇史發現她每週二都會出現在對面那輛電車上。在相同班次的電車上，她總是站在同一節車廂的同一道車門旁。

崇史開始期待星期二的早晨。看到她的日子，他一整天的心情都很好；相反地，如果偶爾沒有看到她，就會心神不寧，不知道她發生了什麼事。總之，他愛上了那個女生。

不久之後，崇史有了一個重大發現。

她是不是也發現了自己？

當雙方的車門最接近的剎那，他們兩個人幾乎是面對面的狀況。

崇史當然看著她，但是，從某一次開始，她也看著他。短短的兩、三秒鐘，他們兩個人隔著兩片玻璃相互注視。

要不要對她露出微笑——崇史好幾次都這麼想，但最後仍然沒有付諸行動。因為他擔心覺得對方也在看自己只是錯覺，也許她只是看著車窗外。

於是，崇史只能露出根本沒有在看她的表情站在車門前，她當然也沒有向他發出任何訊息。

就這樣過了將近一年，崇史完成了碩士課程，也找到了工作，無法再在星期二搭乘山手線。

在最後一次搭乘山手線的星期二，他決定冒一次險。

他要搭乘京濱東北線，然後去她平時所站的位置，接近以前只能隔著玻璃相望的她。她會有什麼反應？會驚訝，還是會無視自己的存在？光是想像這件事，他就忍不住心潮起伏。

但是……

她沒有出現在那個固定的位置。崇史以為自己搞錯了車廂，在電車內走來走去，但仍然不見她的身影。她不在電車上。

崇史失望地走回原來的位置，他平時搭乘的山手線出現在車窗外。他茫然地看著窗外想到，原來那班電車看起來是這樣的感覺。

當兩輛電車像往常一樣靠近時，他不由得張大了眼睛。因為他在對面那輛電車上看到了她的身影。她並沒有看向他，而是在車廂內緩緩走動。

電車停靠在下一站時，崇史跳下電車，急忙改搭山手線，再度尋找她的身影。然而，他遍尋不著前一刻還在這輛電車上的她。崇史不顧周圍的乘客對他皺起眉頭，在狹小的車廂內走來走去。雖然才三月，但汗水順著他的太陽穴滴落下來。

他沒有找到她，她就像海市蜃樓般消失不見了。

崇史看著窗外，京濱東北線的電車漸漸遠去。

那裡和這裡也許是兩個平行世界……

他沒來由地這麼想道。

SCENE 1

「我們正在創造平行世界。」

夏江正在用湯匙吃用很多水果裝飾的冰淇淋聖代，聽到我這句話停下了手，偏著頭看著我。她一頭深棕色的長髮也跟著垂了下來。

「就是虛擬實境，妳有沒有聽過 Virtual Reality？」我補充說道。

夏江露出「原來是那種東西」的表情，伸出舌頭舔著鮮奶油。

「這我知道，讓人看著電腦製作的影像，以為自己真的身處那個環境。」

「不光是看而已，也可以聽到聲音，也有感覺，總之，就是讓人產生錯覺，對人工創造的世界信以為真。飛行員訓練時用的模擬裝置也是一種虛擬實境。」

「很久以前，我曾經在電視上看過實驗者戴上很誇張的護目鏡和像是手套的東西，據說那個人看到眼前有水龍頭，然後有人指示他關掉水龍頭，他就拚命做出關水龍頭的動作。據說他真的感受到關水龍頭的感覺。」

「這也是虛擬實境，但只是很初階而已。」我喝完咖啡，看著玻璃外的馬路。

我們正在離新宿大道附近巷弄的咖啡店內，右手腕上的手錶顯示即將下午五點了。因為週五的關係，下方的馬路上擠滿了像是上班族和學生的年輕人。

「你正在研究的是稍微高階的技術？」夏江用湯匙靈巧地吃著看起來不怎麼好吃的哈密瓜。

「是啊，不是稍微而已，而是高階很多。」我抱著手臂，「妳剛才說的情況也是如此，目前的虛擬實境工學都是經由人體的感覺器官產生真實感，我們正在研究的不屬於這種情況，而是直接對神經系統發揮作用，產生真實感。」

「什麼意思？」

「比方說，」我伸出右手，輕輕握住了她的左手腕。她的手很小，很柔軟，「妳現在覺得自己的左手被握住了，但並不是左手認知到這件事，而是腦部從左手接收到信號後認知到這件事，所以，即使妳的手並沒有被人握住，只要把信號傳到腦部，妳就會覺得左手被握住了。」

「有辦法做到嗎？」夏江沒有掙脫被我握住的手問道。

「可以啊，至少理論上可以做到。」

「所以這代表目前還沒有實現。」

「只要讓腦部暴露出來就可以實現了。」

「暴露？」

「把頭部打開，當腦部暴露出來後，裝上電極，根據程式傳送脈衝電流。」

夏江撇著嘴，露出噁心的表情。

「太噁心了。」

「所以我們正在研發不需要打開頭部，也能向腦部傳遞信號的方式。」

「是喔。」她仍然一臉不以為然的表情，攪動著剩下的冰淇淋聖代，然後好像突然想起什麼似地看著我，「我問你喔，用這種方式創造的世界和現實會完全相同嗎？」

「這取決於設計者，如果想和現實一模一樣，可以這麼設定，但和現在一模一樣的平行世界到底有什麼意義？」

「最後可能會分不清哪一個是現實。」夏江縮起肩膀，扮了一個鬼臉。

「我們正在設計的系統和安部公房的小說《完全電影》很像，會有人把現實和虛擬實境混淆，小說的結局也使用了這個哏，但要在現實生活中創造出這種系統並不可能。」

「啊，原來只是這樣而已。」夏江立刻露出無趣的表情。

「要達到這種程度，需要有極大容量和計算能力的電腦，這個世紀應該還無法開發出來。威廉．吉普森的《蒙娜麗莎加速器》（Mona Lisa Overdrive）中，出現了可以記錄現實世界所有資訊、記憶容量無限的生物晶片，但在現階段，還只是幻想而已。平行世界中出現的人物全都像是假人模特兒，背景的細節應該也很粗糙。」

「是喔，所以不可能和現實混淆，但是沒關係，我想看看那個平行世界。」

「我很想對妳說，隨時歡迎來參觀，但現階段還無法滿足妳的心願。因為我們目前還只能讓被實驗者看用線畫出來的極其簡單圖形產生視覺認識，作為向腦部傳送信號的方式。」

「是喔，真令人失望。」夏江用湯匙攪動著聖代的鮮奶油，但隨即停下了手，「所以等一下來這裡的人，也是在研究這個課題嗎？」

「是啊，雖然和我的方法不同，但我們有相同的目標。」

「我記得你說他是你的高中同學？」

「不，是中學的同學，從中學到研究所都是同學。」

「一直到研究所？是喔，看來你們很合得來。」

「他是我的摯友啊。」

聽到我這麼說，夏江瞪大了眼睛，她的表情簡直就像漫畫中的貓頭鷹。她可能覺得我剛才這句話很過氣，但除了「摯友」以外，我想不到其他詞彙可以正確形容我和他之間的關係。

「有一件事要先告訴妳，」我豎起食指，看著夏江的臉，「我相信妳看到之後就會發現，他的右腿有點瘸，因為那條腿有問題，聽說好像是小時候發高燒留下的後遺症。」

「是喔，真可憐，」夏江說完，用力拍著手說：「我知道了，只要不提到他的腿就沒問題了。」

我搖了搖頭。

「沒必要，他討厭別人這麼介意。我想要妳知道的是，他走路有點瘸是他走路的方式，對他來說，絲毫不是痛苦，也並不在意這件事，所以妳不需要特別在意這件事，當然也不需要同情他，知道了嗎？」

在我說話時，夏江緩緩點著頭，然後加快了點頭的速度說：

「只要當作是他的特徵之一就好。」

「就是這麼回事。」我心滿意足地點了點頭，順便看了一下手錶。已經五點零五分了。

「啊，是不是他們？」夏江看向我身後問道，我也跟著轉過頭。三輪智彥穿了一件灰色夾克，肩上掛了一個背包，正在店門口東張西望，身旁站了一個穿著長褲的短髮女人。我看不太清楚女人的臉。

我輕輕舉起手，他看到了我，然後對我露出好像小孩子般的笑容。

他們兩個人走了過來。智彥像往常一樣瘸著右腳走路，夏江說：「那我坐這裡比較好。」然後走到我旁邊的座位坐了下來。

「對不起，我遲到了，因為找不到地方。」智彥站著對我說。

「這種小事沒關係，先坐下吧。」

「喔，也對。」

智彥請短髮女生先入座後，自己才坐下來。在我的記憶中，從來沒有看過他請別人先入座。

於是，他們坐在我們對面，那個短髮女生坐在我面前。我不經意地看著她，和她四目相接。

不可能吧，我立刻想道。

智彥把我介紹給她：「他叫敦賀崇史，我們從中學之後就是摯友。」然後他看著我，有點害羞地說：「崇史，她叫津野麻由子。」

怎麼可能？我再度在心裡嘀咕。

在我們見面的前一天，智彥說要介紹女朋友給我認識。我們在學校的食堂吃午餐時，他吞吞吐吐地開了口。

當時我正在喝茶，差一點把茶噴出來。

「喂，真的假的？」

「如果是真的，不行嗎？」智彥推著眼鏡，眨了好幾次眼睛。這是他試圖讓自己心情平靜時的習慣動作。

「哪有什麼不行？她是哪裡的女生？」

智彥說了另一所私立大學的名字，那個女生今年三月剛從那所大學的資訊工程系畢業，也就是上個月才剛畢業。

「你們是什麼時候、在哪裡認識的？」

「呃，我記得是去年九月的時候，在電腦店認識的。」

有一個女生問店員問題，但因為問的問題難度太高，那個店員難以應付，剛好在一旁的智彥給了她建議。之後他們漸漸熟絡，然後開始約會。

「你這傢伙！」聽完之後，我故意粗聲粗氣地說，「你們交往了這麼久，竟然都不告訴我一聲？你也太見外了吧？」

我並沒有真的生氣，只是和他開玩笑，智彥慌忙辯解說：

「我之所以沒有告訴你，是因為我不確定她是不是真的喜歡我才和我交往，以前不是曾經有過這種事嗎？我可不願意再自作多情，而且還介紹給你認識，最後自己出糗。」

聽到這句話，我頓時陷入了沉默。因為我比任何人更清楚，智彥曾經有過這種不愉快的往事。

「所以說，」我把手放在他的肩上，「你的意思是，這次的女朋友是真心喜歡你。」

「嗯，其實我也不是那麼有自信。」但他臉上的表情絕對不是沒有自信的男人。

我拍了拍他的背說：「太好了，不是嗎？」

智彥害羞地笑了笑，「不瞞你說，我之所以要介紹你們認識，其實是有原因的。」

「什麼原因？」

「嗯，因為啊，」智彥不停地推著眼鏡，連續眨著眼睛，「因為她要加入MAC。」

我聽了立刻張大了眼睛，「MAC？所以她進了百迪科技嗎？」

「是啊，昨天我接到她的電話，說已經正式決定要加入MAC……」

「喂喂喂，怎麼會這麼巧？這是怎麼一回事啊？」我把手肘架在食堂的桌子上，托著腮對他說：「這簡直太棒了啊，你竟然隱瞞到今天。」

「昨天才正式決定啊。」

「你這傢伙！」我推著智彥的胸口，他露出既開心，又有點不好意思的表情抓了抓頭。

MAC是我們目前正在就讀的學校，正式名稱為MAC科技專科學校，但並不是普通的專科學校，而是某家企業為了進行最尖端的技術研究和培養菁英員工而創立的學校。這家企業就是總公司位在美國的綜合電腦製造商百迪科技，除了生產從超級電腦到家用電腦等硬體設備以外，軟體開發也位居世界領先地位。

我和智彥都是那家公司的員工。一年前，我們從私立大學工學院的研究所畢業後，進入那家公司，很幸運地被公司認為有實力和前途，所以把我們送到MAC。像我們這些從研究所畢業的學生，通常會在MAC讀兩年，在此期間，投入公司安排的研究課題，吸收知識、提升技術。我們很希望能夠一輩子從事研究工作，所以能夠在在接受教育的同時領薪水，當然是求之不得的大好機會，只不過公司方面會隨時確認研究進度，嚴格的程度當然和大學時代安逸的生活無法相比。

智彥的女朋友要進入ＭＡＣ。

「因為我們隨時有可能在學校遇到，我早晚會知道，所以你覺得與其到時候急忙辯解，還不如現在向我坦白。」

聽到我這麼說，智彥用食指抓了抓太陽穴，靦腆地露齒而笑。我顯然猜對了。

「你的演技真是太好了，竟然瞞了我半年多。」

「對不起。」

「真拿你沒辦法。」我再度拍了拍智彥的肩膀，然後手指用力搖晃著他單薄的肩膀，「不過，真是太好了。」

「雖然不知道能持續多久。」

「當然要持續下去啊，那個女生不是很不錯嗎？」

「嗯……別人可能會覺得我配不上她。」

「真傷腦筋啊。」我做出投降的姿勢，但其實我發自內心感到高興，甚至覺得他終於把握了真正的幸福。之所以會有這種想法，是因為我對於自己最瞭解他這件事感到自負。

我和智彥在剛上中學一年級後不久就成為好朋友。午休時間，我主動向正在看科學雜誌的智彥打招呼。

「你覺得真的有磁單極嗎？」那是值得紀念的第一句話。

他立刻回答說：「即使在量子物理學中假設磁單極存在，但我覺得應該會有矛盾。」

那是我們認同彼此的瞬間，然後雙方互不相讓，爭論不休。中學一年級的學生當然不可能理解基本粒子論，只是相互賣弄一知半解的知識而已，然而，這場爭論卻充滿了之前從來不曾體會過的新鮮和興奮，我們立刻變成了摯友。

他的右腿不方便這件事完全沒有影響我們的友情，他具備了深奧的知性和敏銳的感性等很多我所沒有的東西，他的意見經常對我造成良性刺激，為我修正軌道，避免我選擇平庸的道路。我持續為很容易封閉在自己小宇宙內的智彥帶來外面世界的風，所以我們之間是平等互助的關係。

雖然我們可說是親密無間，但其實有一道無法填補的鴻溝。雙方都發現了這件事，只不過誰都不願提及。

那道鴻溝就是戀愛問題。

我加入了社團，所以交友廣闊，也因為這樣有了不少曖昧對象，甚至和其中幾個人發展成戀人，但我從來不在智彥面前提及她們的事。雖然我原本覺得不必過度在意，也曾經試著和他聊這件事，但每次氣氛都變得很尷尬，最後兩個人都不願再提這方面的事。

只要智彥能夠交一個女朋友，就可以輕易解決這個問題，然而事情並沒有這麼簡單。他外形瘦弱，又戴了一副深度近視眼鏡，的確感覺弱不禁風，但我認識好幾個外形比他更不起眼的人，身旁卻都有一個漂亮女友。那些年輕女生不願接近智彥的原因，絕對和他的身體障礙有關。我曾經在高中時，聽到女生議論他，讓我深刻體會到，原來一隻腳稍微有點不方便，竟然會帶來如此大的負面影響。

大學時，曾經有一次我硬拉著智彥去和女大學生聯誼。因為我聽說那次來參加聯誼的都是時下難得一見的乖巧女生，我期待智彥可以和她們談得來。沒想到我的期待在三十分鐘後就落空了。那些女大學生只關心我們男生的滑雪和打網球的水準，以及開什麼車子。中途智彥向她們發問，她們完全無視，根本沒有回答。另一個男生貼心地向她們說明智彥的腳的事，下一剎那，尷尬的沉默立刻籠罩全場。智彥忍無可忍地站了起來，我立刻起身去追他。

「以後你自己去參加聯誼就好。」智彥回頭對我說，我什麼話都答不上來。

之後，我和智彥之間很少聊起戀愛的話題。我們進研究所後不久，他和同校的大三女生交往，沒想到對方只是尊敬他的學力，智彥卻誤以為是愛情，也把她介紹給我認識，但那個女生卻當場聲明，她並不打算和智彥交往。當時的尷尬至今回想起來都會不寒而慄。

因為曾經有過這樣的往事，所以這次聽到智彥的事，我內心興奮不已。從某種意義上來說，或許比他本人更高興。

智彥告訴我，他的女友叫津野麻由子。雖然我完全無法想像對方長什麼樣子，是怎樣的女生，但我對著這個未知的女生祈禱，希望她可以持續愛智彥，希望他們能夠修成正果。

然而，當我一見到津野麻由子，這種想法立刻煙消雲散。

出現在我眼前的，就是之前在京濱東北線上看到的那個女生。雖然她頭髮剪短了，但絕對就是她。我有大約一年的時間每週都注視她的臉，之後她的面容也經常浮現在我腦海中。

她也看著我，露出有點驚訝的表情。我們四目相接，那是我們隔著電車門相互注視之後，第一次正視對方。

但她立刻露出微笑說：「請多關照。」她的聲音不高也不低，聽起來很舒服。「也請妳多關照。」我回答說。

很可惜，我不知道她有沒有想起我。剛才覺得她的表情有些變化，也許只是我想太多了，而且我也不確定以前她有沒有看我。

「敦賀，聽說你也從事新型實境研究？」相互打完招呼後，津野麻由子問我。

「喔，嗯……是啊，我剛才也正在和她聊這件事。」說完，我看著夏江。

「他說正在創造平行世界，但我聽不太懂。」夏江看著智彥他們，吐了吐舌頭。不知道是否因為我剛才看著麻由子的關係，此刻覺得夏江很輕浮，我忍不住後悔帶她來這裡。原本覺得兩個男人一個女人，在男女人數上不太平衡，所以邀了以前網球社的同學夏江一起參加，但現在覺得根本不必在意男女平不平衡的問題。

「不是要先搞清楚腦部的信號系統嗎？」麻由子問。

「是啊，這正是頭痛的問題，對不對？」

我和智彥相視而笑。

藉由聽和看電腦製作的聲音和圖像、刺激人類的感覺器官，創造出的虛擬實境世界稱為「Virtual Realiry」，我剛才向夏江所說明的、百迪科技正在研發直接向腦部傳送信號，在人腦中形成虛擬實境世界的課題稱為新型實境。

百迪科技將新型實境的開發視為最優先的研究課題，研發這個課題所需要的並非只是電腦技術的相關知識而已，MAC在幾年前新設了腦部機能研究班，我和智彥的研究室都協助這個小組進行研究工作。

「她可能也會被分配到實境工程。」智彥委婉地說道。我和智彥就在實境工程研究室。

「是喔，所以我們可能一起進行研究。」

「對，只是不知道上面會不會同意。」麻由子說完，瞥了智彥一眼。

「如果真的來實境工程，那就凡事多拜託了，因為我們正在為人手不夠傷腦筋呢。」

「聽說視聽覺方面已經有了相當的成果。」智彥嘆著氣說。我屬於視聽覺認知系統研究小組，智彥屬於記憶包研究小組，的確沒有聽說他的小組做出了什麼出色的成果。

「他經常告訴我，敦賀很厲害。」麻由子說完，直視我的眼睛。看著她雙眼發亮的樣子，我覺得內心好像有什麼東西差點被她吸了進去。

「沒這回事。」我移開視線。

離開咖啡店，我們一起去義大利餐廳。我和夏江走在前面，智彥和麻由子跟在我們身後。我顧慮到智彥的腳，所以走得很慢，不時回頭看著他們，每次都看到智彥口沫橫飛地對麻由子說話。麻由子注視著他的臉，聽得很出神，彷彿不願錯過他任何一句話。

「她真漂亮。」走在我身旁的夏江說。

「還不錯啦。」

「老實說，我覺得他們不太配，但也許這樣也很好。」夏江壓低嗓門說道。

「別胡說。」

我忍不住用嚴厲的語氣說道，因為其實我也有同感，所以不想被夏江察覺。原本只是開玩笑的夏江有點不高興。

在餐廳時，我們聊著興趣愛好的話題。麻由子每個月都會去聽一次演唱會或是音樂劇，我終於恍然大悟，難怪她和智彥合得來。智彥小時候學過小提琴，現在也是古典樂迷。沒想到當智彥聊起這件事時，夏江對這個話題很有興趣。原來她以前也學過小提琴，他們兩個人聊得很投入，我和麻由子只能在一旁聽。

我不經意地看向津野麻由子。她比我之前隔著電車門注視時更有魅力，雖然是臉蛋圓潤的純日本美女，但真正的魅力來自完全不同的地方。從她的嘴唇可以感受到無上的溫柔和像母親般的包容力，她的雙眼散發出高度的知性和堅強的意志。原來這就是女人表情中散發出內在美。我立刻想到，能夠發現智彥的優點，而且愛上他的女人，內心當然很美。

這個女人為什麼會選擇智彥？

這個想法連我自己都感到意外，我立刻控制了自己的感情，把這個邪惡的念頭趕出腦海。

「敦賀，你喜歡什麼音樂？」麻由子問我。

「沒有特別喜歡的，不光是音樂，我對藝術也一竅不通，我應該沒有這方面的才華。」

「智彥給我看過你做的電腦繪圖，我覺得都很出色，你絕對不可能沒有藝術才華。」我在學生時代，曾經用電腦繪圖畫過「異星植物」，她應該是說這個。

「雖然聽妳這麼說很高興，但電腦繪圖這種東西，無論由誰來畫，都可以畫得很漂亮。」

麻由子搖著頭說：

「不光是漂亮而已，而且很吸引人。我看到你的繪圖時想，能夠畫出那些圖案的人，一定可以看到宇宙。」她不知不覺在胸前握緊了雙拳，也許是她想要強烈表達某種想法時的習慣。她發現我在看她，倒吸了一口氣，把雙手藏到桌子下方，然後不好意思地笑了笑問我：「我說得對不對？」

「雖然很榮幸被妳這麼稱讚，但其實我也不太清楚。」

「我覺得你很厲害。」麻由子斬釘截鐵地說，再度露出好像會把我吸進去的眼神。我慌忙把腿上的餐巾摺起又攤開，內心當然不可能不高興。

我原本想告訴她，曾經在山手線上看到她的事，一廂情願地認為也許她也想確認這件事，但當我準備開口時，又忍不住猶豫起來。一方面是顧慮到智彥的心情，更因為萬一她根本不記得我，那我就會無地自容。

「你們有沒有考慮到將來的事？」在甜點的蛋糕送上來時，夏江輪流看著麻由子和智彥的臉問道。

智彥似乎被蛋糕噎到了，慌忙喝了一口水。

「不，現在還完全沒有……」
「啊？你們不是已經交往半年了嗎？」夏江窮追猛打地問。
「現在還不知道以後的事。」智彥說完，瞥了麻由子一眼。麻由子微微垂下雙眼，然後看著他，漂亮的嘴唇露出了微笑。看到她的表情，我內心產生了難以形容的焦躁。
「為他們兩個人的未來乾杯。」我舉起裝了濃縮咖啡的小咖啡杯。
夏江瞪大了眼睛，「你突然在說什麼啊，用咖啡杯乾杯？」
「剛才忘記用啤酒乾杯了，智彥，來吧。」
「嗯，好啊……」智彥也舉起了小咖啡杯。
「好奇怪，不過沒關係。」
夏江說著，也跟著舉起了杯子，麻由子最後拿起紅茶杯和我們乾了杯。這時，我的手指輕輕碰觸到她的手指，我忍不住看著她的臉，她似乎沒有發現我們的手指碰到了。
走出餐廳，智彥要送麻由子回家。夏江雖然邀我去喝酒，但我沒有心情，獨自從新宿車站搭車回家了。
電車上，我仰望著黑暗的天空，試圖回想麻由子的臉，但以前曾經想過那麼多次，今天卻偏偏想不起來。於是，我試著回想剛才坐在我們鄰桌那對中年夫婦的太太的臉，因為那個女人不時看著我們桌上的菜，我感到很奇怪，好幾次都和她對上眼。我可以輕易想起那個女人的臉，甚至可以畫出她的肖像。
我再度挑戰麻由子的臉，還是想不起來。雖然她的短髮、看起來很溫柔的嘴，以及富有魅力的雙眼清晰地留在我的腦海，卻怎麼也想不起她整體的臉。

我在十點左右回到了位在早稻田的公寓，剛想打開燈，電話就響了。是智彥打來的，他剛送麻由子回家。

「你覺得怎麼樣？」智彥問我。

「什麼怎麼樣？」

「就是麻由子啊。」

「喔……」我吞著口水，「她很不錯啊，看起來很溫柔，也很漂亮。」

「對不對？你是不是也這麼覺得？」智彥得意地說，「是不是覺得我有點配不上她？」

我一時詞窮，但他似乎並沒有多想這份沉默的意義，立刻說道：

「她對你也很有好感，說你這個人很不錯。」

「太好了。」

「這樣我就放心了，以後應該也會很順利。」

「是啊，你們有沒有考慮結婚？」我鼓起勇氣問道，內心隱隱作痛。

「有考慮，但還沒向她提過。」

「是嗎？」

「但是，」智彥用嚴肅的聲音繼續說道，「我想和她結婚，我無法想像和她以外的女人結婚。」

「我想也是。」

「你會聲援我吧?」

「當然啊。」我不假思索地回答。

掛上電話後,我坐在地板上良久。雖然我無法順利想起麻由子的臉,卻滿腦子都想著她的事。

另一個我說,太可笑了,你到底在想什麼?今晚是你實質上第一次見到津野麻由子,她根本不記得你,而且她是智彥的女朋友,是你最要好的摯友智彥的女朋友。

我抬頭看向窗戶,在窗戶中看到了自己的身影。我的臉醜陋地扭曲著,扭曲得幾乎變形了。

這是嫉妒男人的臉,我心想道。

第一章

奇怪

敦賀崇史醒來時，覺得似乎有什麼地方不對勁。

他只覺得和平時不一樣，卻不知道哪裡不一樣。雙人床上的毛毯和平時一樣凌亂，從窗簾縫隙灑進來的陽光角度也和昨天並沒有太大的變化，椅子上的浴袍仍然維持著他昨晚自己脫下時的樣子。如果硬要說和昨天有什麼不一樣，應該是廚房飄來的香味。崇史吸了吸鼻子，推測今天的早餐應該是厚煎鬆餅，但厚煎鬆餅的味道應該不至於讓他感覺到不對勁。

他下了床，眨著眼睛開始換衣服。他穿上長褲，換好襯衫，繫上了領帶。他只有四條領帶，而且其中一條還是老家的親戚慶祝他找到工作所送的賀禮，他並不喜歡那條領帶，但因為三條領帶實在不太夠，所以也讓那條領帶加入了輪換的行列。今天剛好輪到那條他不喜歡的領帶，當他在鏡子前打領帶時，心情忍不住憂鬱起來。

「變形蟲的圖案真的很奇怪。」崇史把上衣搭在肩上，走進飯廳時說道，「無論怎麼看，都覺得像粒線體。」

「啊喲，早安，」正在用平底鍋煎鬆餅的津野麻由子回頭看著他，笑著說道：「你又在嘀咕了，每次繫這條領帶，你都會說相同的話。」

「有嗎？」

「但你上個星期說像鞭毛蟲。」

崇史皺著眉頭。

「不管是粒線體還是鞭毛蟲，都很蠢啊。」

「那你乾脆去買一條新的。」

「我覺得很浪費啊，一到公司就會穿上工作服，根本看不到領帶，所以只有上下班的路上會繫領帶，況且也只有新進員工才會這麼做。」

「那也沒辦法，因為你被派到那個部門才兩個月，原本就是新進員工。」

麻由子把兩人份的厚煎鬆餅和培根蛋放在桌上時說道。這個星期輪到她做早餐。

「我兩年半前就正式進入這家公司，當時一起進公司的那些傢伙，竟然都擺出一副自己是團隊主力的樣子，而且他們也把我當成新進員工，真讓人火大。」崇史用叉子叉進厚煎鬆餅的中間。

「你後悔去讀ＭＡＣ嗎？」麻由子在說話時，把咖啡倒進崇史面前的杯子。

崇史把黑咖啡端到嘴邊，在喝之前，凸出下唇，微微偏著頭說：「算了，這不重要。」

「公司讓你領薪水讀書，把你當新進員工這種事就忍耐一下。」

「我知道，但實際遇到時還是覺得很不舒服，反正妳明年就可以體會我的心情了。」崇史喝了一口咖啡，然後看著杯子內，微微偏著頭。

「怎麼了？咖啡的味道有問題嗎？」麻由子看著他的表情，也喝了一口咖啡。

「不，並不是。」崇史稍微轉動咖啡杯，咖啡表面泛起漣漪，他注視著漣漪。

腦袋裡好像有什麼東西卡住了，和剛才醒來時感覺到的不對勁屬於相同的性質。到底是什麼？他思考著。自己為什麼如此心神不寧？

「你怎麼了？」麻由子露出有點不安的表情問道。

崇史抬起頭說：「小咖啡杯。」

「什麼？」

「小咖啡杯啊，就是裝濃縮咖啡的小咖啡杯。」

「我知道，小咖啡杯怎麼了？」

「我做了夢，像這樣……」崇史把咖啡杯舉到眼睛的高度，然後看著麻由子的臉說：「妳好像也在。」

「什麼意思？這是什麼夢？」

「不知道，只是很在意，覺得好像做了一個帶有某種意義的夢。」崇史緩緩搖著頭，「不行，還是想不起來。」

麻由子吐出憋著的氣，放鬆了嘴唇。

「崇史，你這一陣子整天都在想研究的事，所以才會有這種感覺吧？」

「夢境和研究有關係嗎？」

「聽說小說家和畫家沒有靈感時，會在做夢之後，想到夢境可以作為寫作的素材，於是就趁忘記之前，馬上把夢境的內容記錄下來。」

「之前曾經聽說湯川博士在研究遇到瓶頸時，也是用這種方法想到介子理論。不，但是，」崇史搖了搖頭，「我從夢中醒來時，通常就把夢境忘得一乾二淨了，根本沒辦法做筆記。」

「不必這麼懊惱，剛才說的那些藝術家在之後重新看記錄了夢境的筆記時，通常連自己都會納悶，為什麼當初會覺得這些點子很有趣，最後還是派不上用場。」

「這就代表天啟並不會輕易出現，就是這麼一回事吧。」

崇史把奶油抹在厚煎鬆餅上，用刀子切下一大塊，送進了嘴裡。無論火候還是柔軟度，都和麻由子平時做的一樣。

當崇史伸手拿咖啡杯時，腦海中浮現一個畫面。四個人手上拿著杯子，四個杯子相碰。

「是乾杯，」崇史嘀咕道，「我們用咖啡杯乾杯，雖然我完全忘了為什麼會做這種事……」

雖然前後的場景很模糊不清，但他可以清晰地回想起四個杯子。因為太鮮明了，簡直不像是夢中的場景。

崇史忍不住噗哧一笑。

「太無聊了，談論夢境最無聊了。」他自嘲地說完，看向麻由子，以為她也會很受不了地一笑置之。

沒想到她並沒有笑，停下正在切厚煎鬆餅的手，睜大了一對杏眼。

但她很快收起這個表情，崇史還來不及問她「怎麼了？」她就露出了微笑。

「你是不是太累了？最好去散散心。」

「也許吧。」崇史點了點頭。

吃完早餐後，麻由子負責收拾桌子，崇史先出門上班了。從這裡可以走路去

MAC，但去位在赤坂的百迪科技中央研究所時，必須轉兩班地鐵，而且在永田町下車後，還要走很長一段路。

他在上午十點之前來到研究所。因為公司引進了彈性上班制，只要在中午之前進辦公室就好，崇史的直屬上司都習慣十點到公司，考慮到工作的效率問題，他也配合上司的上班時間進公司。

他搭電梯來到七樓，一走出電梯，就有一道門，門旁設置了插識別證的讀卡機和排列著數字的小型鍵盤。他刷卡後，輸入只有他知道的密碼，立刻聽到門鎖打開的聲音。推開門，眼前是一條米色的筆直走廊，兩側都有一排門。崇史站在最前面那道門前，那裡也有一個插識別證的讀卡機。不光是公司外的人，就連公司內的人，也不得擅自進入與自己部門無關的辦公室。

他打開寫著「實境系統開發部第九部門」的那道門，這是他目前所屬的部門。一走進房間，立刻聽到了窸窸窣窣的聲音。房間裡有兩個籠子，一隻母猩猩關在其中一個籠子裡，另一籠子空著。

「烏皮，早安。」崇史向黑猩猩打招呼。

烏皮蹲在籠子角落凝望著遠方，聽到他的聲音也毫無反應。牠向來如此，並不是今天特別冷漠。

室內大致分為兩個研究區，兩組人員會進行交流，而且只用透明的壓克力板隔開，所以能夠看到彼此的研究情況。

另一個研究小組的四名成員都到齊了，已經開始工作。崇史穿上灰色工作服，看向那個研究小組。桐山景子和崇史同時進入公司，她發現了崇史，微微舉起手，其他三個人只是瞥了他一眼。

嚴格來說，壓克力板的另一側並不是只有四名研究人員而已，他們圍著的桌子上有一張小床，一隻黑猩猩被綁住手腳躺在床上。這隻名叫宙偉的公猩猩戴著特殊的頭罩，頭罩上連著近百根電線，分別連結著脈波控制器和分析儀。

他們的研究課題是直接輸入視聽覺資訊，也就是嘗試在沒有實際看見、聽見的情況下，直接將資訊傳入腦部，這也是崇史在MAC時代的研究課題之一，他在兩年期間，學習了這項研究的基礎，所以今年四月被分配到這個部門時，他以為自己將繼續研究這個課題。

然而，實際的職務卻完全顛覆了他事先的預料。雖然在相同的部門內，但他研究的課題和之前所學完全無關。得知工作內容後，他向直屬上司質問並抗議，但姓須藤的上司給他的回答讓人難以接受。

「那個研究別人也可以做，但目前的研究課題非你不可，所以才會安排你做這個課題。」

但是，崇史對新的研究課題一無所知，當他提出質疑時，須藤回答說：「這是公司的安排，所以我也不是很清楚。」

他目前正在研究幻想這個課題，用電腦分析人類在幻想時的腦部迴路，最終目標是研究報告的第一頁上所寫的，必須從外部控制幻想的內容，但崇史覺得在自己退休之前，都無法實現這個目標。目前甚至無法判斷實驗對象的黑猩猩烏皮是否處於幻想狀態。

更何況即使能夠實現這種夢想，到底有什麼作用？他對此存疑，他覺得幻想這種東西，不需要借助電腦的力量，任何人都可以幻想，正因為幻想無法滿足，所以才需要虛擬實境啊。實境系統不是要創造這種虛擬實境嗎？

崇史看著桐山景子他們正在研究利用人腦作為螢幕，創造出完美的虛擬實境，不由得感到心浮氣躁，想到他們使用的參考資料中，也包括了自己在ＭＡＣ時發表的報告，心情就更煩躁了。

崇史坐在自己的座位上整理資料，快十一點時，須藤出現了。他難得這麼晚進公司。他像往常一樣，把公事包夾在腋下，雙手放在長褲口袋裡，對著崇史點了點頭，用眼神向他打招呼。

須藤是崇史在ＭＡＣ時的指導老師之一，但年紀才三十多歲，學生時代曾經參加過劍道社，身材魁梧結實，崇史覺得他有點神經質，和外表形成對比。他沉默寡言，也從來無法從他的表情中看出他內心的想法，崇史不太喜歡這種類型的人。

「昨天的數據嗎？」須藤看著崇史面前的電腦螢幕問道。

「對。」

「有沒有出現任何有意義的差異？」

「沒有。」也就是說，結果並不理想。

須藤並沒有感到失望，點了點頭，在椅子上坐了下來。他坐在崇史身旁，但周圍用屏風隔開，兩個人坐在辦公桌前時，看不到對方。

「我有問題。」崇史問。

須藤用沒有表情的雙眼看向他，似乎在問：「什麼事？」

「我並不認為目前的研究方式符合控制幻想時腦部迴路的方針。」

須藤微微挑了挑右眉，「什麼意思？」

「為什麼要干涉記憶迴路？」崇史問，「幻想不是在記憶的基礎上產生的嗎？也就是說，記憶是幻想的基礎，但現在去干涉記憶，我搞不懂到底在記錄什麼數據。」

「幻想和記憶都是思考活動，無法加以區分。」

「這我能夠瞭解，但不是應該將對記憶的干涉控制在最小範圍嗎？否則就無法正確把握幻想時腦部迴路的變化。」

崇史說出了他這幾天一直在思考的事。

須藤抱著雙臂思考片刻，隨即鬆開雙手，對崇史說：

「我能理解你的意思，我會考慮，但因為最初提出的研究計畫是按這個方式進行，所以目前也只能先按照原計畫進行。」

「但是……」

「不好意思，」須藤伸出右手制止他繼續說下去，然後站了起來，「主任找我，晚一點再和你談這件事。」說完，他拿起桌上的資料，不等崇史的回答，就走了出去。他用力關上門，籠子裡的烏皮受到了驚嚇，輕輕叫了一聲。

須藤那天一直沒有回座位，崇史一整天都獨自進行數據分析，七點時，離開了研究所。

他恍恍惚惚地沿著人行道走向車站，走到一半覺得很熱，脫下了上衣。

有一個男人走在前方，那個男人個子不高，身材瘦弱。崇史看著他的背影，突然想起一個人。

那個人就是三輪智彥。

崇史忍不住停下了腳步，走在他身後一個看起來像粉領族的女人差一點撞到他，一臉不悅地走過他身旁。

他已經好久沒有想起智彥了，這件事也令他感到意外。因為他們從中學之後就一直形影不離，從來沒有忘記過智彥。

然而，這一陣子都沒有想到智彥。崇史猜想可能是因為自己太忙了，但越是心情不好的時候，不是越需要好友的支持嗎？

他最近在幹什麼？

想到這裡，崇史感到驚訝不已。因為他這才發現自己完全不知道智彥目前的下落，更不知道他最近在忙什麼。

他努力回想最後一次見到智彥是什麼時候，但怎麼也想不起來。到底從什麼時候開始，沒有再見過智彥？

不，崇史睜大眼睛，他覺得前不久才見過面。到底是什麼時候？是在哪裡見面？

然後，他倒吸了一口氣。

昨天的夢，智彥出現在昨天的夢中。然而，那真的是夢嗎？一切都太真實了，彷彿在回想昨天發生過的事。

太荒唐了，他打消了自己的念頭。因為他回想起夢境和現實的巨大差異，足以證明那是夢境。

因為夢境中，智彥說麻由子是他的女朋友。

「太荒唐了。」

崇史嘀咕道，再度邁開了步伐。

SCENE 2

午休的鈴聲響了，我仍然留在室內，修改電腦中的模擬程式。雖然這並不需要馬上完成，但我不想和大家擠在相同的時間去食堂吃飯。嚴格地說，不是「大家」，而是「那兩個人」。

時序已經進入五月，我的座位前方是窗戶，窗外是花瓣已經落盡的櫻花樹，暖風吹起了翻開的筆記本。只有現在能夠打開窗戶，等一下那些填飽肚子的業餘網球選手就會聚集在前面的網球場。當他們在球場上跑來跑去，就會揚起很多灰塵，如果不關上窗戶，桌子上的圖表和數據表上都會蒙上一層沙。

有人敲門。回頭一看，智彥站在門口，津野麻由子站在他的身後。

「你不去吃飯嗎？」智彥問。

「要去啊，只是工作還沒做完。」說完，我看向麻由子的手。她像往常一樣，手上拎著一個大紙袋。

「不需要連吃飯時間都用來工作啊，老師禁止這種工作方式。」智彥笑著，用瘸著右腿的獨特方式走了過來，探頭看著我的電腦螢幕。「我以為是什麼緊急的工作或是在寫報告，原來只是在修改程式。」

「並不急啊。」

「那就去吃飯啊，聽說今天是雞肉三明治。」他回頭看著麻由子問：「對不對？」

她微微拎起紙袋說：「只是不知道做得好不好吃。」

「別擔心，妳做的保證好吃。」智彥說完，把手放在我肩上，「走吧。」

我看了看智彥，又看了看麻由子，然後看向電腦螢幕，最後看著智彥點了點頭，「好，你們先去。」

「要馬上過來喔。」

「好。」

目送他們離開後，我深深地嘆了一口氣，希望可以把內心的鬱悶也吐出來，卻徒勞無功。

今年四月，MAC專科學校也和其他學校一樣迎接了新生入學，從高中畢業生到研究所畢業，總共將近五十人，但這些人數不到百迪科技新進員工的百分之十。

以高中畢業生為中心的新生大部分都去參加基礎技術培訓課程，只有在大學和研究所成績優異的少數人，才能夠進入專門研究室。

這次有兩男一女進入我們所屬的實境工學研究室，唯一的女生就是津野麻由子。她想要進行實境工學研究的願望實現了。

我們研究室內共有五個小組，每個小組共有兩到八名研究員，因為研究內容的工作量不同，所以人數也有差異。

我所屬的視聽覺認知系統研究小組共有四名成員，申請至少兩名新生加入，沒想到最後只分配給我們一個姓柳瀨的大學畢業生。

智彥所在的記憶包研究小組運氣很好，雖然我不認為他們能夠做出什麼成果，但剩下的兩名新生——也就是津野麻由子和另一名大學畢業生篠崎都進入他們小組。他們小組原本只有姓須藤的老師和智彥兩個人，一直很缺人手，所以其他小組對這次新生的分配也沒有任何意見。

不用說，智彥和麻由子當然對這樣的結果最高興。兩個相愛的人以後就可以在同一個研究室接受相同的教育，從事相同的工作。還有比這個更好的結果嗎？

「恭喜啊，真是太好了，你是不是賄賂了幸運女神？」新生分配公布的當天，我走去智彥的座位向他表達祝福。

「謝謝，」智彥連額頭都紅了，這是他興奮時的反應，他說：「也許是因為你也和我一起祈禱的關係。」

「對啊，一定是的，所以你要請客。」我向他扮著鬼臉，但也同時體會到強烈的嫉妒和自我厭惡。

說實話，我並沒有為智彥的幸運祈禱，雖然明知道該這麼做，但還是做不到。我在無意識中祈禱完全相反的事，老實說，我很害怕麻由子被分配到智彥那一組。

同時，我希望她能夠分配到我的小組。

如此一來，就能夠每天見到她，共同合作，有相同的目的，有機會聊天，也可以每天在一起。各種妄想浮現在腦海，最後甚至變成了無視智彥存在的幻想。也許有朝一日，可以讓她成為自己的女朋友……

我發現所有這些想法都是對摯友的背叛，忍不住痛罵自己。你真是爛人、垃圾、不要臉的東西。但是，另一個我皺著眉頭無力地反駁說，喜歡一個人何錯之有，她並不屬於任何人。

最後，我還是無法克服本能。最好的證明，就是當我得知麻由子的分配部門後，渾身感到虛脫，全身都變得很沉重。我向智彥說「恭喜」時的聲音特別興奮，也是這種彆扭心理的反作用。

必須擺脫這件事。我告訴自己，要趕快做個了斷。

然而，當麻由子進入研究室後，雖然我們不在同一個小組，但每次見面，我都會心亂如麻。只要眼角瞥到她的身影，我就無法專心做原本正在做的工作。走廊上傳來她的說話聲，我的聽覺神經就會隔絕所有其他聲音。一旦開始想她，我的腦部就形成一個封閉的環狀，不斷進行沒有終點的思考。

偶爾有事和她說話時，我也會心跳加速。她的聲音宛如音樂，她注視我的雙眼讓我心慌意亂，但我故意用公事化的語氣和她說話，不敢正視她的臉。而且努力掩飾想要和她多相處一秒的心情，不知所措地頻頻看著手錶。所以，每次她離開時都會向我道歉：

「不好意思，耽誤了你的時間。」

即使回到家，麻由子仍然占據我的腦海，揮之不去。不，獨處的時候，更是滿腦子只想著她的事。她的臉龐浮現在腦海，她的姿態出現在視覺裡。自慰時，我都在想像的世界和她相擁。我腦海中塑造的她是一個有著豐滿肉體的妖媚蕩婦，願意用各種方式取悅我。玷污摯友女友的罪惡感為我帶來了離經叛道的興奮。這一陣子，就連白天在學校見到她時，也不顧智彥就在一旁，不斷想像著這種淫穢的畫面。

我必須忘記麻由子，這樣下去，我很擔心自己不知道會做出什麼事。如果繼續深陷下去無法自拔，智彥和她結婚造成的失戀打擊，很可能會讓我一蹶不振。

食堂位在這棟大樓的五樓，我走進食堂，坐在窗邊座位的智彥向我招手。食堂內一排又一排的餐桌幾乎都坐滿了，但智彥對面的座位空著，當然是他特地為我保留的。

「這麼晚才來。」當我走近時，智彥對我說。

「因為稍微整理了一下。」我當然不可能說是故意拖延時間。

「給你。」當我在椅子上坐下後，麻由子從包內拿出四方形的保鮮盒遞給我。半透明的盒子裡裝著三明治。

「不好意思，每次都麻煩妳。」我頻頻瞥著她的臉，伸手接過保鮮盒，「其實妳不用連我的份也做啊。」

「但做兩人份和做三人份差不多。」麻由子說完，露出了微笑。她的笑容很燦爛，我正想回答，不小心和她眼神交會，緊張得忘了原本要說什麼，只能打開保鮮盒蓋掩飾慌張。

「看起來太好吃了。」我不由得感嘆道。

「是不是幸虧也幫你做了？」智彥托腮調侃道。

我沒有回答他的話，而是問他們：「你們已經吃完了嗎？」智彥和麻由子面前放著空的保鮮盒，和自動販賣機的咖啡用紙杯。

「嗯，原本想等你，但你一直沒來。」

「沒關係，不用等我。」我咬了一口雞肉三明治，肉質很柔軟，醬油的味道也剛剛好。

「怎麼樣？」智彥問。

「好吃。」

「太好了。」麻由子在胸前握著雙手，從嘴唇之間露出的門牙在從窗戶照進來的光線下看起來格外潔白，「因為光聽智彥的感想不太放心。」

「妳好像都不相信我。」智彥抓著頭。

從兩個星期前開始，麻由子不時會帶自己親手製作的便當。她帶自己和智彥的份很正常，沒想到竟然還為我準備了便當。智彥不可能拜託她這種事，所以是她主動這麼做。每次吃她製作的便當時，心情都很復雜。因為除了很高興能夠吃到她親手製作的料理，更覺得她在拜託我「以後也請你多照顧智彥」。

「智彥，你要不要再喝一杯咖啡？」麻由子問道。

「嗯，好啊，那就再喝一杯。妳有零錢嗎？」

「有啊。」她對我嫣然一笑，「敦賀，你也喝一杯咖啡？」

「啊，不用，我自己去買。」我準備站起來。

「沒關係，你坐著。」智彥甩著手掌制止我，於是我又坐了下來。

麻由子笑著站了起來。她今天穿了一件寬鬆的襯衫，因為背對著窗戶，所以日光穿越薄質布料，映照出她裸體的輪廓。這已經足以成為我意淫她的材料，我目送著麻由子走向自動販賣機，在腦海中剝光了她的衣服。裸體的她拿著托盤，在自動販賣機前排隊。

「剛才她說了奇怪的事。」智彥壓低聲音說道，他做夢都不會想到，自己的朋友正在意淫他的女友。

「什麼奇怪的事？」我吃著三明治，若無其事地把視線移向他。

他轉動眼珠子，看了麻由子一眼，有點吞吞吐吐地說：「她問我，你是不是刻意避開我們。」

我吃著三明治，看著智彥的臉默默咬著。只要在吃東西，就不必說話。我決定利用這段時間思考該怎麼回答。

「我跟她說，不可能有這種事，但她好像很堅持，而且她說原因可能是因為她。」

我停止咀嚼，看著他眨了眨眼睛，示意他繼續說下去。我也想聽聽到底是什麼原因。

智彥壓低聲音問：「崇史，你對她有什麼看法？」

我把嘴裡的三明治吞了下去，覺得好像有刀子在割我的喉嚨。「什麼看法？」我不由得緊張起來。

「她說，」他又再度看向麻由子，然後繼續說道，「她擔心你討厭她。」

我差一點嗆到，「我討厭她？為什麼？」

「我也不知道啊，但她似乎這麼覺得。她說和你談工作的事時，你也故意很冷漠。她還說，我一個人的時候，你常來找我，但如果她也在，你就不會來找我。」

這是天大的誤會。「她誤會了。」

「我也覺得是這樣，但她很在意。」

「我有什麼理由討厭她？」

「這就不知道了，因為喜歡或討厭根本沒有理由，而且也不能斷言她說得完全沒有道理。」

「什麼意思？」

「比方說今天，」智彥把頭轉到一旁，確認麻由子還沒有走回來後說：「你好像不太想和我們一起吃午餐。」
我沉默不語。他果然發現了，不過也很難不發現。
「崇史，」智彥看到我陷入沉默，確信麻由子的擔心並不是瞎操心，面色有點凝重地說：「如果你對她有什麼不滿意，請你老實告訴我。我很不願意因為她影響我們的關係，我也會重新考慮和她交往這件事。」
「等、等一下。」我張開雙手，伸到他面前，「我不是說了嗎？這是你的誤會，我從來沒有說過對她不滿意啊。」
「那你為什麼避開我們？」
「因為，」這兩個字說出口，我就知道自己失言了。既然這麼說了，就非得想一個理由出來，我用手指敲著桌角，終於想到一個好主意，「因為我有顧慮。」
「顧慮？」
「我和你從中學就在一起，當然有很多共同的朋友和話題，所以你和我在一起，都會聊只有我們兩個人知道的事，她也許會覺得遭到排斥。我覺得這樣不太好。」
智彥露出鬆了一口氣的表情。
「她說聽我們聊這些事很開心，而且也很喜歡聽我們聊往事，並不覺得自己遭到排斥。」
「那就好。」
「只是這樣而已嗎？」智彥探頭看著我的臉，心思敏銳的他用眼神告訴我，他不認為只是這樣而已。

「還有，」我扮了一個鬼臉，「我不想當電燈泡啊，你們兩個人在一起絕對比較開心。」

智彥臉上的懷疑表情立刻消失了，露出了害羞的笑容，「你不必想那麼多。」

「我不想當一個不識相的人。」

「老實說，我希望你和我們在一起，因為我單獨和她相處時話題有限。當然，前提是如果你不討厭和我們在一起的話。」

「當然不討厭啊，完全不討厭。」

「那你以後也不要想太多，就和我們在一起，沒問題吧？」

「嗯，那好吧。」

「太好了，這個問題解決了。」智彥靠在椅子上，抱著雙臂。看到他神清氣爽的表情，我再度產生了罪惡感。大部分男人交了女朋友之後，都不希望其他男人接近自己的女朋友，但智彥完全相信我，他不知道我在內心想像著麻由子的裸體，為此鬱鬱寡歡，更不可能知道我每天晚上自慰時，都讓她變成蕩婦。

麻由子用托盤端了三杯咖啡走了回來，智彥好像臨時想到似地說：「對了，今天晚上，我們三個人要不要一起去喝酒？」

麻由子的表情亮了起來，「我沒問題啊。」

「崇史，你也沒問題吧？」智彥看著我問道。

因為剛才談過這件事，我當然無法拒絕，只能回答說：「喔，好啊。」

那家名叫「椰果」的餐廳位在新宿伊勢丹附近一棟大樓的五樓，走出電梯，立刻看到兩棵大椰子樹，那裡也是餐廳的入口。我們被帶到靠牆的座位，對面牆邊有一個小型舞台，有三個看起來很奇怪的男人正在演奏夏威夷音樂。

我們點了幾道中式的海鮮料理和啤酒，菜單的內容和夏威夷完全沒有關係。

「今天發生了一件有趣的事。」智彥喝了一口啤酒後說道，從坐在他身旁的麻由子臉上的表情發現，她已經知道「有趣的事」是什麼事。

「我們將篠崎作為實驗對象，做了對顳葉進行刺激的測試。崇史，你應該也知道，就是情境再現效果的確認實驗。」

「就是喚回以前記憶的那個嗎？」

「對，這一陣子終於逐漸穩定，可以產生情境再現了。」

「但這不是需要腦部機能研究小組在場時才能進行實驗嗎？尤其是做人體實驗的時候，今天他們沒來吧？」

「我也這麼說。」大盤的前菜送了上來，麻由子分裝在三個小盤子中插嘴說道。

「那點電流沒關係嘛。」智彥嘟著嘴，好像挨了母親罵的小孩子。

情境再現效果是藉由電流刺激腦部，讓實驗對象回想起以前的事。這是加拿大的腦外科醫生潘菲爾德所發現的，但當時還沒有目前的非接觸式刺激法，只能使用原始的手法，把電極連在露出的腦部表面，再通以微弱電流。

「篠崎說了什麼有趣的往事嗎？」篠崎是今年和麻由子一起加入智彥他們研究團隊的年輕人，皮膚白淨，看起來個性隨和。

智彥把醋醃章魚送進嘴裡，然後像咬口香糖一樣咀嚼著，探出了身體。「並不是說了什麼有趣的事，很奇妙，他說了錯誤的記憶。」

「錯誤的記憶？」

「對，他把不是事實的事，當成了事實。」

「你怎麼知道那和事實不一樣？」

「因為啊，」智彥喝了一口啤酒，輕輕攤開雙手說：「他對相同的問題說了和以前不同的答案，」然後轉頭看著麻由子說：「對不對？」

她也難以理解地點了點頭。

「篠崎回想起什麼事？」我問道，這件事讓我產生了興趣。

「小學時的回憶。」智彥回答，「他說是六年級時的事，他詳細描述了教室內的情況。首先，前面有一整排同學的後腦勺，可見他是坐在後排的座位，右側是窗戶，窗外是高壓電鐵塔。教室是在三樓或是四樓，黑板上用粉筆寫著算數應用題。篠崎正在把題目抄在筆記本上，班導師站在黑板前看著全班的學生。」智彥好像在說自己的記憶般一口氣說到這裡，豎起了食指說：「問題在於那個老師。」

「老師怎麼了？」

「上一次實驗時，篠崎說那個老師是鮪魚肚的中年大叔，但今天他說是年輕高瘦的女老師，是不是很奇怪？」

我用力吸了一口氣，看著麻由子，然後看著智彥，把氣吐了出來。

「到底哪一個是正確的？」

「中年大叔。」他回答，「實驗結束後，向篠崎確認，因為答案和上次不同，到底哪一個才是真的。他想了一下後回答說，是中年大叔，而且他也很納悶，自己為什麼會覺得是年輕女老師呢？」

「是喔……」

「你不覺得很有趣嗎？」

「真的很有趣。」我說，「如果不是記錯了，就代表竄改了記憶。」

智彥拍著桌子，興奮地說：

「對不對？你是不是也這麼認為？」然後對麻由子說：「妳看，崇史也和我想的一樣。」

麻由子半信半疑地微微偏著頭。

「但是，為什麼會發生這種事？」我問。

「問題就在這裡，我想要查出原因，重現相同的現象，一旦能夠做到這一點，研究就將大有進展。走過漫長的隧道，終於看到了一線光明。」智彥把杯子裡的啤酒一飲而盡，向剛好路過的服務生又點了一杯。

我們視聽覺認知系統研究小組藉由直接刺激視神經和聽覺神經，創造出虛擬實境，智彥他們的記憶包研究小組藉由從外界向記憶中樞植入資訊，實現虛擬實境。說白了，我們讓實驗對象實際體驗虛擬實境，他們是把體驗過虛擬實境的記憶植入實驗對象的腦部。雖然目前已經在相當程度上瞭解了腦部的結構，但記憶的結構仍然是未知的領域，智彥他們也還不知道該用什麼方式包裝記憶資訊。

智彥的酒量並不好，這天晚上喝得比平時快一倍，喝了相當於平時三倍的酒，所以變得很多話。一方面是因為研究終於露出曙光，讓他心情很激動，另一方面是因為必須在摯友和女友面前扮演主導的角色，讓他的舉動變得不像平時的他。當我們吃到一半時，幾個身穿夏威夷襯衫的男人走到我們餐桌旁，說要拍照貼在店內作為宣傳時，智彥不僅一口答應，而且毫不猶豫地把男人遞上的花環戴在脖子上。周圍響起一陣笑聲，智彥揮手回應。這些都不像他平時的作風。

可能是做了太多不像他平時作風的事累壞了，不一會兒，他就靠在牆上睡著了。

「他太緊張了，讓他睡一下吧。」

麻由子點了點頭，竊聲笑了起來。她也發現智彥在硬撐。

我喝著蘇打水兌波本酒，思考著適合眼前這種場合的話題。意外得到了和她單獨聊天的機會，但我內心的良心問，你想怎麼把握這個機會？

她露出淡淡的微笑，低頭看著還剩下半杯柳橙汁的杯子。智彥應該已經告訴她，我並沒有討厭她，但在我開口之前，她可能不會抬起頭。

「已經適應研究室了嗎？」考慮再三，我決定問這個無關痛癢的問題。

「對，基本上已經適應了。」她抬起頭，眼睛彎成了弦月形，「雖然忙得渾然忘我。」

她的笑容很純潔，完全感受不到她內心有任何陰暗的部分，我的心也隨之融化，如果可以把她的笑容占為己有該有多好，離經叛道的想法掠過我的心頭。

「妳可以適時偷懶，讓自己放鬆一下。」我看向正在睡覺的智彥，「不過只要能和他在一起，也沒這個必要。」說完，我撇著嘴笑了起來。噁心的笑容。我陷入了自我厭惡。

「實境研究室有很多人都去打網球散心。」

「對啊，因為前面就是網球場。」

「你不打網球嗎？」

「我很想打啊，但不太喜歡硬式。」

「啊？」麻由子露出驚訝的表情。

「你打軟式網球？」

「嗯，高中的時候。」

她聽了我的回答顯得有點不自在，看了看智彥，好像在確認他睡著之後說：「呃，其實我也……」

「妳也？」

「就是打軟式網球，在高中和中學時。」

「啊！」我內心靠自制力關閉的一扇門用力打開了，我露出欣喜的表情問：「軟式網球？妳也打軟式網球？」

「雖然打得很差。」她聳了聳肩，從嘴唇之間伸出舌頭。她以前從來沒有露出這種孩子氣的表情。

發現共同的話題後，我們聊得忘了時間的存在。失敗的經驗、當年吃的苦頭，我說完之後，她又接著說下去，然後我又發展出新的話題。話題接連不斷，你一言，我一語，聊得不亦樂乎。我從聊天中知道，麻由子似乎並沒有告訴智彥以前曾經打過軟式網球，而且在他面前極力避免談論運動的話題。

對我而言至高無上的快樂時光突然結束了。睡著的智彥扭著身體，我和麻由子不約而同地閉了嘴。

我搖晃著智彥的身體，讓他完全醒來。「快醒醒，我們差不多該走了。」

他搓著臉說：「啊，我竟然睡著了。」

「你喝太多了。」

「好像是，你們剛才在幹嘛？」

「主角睡著了，我們只能隨便瞎聊。」

「是嗎？不好意思。」他繼續搓著臉。

我結完帳，走出餐廳，聽到智彥在電梯前問麻由子：「妳和崇史聊什麼？」

「聊很多啊，以前學校的事，還有電影的事。」她回答後，似乎發現我在後面，轉頭看著我。我對她微微點頭。

「是喔。」智彥並沒有追問。

電梯內很擁擠，我們在狹小的空間內擠在一起，麻由子的臉就在我面前。我把手撐在她身後的電梯牆上，避免擠到她和瘦小的智彥。她的嘴唇微微動了幾下向我道謝，我用眼神回答，不客氣。

我和她之間有了小秘密這件事，讓我內心產生了優越感。同時，我覺得這是背叛智彥的第一步。

第二章

忐——忑

當敦賀崇史回過神時，發現眼前是一道灰色的牆壁。他靠在牆壁上。房間很狹小、灰暗，四周都封閉了。

他坐直了身體，一時不知道自己在哪裡，正在幹什麼，但看到自己的姿勢，忍不住獨自苦笑起來。因為他把褲子脫到膝蓋下，露出了下半身，正坐在馬桶上。

他想起剛才在工作時突然產生了便意，所以走進了廁所。他只記得自己脫下褲子，坐在馬桶上，但似乎突然有了睡意，不小心睡著了。他不記得自己剛才曾經大便，但便意已經消失了。他小解之後，穿上了褲子。

走出廁所的小隔間時，崇史覺得這樣的狹小空間似曾相識，自己好像做了關於電梯的夢，只不過想不起細節。他告訴自己，可能是因為剛才在狹小空間打瞌睡的關係。

他看了一眼手錶，距離剛才走進廁所大約過了十分鐘。睡著的時間比他想像中短，讓他鬆了一口氣，但差不多該收拾一下工作回家了。

崇史回到辦公室，今年剛從高中畢業的資材部年輕員工等在入口，旁邊放了一輛推車。

「請問今天還要做實驗嗎？」他問崇史。

「不，不做了，你可以帶牠離開。」崇史打開門，讓資材部的年輕員工進入辦公室。須藤不在辦公室，另一個小組的成員在壓力克板另一端開會。

年輕員工點了點頭，把宙偉和烏皮的籠子放在推車上。資材部負責管理實驗的動物，平時由借用動物的各部門負責照顧，但星期四晚上到星期一早晨之間，都必須送回資材部飼育課，飼育課會在這段期間檢查動物的健康狀態，一旦有問題，就會要求該部門改善實驗方法。
「烏皮的樣子還是有點奇怪，牠沒有異狀嗎？」崇史指著縮在籠子裡的母猩猩問道。
年輕的資材部員工偏著頭說：「我不知道健康檢查的事，所以沒辦法回答……但如果有異狀，應該會接到通知。」
「那倒是。」崇史低頭看著烏皮，想要甩開內心的不安。最近在實驗時，這個動物不時露出虛無的表情，讓崇史很在意。
「我想找時間去參觀一下飼育室，」崇史問推著推車正想離開的年輕人：「下次可以請你帶我參觀嗎？」
「啊？」年輕男人露出困惑的表情，緊張地看了看籠子，又看著崇史，然後低著頭說：「呃，這好像不太好。」
「不太好？為什麼？」
「呃，其實我也不太清楚，因為不可以隨便帶外人進去，一旦被上面知道，我會挨罵。」他抓了抓頭，有點語無倫次。
「喔，是喔，那就算了。」
「不好意思。」年輕男人鞠了一躬，走了出去。
崇史原本只是隨口問一問，但資材部員工的反應太激烈，反而引起了他的好奇。那個年輕員工應該什麼都不知道，只是上司命令他，絕對不可以讓外人進入飼育室。崇史思考著他為什麼會這麼緊張，但想不出任何可能性。

離開公司後，他繞遠路去了新宿。他並沒有特別目的，只是心血來潮，想來新宿走一走。那種感覺有點像在尋求什麼懷念的東西。

他在街上閒逛了一陣子，走進了紀伊國屋書店。他站在專業書區看書時，有人從背後拍了拍他的肩膀。崇史回頭一看，看到對方的臉，立刻笑著說：「嗨！」大學時的同學岡部站在身後。

「好久不見，最近還好嗎？」崇史問。

「勉強過得去，至少沒有被開除。」他的嗓門和學生時代一樣大。

走出書店，他們一起走進一家馬路旁的咖啡店。岡部和崇史他們都是模控工學系的學生，岡部在畢業後，進入一家運動器材製造商，黝黑粗獷的臉和學生時代一樣，一身灰色西裝穿在身上很有氣勢，代表他出社會後，漸漸變得穩重。今年春天剛踏出校門的崇史忍不住想，不知道自己在他眼裡是怎樣的感覺。

他們興致勃勃地聊了一陣子學生時代的往事後，聊到了老同學的現狀。有的同學已經結婚、生子，還有的人被分配到外地的工廠，為風俗習慣的不同煩惱不已。

「之前聽到傳聞，說你和女朋友同居了？」岡部從學生時代個性就很乾脆，直截了當地問道。「是啊。」崇史簡短地回答。

「真羨慕啊，」岡部搖著頭說，「我都交不到女朋友，不過你以前就很有女人緣。是百迪科技的同事嗎？」

「是啊，」崇史點了點頭，簡單介紹了麻由子的情況。去年進入百迪科技，曾經在

MAC一起讀了一年。

「所以那個女生一進百迪科技，就被你盯上了嗎？」岡部不懷好意地笑著問。

「不，正確地說，我是在她進入MAC前認識她的，朋友介紹的。」

「誰介紹的？我認識嗎？」

「你當然認識啊，就是三輪啊。」崇史回答之後，對自己的答案感到驚訝。沒錯，當初是他把麻由子介紹給自己的。直到前一刻，他都忘了這件事。為什麼？只是因為沒有機會想起嗎？

「三輪？喔，原來是他。」岡部恍然大悟地用力點了點頭，「你們是好朋友，但沒想到他竟然認識這麼年輕的女生。」

「他們是在電腦店認識的。」

「是喔，三輪有女朋友嗎？」

「呃，我不太清楚，應該沒有吧。」崇史在說話時，內心有一種奇妙的不安。

「這麼說，那傢伙還真奇怪。」岡部苦笑著，「他自己沒有女朋友，卻幫你介紹女朋友。」

「是啊……」崇史低著頭，注視著杯中的咖啡。

智彥向崇史提到麻由子時介紹說，他們是在電腦店認識的，只是普通朋友，想要介紹給他認識。那天，崇史也來到新宿。至少他記憶中是這樣。

不。崇史的內心掠過不安。

真的是這樣嗎？

他突然產生了疑問。記憶晃動，漸漸模糊起來。智彥當初是不是說，麻由子是他的女朋友？但那個女人正是自己以前一見鍾情的對象——

不，不對。崇史立刻否定了這種想法。那是之前的夢境，那不是現實。自己竟然把兩者混淆在一起。

「他最近在幹嘛？」岡部問道。

「呃，」崇史抬起看著咖啡的雙眼，「在幹嘛？」

「他不是和你一起進了百迪科技嗎？你還好嗎？」

「喔喔，是啊，」崇史喝了一口已經變涼的咖啡，「應該很好吧。」

岡部驚訝地瞪大了眼睛，「你們現在沒來往嗎？」

「嗯，他正在洛杉磯的總公司。」崇史回答。

「原來去了美國。在百迪科技能去總公司工作，代表他很優秀啊。」岡部對其他公司的事也很瞭解，「所以這一陣子都不回來嗎？」

「嗯，」崇史偏著頭說：「我也不太清楚。」

「你們以前不是形影不離嗎？」岡部深有感慨地說著，頻頻點頭。他故作成熟的態度似乎在說，出社會後，果然和學生時代不一樣了。

他們一起走出咖啡店，但崇史和要去車站的岡部分手，走向相反的方向。他想要走一走，思考一些事情。

是關於三輪智彥的事。

崇史也是最近才知道他去了洛杉磯。在做了奇妙的夢的翌日，他問了須藤，才知道這件事。在MAC時代，須藤直接指導智彥。

「因為臨時決定要調去洛杉磯，所以來不及向你道別吧，過一陣子，他應該就會和你聯絡，他在那裡也差不多該安定了。」看到崇史滿臉驚訝，須藤這麼安慰他。

但是，崇史完全無法接受。無論再怎麼匆促，智彥不可能不告而別。更何況可以在出發之前在機場打一通電話通知。

更不可思議的是，從MAC畢業至今已經兩個多月，自己竟然這麼大意，完全沒有關心摯友的下落。他忍不住想，這兩個月，我到底在幹什麼？雖然他清楚記得自己做了什麼事，但對於為什麼完全沒有想到智彥的事，想不到任何合理的解釋。

洛杉磯。

崇史感到內心隱隱作痛。崇史以前夢想可以被調去美國總公司，如果在MAC的成績優秀，就有機會實現這個夢想，但總公司並沒有要他去，而是智彥雀屏中選。崇史發現自己內心對這件事產生了嫉妒。

崇史突然想到，也許智彥不想傷害自己這個好朋友，才會不告而別，前往美國，但他立刻排除了這個可能性，因為他們的交情並沒有這麼脆弱。

崇史悶悶不樂地走在街上，經過了伊勢丹前。他準備過馬路時，不經意地看向路旁的大樓。那裡有一排餐廳的招牌，他看到其中一塊招牌，不由得停下了腳步。

他的目光停留在寫著「椰果」的招牌上。

複雜的情緒，甚至無法稱為思考的雜亂思緒在崇史的腦海中翻騰。首先是關於那家餐廳的回憶出現在表層。一年前，他曾經帶麻由子和智彥來過這裡。智彥喝醉了，自己和麻由子聊著軟式網球的話題。

剎那之間，另一種想法像糯米紙般薄薄地攤開，他回想起另一番景象。這和他前一刻回想起的事情很相像，卻略有不同。他倒吸了一口氣，努力分辨到底有什麼不同。原來是他在回憶中的心情。他對智彥感到愧疚。當他發現是因為自己愛上了摯友的女友後，不禁感到愕然。繼之前的夢境之後，麻由子是智彥的女朋友的錯覺，再度進入了他的思考迴路。

他努力回想當時的細節。自己一邊喝酒，一邊和麻由子聊天，叫醒了喝醉的智彥，一起離開了餐廳。之後，自己送她回到公寓……

記憶漸漸模糊，另一個場景清晰地浮現在腦海。那是智彥和麻由子一起離開的身影。不可能。崇史搖著頭。他們兩個人不可能向自己道別後一起回家。然而，他又忍不住問自己，如果不曾真實發生過，到底在哪裡看過這個場景？

額頭上冒著冷汗。幾個看起來像是上班族的男男女女一臉訝異地看著茫然站在那裡的崇史，從他身旁走了過去。崇史也邁步離開了。

該不會又做了夢？崇史搭電車回家時想道。難道是把夢境當作實際發生的事？這是唯一的可能，但為什麼會突然做這種夢？而且這件事和直到最近才想起智彥的事有什麼關係嗎？

他絞盡腦汁，仍然想不到任何合理的答案，帶著沉重的心情回到了公寓。公寓的窗戶亮著燈，麻由子已經回家了。

「你怎麼了？臉色這麼難看。」出來迎接的麻由子問道，因為他沒有脫鞋，目不轉睛地注視著她的臉。

「不，沒事。」他脫下鞋子，走進屋內。飯廳的桌上放著外帶壽司盒，麻由子從學校回家的路上順便買回來的。

崇史換了衣服，坐在餐桌旁。麻由子立刻把稍微加了點料的速食湯放在他面前。崇史在伸手拿碗之前問她：

「麻由子，妳還記得智彥嗎？」

「三輪嗎？」她微微挑起右眉，但除此以外，表情沒有任何變化。至少崇史沒有看出來，「當然記得啊。」然後她輕輕笑了笑問：「為什麼突然問他的事？」

「妳知道他目前在幹什麼嗎？」

「不知道，」她眨了眨眼睛，「沒有聽過他的消息。」

「果然是這樣。」

「果然？」

「聽說他目前在美國，洛杉磯的總公司，我也是最近才聽說的。」

「是喔，好厲害。」麻由子喝著湯，用筷子夾起壽司。崇史看不出她有任何異狀，

「三輪在ＭＡＣ的時候，老師對他的評價也很高。」

「妳不覺得奇怪嗎？」崇史問，「我們為什麼之前都沒有想到智彥的事？竟然把這麼重要的朋友忘得一乾二淨。」

「並不是忘記，而是沒有時間想起吧？這兩個月，你忙著適應新生活。」

「即使是這樣，完全沒有想到他還是很奇怪。ＭＡＣ的時候，我們整天都在一起。」

原本準備吃甜蝦壽司的麻由子把壽司放回盒子，困惑地皺著眉頭，「即使是這樣，但你就是沒想起來啊，這也是無可奈何的事。」

崇史點了點頭，把筷子伸進了碗攪拌著，「是啊，再怎麼覺得奇怪，事實就是這樣，也是無可奈何的事。」

「你到底想說什麼？沒有想起三輪又怎麼樣呢？」麻由子訝異地看著崇史的臉。

「我也不清楚，只是放不下這件事。」崇史沒有用筷子，直接用手拿起壽司捲咬了一口，海苔已經軟掉了。

麻由子看到他說這些莫名其妙的話，似乎不知如何是好，開始泡茶。崇史看著她倒茶，內心再度浮現出奇妙的畫面。智彥在她的身旁，她為他的茶杯中倒茶。崇史輕輕搖了搖頭，把這個畫面甩出腦海。

他並沒有把之前奇妙的夢境告訴麻由子，因為他覺得麻由子不是一笑置之，就是會生氣，但是，他無法不說出今天在「椰果」的招牌前產生的感覺。

「我可以問妳一個奇怪的問題嗎？」他問。

「你剛才說的話已經夠奇怪了。」麻由子把茶杯放在他面前，「好啊，你要問什麼？」

「關於妳和智彥的事。你們兩個人，我的意思是，你們只是朋友而已吧？」

麻由子用力抿起嘴唇，她的表情立刻變得很嚴肅。「你這句話是什麼意思？」她的聲音也變得低沉，「你在懷疑我和三輪的關係嗎？」

「不，不是這個意思，我想知道的是……」崇史說到這裡，突然說不下去了。

我到底想知道什麼？老實說，他想知道去年麻由子是不是真的是自己的女朋友，但他知道問這種問題很無聊。正因為他們是男女朋友，現在才會生活在一起。

「對不起，我太累了，妳忘了我說的話。」他按著自己的額頭。心亂如麻，根本吃不下眼前的壽司。他站了起來，「我頭很痛，去躺一下。」

「你沒事吧？」麻由子立刻走到他身旁。

「沒事，可能太累了。」

「一定是這樣。」麻由子輕輕握著他的手腕，露出擔憂的眼神抬眼望著他。崇史認為應該是她擔心自己的身體，才會露出這樣的表情。

洗完澡後下棋是他們平時的樂趣之一，但這天晚上，他們沒有下棋就早早上了床。崇史微微伸出右手，麻由子躺在他胸前。他稍微轉動身體，左手伸向她的腰部，手指伸進了她的睡衣，摸到她的內褲時，她笑了起來。

「你不是說累了嗎？」

「沒關係。」說完，他開始愛撫。他脫下她下半身的衣服，自己也脫下了睡褲，兩個人的腿交纏在一起，都滲著汗。她的手伸向他的下體。他勃起了。兩個人相視而笑，他想要親吻她，她閉上了眼睛。

這時，一個不祥的念頭像風一樣掠過崇史的腦海。

他想起智彥，內心產生了罪惡感，不安占據了他的內心。這種壓迫感就像突如其來的暴風雨，把崇史的性慾一掃而光。

麻由子張開眼睛，露出驚訝的表情。想必他的下體在她的手掌中急速萎縮了。

「你怎麼了？」她小聲地問。

「沒事。」他回答。

但至少那天晚上，並不是沒事。因為他最終還是無法勃起。麻由子輕輕拍了拍他的胸口說：「別在意，有時候也會有這種事。」

崇史沒有回答，注視著黑暗。

SCENE 3

我獨自在家注視著黑暗，想著麻由子，想著智彥的事。

良心在我的耳邊呢喃，不可以再接近麻由子，否則將會失去無可取代的摯友。更重要的是，她根本不可能愛我。

然而，另一個我說，要誠實面對自己，愛一個人並沒有任何過錯。

煩悶、痛苦、煩惱、煩躁，最後精疲力竭地睡著了——最近每天都是如此。月曆已經翻到了六月。

那天上午休息時，我在自動販賣機買咖啡，麻由子走了過來。她在T恤外穿著白袍。因為她的臉部線條很俐落，比起花稍的洋裝，這種打扮更適合她。當然，無論她穿什麼，我都很喜歡。

她微微笑了笑後說：「智彥今天請假。」最近她和我說話時，終於不再使用敬語。

「他生病了嗎？」

「好像感冒了，我剛才打電話給他。」

「嚴重嗎？」

「他說發燒了，好像已經吃藥了。」她一臉擔心地微微偏著頭。

「那今天回家之前去看看他，可能他沒東西吃。」

「是啊。」麻由子嫣然而笑。

五點離開ＭＡＣ後，我們一起走去智彥的公寓。他的公寓位在高田馬路，走路要三十多分鐘，但麻由子說要走路過去，她的理由是「因為今天的風很舒服啊」。希望多和她單獨相處的我當然不可能有異議。

「妳經常去他家嗎？」我不經意地問道。

「只去過一次，他讓我看他的電腦。」麻由子回答，她輕鬆的口吻讓我感到安心。

只要她有絲毫的遲疑，我就會立刻想到她和智彥已經上了床。當然，即使她回答的語氣輕鬆，也無法代表他們之間沒有發生過什麼。

「他有沒有去過妳家？」

「還沒有，每次都送我到家門口。」

我很想問，為什麼不讓他進去坐一坐，但隨即把話吞了下去。這個問題太奇怪了。

「妳一個人生活的時間很長嗎？」

「讀大學之後就一個人住，所以現在是第五年。」她張開手掌。

之前曾經聽智彥說，她住在高圓寺。

「我記得妳老家在新潟？」

「對啊，而且是超鄉下的地方。」她笑得鼻梁都皺了起來，「不要告訴別人喔。」

「妳父母知道你們的事嗎？就是妳和智彥交往的事。」

她立刻收起了笑容。雖然夕陽從前方照了過來，但她的臉上似乎有陰影。她隨即露出了寂寞的笑容，搖了搖頭說：「他們不知道，因為我沒告訴他們。」

「為什麼沒告訴他們？」

「因為，」她停下腳步。因為我們剛好走到路口，前方是紅燈。「他們一定無法理解，總之，他們的想法很落伍，像老古董一樣。」

「但至少應該同意妳交男朋友啊。」

「我不是這個意思，」她似乎在思考該如何表達，但隨即下定決心似地轉頭看著我說：「他們無法消除歧視。」
「歧視……」
「就是對像他那種身體的人。」她加強了語氣，聲音中帶著憤怒，「都這種時代了，你是不是覺得很糟糕？」
「原來是這麼回事，但智彥的腿並不是很嚴重。」
「嚴不嚴重並不重要，只要和正常人稍有不同，他們就會歧視。雖然嘴上說得冠冕堂皇，但內心充滿偏見。如果把他介紹給我父母，我媽一定會說，即使沒有任何優點也無妨，至少要找一個四肢健全的男人。」
「怎麼可能？」
「你是不是無法相信？但這是千真萬確，真是越想越煩。」麻由子狠狠瞪著號誌燈，好像那是她的母親。號誌燈變成了綠燈，我們再度邁開步伐。
「但早晚要說啊，」我說：「如果你們要繼續交往下去的話。」
「是啊，而且我認為有義務要消除他們的歧視，但是……」麻由子低著頭走路。
「那妳呢？」
「我？我怎麼了？」
「妳對智彥的身體有什麼看法？不可能完全不在意吧？」
「這……」她支支吾吾，隨即恢復了堅定的語氣，「我第一次見到他時，的確覺得他走路的樣子有點奇怪，但我從來不覺得討厭，也希望能夠幫助他，更覺得如果能夠幫到他就太棒了。」

「智彥真讓人羨慕。」

「是嗎？」麻由子有點害羞。

「但是，」我問她：「這不是同情嗎？」

她停下腳步，但這次並不是因為來到路口，前方也沒有號誌燈，而是在馬路的正中央。她緩緩轉頭看著我。

「我認為不是。」她的一對杏眼露出真摯的眼神。

「是嗎？」

「因為我想幫他，也是為了我自己。只要他能夠幸福，我也可以得到幸福。」

「所以妳不覺得他可憐嗎？」

「這……」麻由子的眼神飄忽著，我感受到她內心的一絲動搖。

「是不是這麼覺得？」

麻由子突然放鬆了肩膀的力量，然後輕輕攤開雙手。

「不可能不覺得啊。」

「我想也是。」我點了點頭，「我也一樣，如果問我完全不同情他嗎？我無法否定。」

「但不光是同情而已。」

「當然是這樣，但同情占的比例並不小，妳不是隨時都在提防，避免傷害他嗎？」

「我很少想這種事。」

「不，妳經常想到。」我斷然說道，「上次一起去吃飯的時候也一樣，妳不是向他隱瞞了我們聊網球的事嗎？」

「那是……」麻由子一時詞窮。

「我並不是在指責妳，只是在確認妳的心意。智彥是我的摯友，妳也是，」我吞著口水，「妳對我來說，也是很重要的人。」

這是我第一次說出對她的心意，但麻由子當然無法理解這句話的真意，她露出爽朗的笑容說：「謝謝。」然後繼續邁開步伐。

她沉默不語，似乎在沉思。我開始厭惡自己。因為我發現自己的潛意識充滿了算計，明知道這是沒有正確答案的問題，卻故意問她，試圖動搖她對智彥的感情。

「我不應該對他說謊。」不一會兒，她小聲說道。

「這就難說了。」我回答說。

中途看到一家超市，我們決定去買一些食物帶去探視智彥。麻由子並不完全知道智彥喜歡吃什麼，所以由我掌握了主導權。

離開超市後走了一小段路，剛好看到一家專賣珠寶飾品的折扣店。麻由子在店門前停下腳步，向櫥窗內張望。

「有妳喜歡的東西嗎？」

「嗯，但五萬圓太貴了。」她縮起脖子，吐了吐舌頭，「對不起，我們快走吧。」

我看向櫥窗，一個藍色的浮雕寶石胸針，剛好是她剛才說的價格。

來到智彥家門口，我從口袋裡拿出鑰匙插進了鑰匙孔。轉動鑰匙時，立刻打開了門。

智彥給了我一把他家的鑰匙，因為他母親說：「放一把備用鑰匙在敦賀那裡比較安心。」

智彥不在家時，我從來不曾擅自來過。

打開門，我對屋內叫了一聲：「在家嗎？」窗邊的床上，套著藍色被套的被子動了一下。

「喔，你來了。」智彥發出慵懶的聲音坐了起來。他穿了一件白色和藍色的條紋睡衣，拿起放在枕邊的眼鏡戴了起來，立刻露出了笑容，「麻由子也來了。」

「現在怎麼樣？」

「有點發燒，但沒問題，明天就可以去上班。」他的視線追隨著麻由子說道。

「不要太勉強，萬一病好不了，反而得不償失。」

「但我沒時間躺在家裡，目前正是關鍵時期。」說完，他看著麻由子，「妳有沒有和須藤先生討論實驗計畫的事？」

「延到下個星期了。」

「是嗎？」智彥躺回枕頭上，「腦部機能研究小組的人原本今天要來，真是太可惜了。」

「你為什麼這麼著急？出現了很理想的數據嗎？」

智彥枕邊放著資料，裡面夾著圖表，我看著那些資料。

「嗯，改天再告訴你，等到時機成熟的時候。」他可能察覺到我的視線，把資料收了起來。

「智彥，你吃飯了沒有？」麻由子問。

「中午吃了泡麵。」

「我就知道。」我拿起超市的購物袋站了起來，「等一下，我馬上來做特製的鹹粥。」

「啊，那我來做。」

「不用，交給崇史吧，」智彥躺在床上笑著說：「崇史的馬虎料理別有一番風味。」

但麻由子還是走到我身旁幫忙切菜。

我煮了三人份的鹹粥，又煎了帶魚，三個人一起吃晚餐。鹹粥煮得不錯，麻由子也說：「真好吃，讓我刮目相看了。」

「我記得去年這個時候，崇史也來我家煮了鹹粥。」吃完飯，智彥喝著用茶包泡的綠茶時說道。

「你這麼說，好像有這麼一回事。」

「我好像每年這個季節就會感冒。」

「所以你要多注意啊。」麻由子說道。

「好像每次都是我感冒，崇史從來不感冒。」

「怎麼可能？」

「但至少不會嚴重到要躺在床上休息。中學的時候，如果不是因為盲腸炎，你就可以拿全勤了，高中如果沒有蹺課的話，也可以拿全勤。」

哈哈哈。我笑了起來。智彥繼續說道：「果然有鍛鍊就是不一樣，你從中學時代之後，就一直參加運動隊。」

我收起了笑容，看著已經吃空的碗。

智彥對麻由子說：「崇史是軟式網球選手，在靜岡的高中，他還小有名氣喔。」

「你太抬舉我了。」

「我說的是實話啊，你不必謙虛。」

「這樣的話，」這時，麻由子開了口，我和智彥同時看向她。她輪流看著我們兩個人的臉，露出有點僵硬的笑容，然後硬是用開朗的口吻說：「那和我一樣啊。」

「和妳一樣？」智彥問道。

「我在高中時也打過軟式網球，我之前不是曾經和你提過嗎？」麻由子對智彥說。

我低著頭，不願意看到她尷尬的表情。

「不，我沒聽說過。」智彥回答，他的聲音比剛才稍微低沉，「如果妳提過這件事，我一定會記得，我向來不會忘記這種事。」

「是嗎？」麻由子的聲音也變得低沉。

「是喔，原來妳也打過軟式網球……崇史，你知道這件事嗎？」

我抬起頭。智彥的眼鏡反射了日光燈的燈光，我看不到他的眼神，只知道他臉上帶著一絲不安。

「不知道。」我簡短回答了一句。

「是喔。」智彥垂下雙眼看著被子，然後立刻看向麻由子。他的嘴角露出笑容，「那下次妳可以和崇史一起打啊，反正學校有網球場，對不對？」

最後的「對不對」是在問我。

「那下次一起打。」麻由子看著我說，我不置可否地點了點頭。

之後聊起我和智彥高中時代的事，但氣氛始終熱絡不起來，彼此都很尷尬，經常冷場。智彥是音樂迷，播放了他推薦的CD和MD，卻反而助長了沉默。

晚上十點，我站了起來，麻由子也說要回家了。

「不好意思，還麻煩你們特地跑一趟。」智彥坐在床上目送我們。

我向他揮了揮手。

我和麻由子兩個人一起走去高田馬場。她的情緒很低落，腳步也很沉重。

「我是不是不該說那件事。」走了一會兒，她問道。

「妳是說網球的事嗎？」

「對。」

「是我不該在來之前，說那些不必要的話。」

「和你沒有關係，是我有問題。」她輕輕嘆了一口氣，「他一定知道那是說謊。」

「妳是說，我說不知道妳打網球這件事嗎？」

「對。」

「嗯……」我比任何人更清楚智彥的感覺有多麼敏銳，「應該吧。」

麻由子再度重重地嘆了一口氣。

我們在高田馬場車站道別，她要搭的電車先到了。

「妳別放在心上。」我最後對她說道，她淡淡地笑了笑，點了點頭。

目送麻由子搭的電車離去後，我內心陷入了天人交戰。她對智彥的感情明顯發生了微妙的變化，因此造成的罪惡感，和期待這種變化的想法在內心交戰。

第　三　章

喪——失

星期六上午，崇史說要去公司，麻由子露出有點驚訝的表情。他們像往常的週六一樣，吃著早午餐，桌上放著吐司麵包、咖啡和沙拉，還有炒蛋和香腸。除了咖啡以外，都是崇史準備的。

「你竟然要假日去上班，真是太難得了。」麻由子的聲音中帶著狐疑說道。她仍然穿著睡衣，在睡衣外披了一件白色棉質開襟衫。

「因為我想整理一份數據，原本想昨天完成，但主機當機了。」崇史把奶油抹在麵包上時說道，他不敢正視麻由子的眼睛。

「昨天晚上你都沒提這件事。」

「我原本還在猶豫，但後來還是決定今天去公司處理一下。」

「非今天不可嗎？這麼緊急的工作嗎？」

「下個星期就要召開部門會議，我希望在開會時作為參考資料。」

「是喔。」麻由子似乎仍然無法接受，但她聳了聳肩，笑著說：「原本還想請你今天陪我去買東西呢。」

「不好意思，妳自己去吧。」

「明天也不行嗎？」

「現在還不知道，搞不好也不行。」

「是喔……那我自己去好了。」

「對不起，妳自己去吧。」崇史說完，吃著還沒有加番茄醬的炒蛋。

吃完早午餐，他回到臥室，打開了和麻由子共用書桌的第二個抽屜。抽屜裡放著備用的文具和電腦周邊的備用品。他從抽屜裡拿出裝釘書針的小盒子，打開小盒子，裡面裝的不是釘書針，而是一把鑰匙。他把鑰匙放在手上，不禁思考起來。因為他有一種奇妙的感覺，只是他也不知道為什麼會有這種奇妙的感覺。

換好衣服，崇史向麻由子打招呼說：「那我先去公司了。」

麻由子正在洗碗。

「你穿這樣去嗎？」麻由子回頭問道。崇史一身牛仔褲配馬球衫的輕鬆打扮。

「假日加班穿這樣沒關係。」

「是喔，那不要太晚回來。」

「不會太晚的。」他穿上球鞋出門了。

他來到地鐵早稻田車站後買了車票，搭上和去公司相反方向的電車。他只搭了一站，在高田馬場下了車。三輪智彥就住在這裡。

崇史昨天在公司打了兩通電話。其中一通打到智彥在ＭＡＣ時住的公寓，原本以為智彥一定搬走了，沒想到房子竟然沒有退租。他聽到了答錄機的聲音。

「我目前不在家，請在嗶聲後留下你的姓名和留言。」

那並不是智彥的聲音，而是電話機中預錄的語音訊息，但崇史以前聽過，所以確信智彥的房子還沒有退租。

接著，他打去智彥的老家。

智彥和崇史的老家都在靜岡市區，小時候經常相互串門子。智彥的父親開印刷廠，埋頭苦幹，只期望獨生子長大成人。他的母親個子矮小，慈眉善目，個性溫柔婉約。崇史在進入百迪科技之前回老家時最後一次見到她，她當時提到智彥時，仍然稱他為「小智」。

接電話的正是智彥的母親，崇史在自報姓名時，猜想她一定覺得很懷念。沒想到智彥母親的反應極其不自然。

「啊，原來是敦賀……」她只叫了他的名字，就沒有再說下去。

「怎麼了？」崇史問。

「不，沒事。倒是你怎麼了？怎麼會突然打電話來？」

「我想要問一下關於三輪的事。」

「智彥的……喔，是喔。是什麼事？」

「最近都沒有他的消息，所以我在想，不知道他最近還好嗎？」

「喔，你是說智彥，沒有人告訴你嗎？他去了美國。」

「去了洛杉磯吧？這件事我知道，但完全不知道他在那裡的情況，他也沒有寫信給我。」

「寫信……對啊，他也沒有寫信回來。真對不起，這孩子很懶，不過，你不用擔心，他一切都很好。」

「他有打電話回來嗎？」

「有啊，打過幾次電話。」

「最近一次是什麼時候？」

「嗯，上個星期三、四吧，在吃晚餐的時候打來的。」

「可不可以請妳告訴我電話號碼？我想打電話給他。」

智彥的母親聽到崇史這麼說，沒有吭氣。一陣不自然的沉默後，智彥的母親說：

「我跟你說，智彥家裡還沒有裝電話，目前住的地方也只是臨時落腳，他說最近還要搬家……」說到這裡，她開始支支吾吾。

「那如果家裡發生什麼事，要怎麼通知他呢？」

「對啊，我們也很擔心這件事，幸好目前什麼都沒發生，他也不時會打電話回家。」

智彥的母親說到這裡，陷入了沉默，似乎在等待崇史的反應。

「……是這樣啊。」

「對啊，你特地打電話來，真不好意思啊。」

「他下次什麼時候會打電話回家？」

「這我就不知道了，因為他每次都是想到了就打電話。」

「他家裡沒電話，所以是從公司打的嗎？」

「好像是。」

「……原來是這樣。阿姨，如果他下次打電話回家，可不可以請妳轉告他，務必和我聯絡？可以打對方付費電話。」

「喔，好啊，我會轉告他。」

「拜託了。」

掛上電話後，崇史在桌上的便條紙上寫了幾個數字。他計算了和洛杉磯之間的時差，如果智彥是在晚餐時間打電話回家，代表他是在半夜打電話。

崇史認為不可能，至少不可能在公司打電話。

除此以外，智彥母親的談話中也有很多奇怪的地方，最奇怪的是，她並沒有對無法主動和兒子聯繫這件事感到不滿。

她是不是在隱瞞什麼？崇史立刻產生了質疑。三輪智彥一定是因為某種理由突然消失……

智彥的公寓離高田馬場車站走路大約五分鐘，細長形的公寓外牆貼著模仿紅磚的磁磚。他的房間在五樓，崇史按了電梯的按鍵。這裡的電梯很老舊，速度很慢。

「有時候等不及了，乾脆自己走樓梯。」崇史想起智彥曾經這麼說，他可能藉此暗中證明自己的腳並沒有問題。

來到五樓，崇史站在智彥的房間門口。五〇三室。門牌上用簽字筆寫了「三輪」的姓氏。崇史摸著牛仔褲口袋，拿出了鑰匙，就是原本裝在釘書針盒子裡的鑰匙。

奇怪的感覺再度甦醒。

昨天確認智彥的房間還沒有退租時，他完全沒有想到要來這裡。因為他覺得即使來到這裡，如果無法進房間，也完全沒有意義。

但是，今天早上，他突然想起自己有智彥家的鑰匙。他記得放在釘書針的盒子裡，收在抽屜裡，於是決定來智彥的租屋處察看。

就連崇史自己也不知道，為什麼之前完全忘記了鑰匙的事，同時，他也很納悶，為什麼今天會突然想起這件事。雖然在日常生活中，經常發生突然想起早就忘記的事，但想起這把鑰匙時的感覺完全不一樣。崇史覺得那是和想起智彥的事時相同的感覺。

再怎麼絞盡腦汁，也想不出答案，他把鑰匙插進鑰匙孔，轉動了門鎖。門鎖一下子就打開了。他拉開了門。

智彥租的是比較寬敞的套房，崇史瞥向室內，忍不住愣在玄關。

好像只有這個房間經歷了一場狂風暴雨。

牆邊的兩個鐵製書架上幾乎都沒有書，原本放在書架上的大量書籍都雜亂地堆在地上。書桌也一樣，抽屜裡的東西全都丟在地上，衣櫃裡的衣服也都被拉了出來，音響架上的錄影帶和ＣＤ也散落一地。

崇史脫下鞋子走進室內，盡可能不要踩到房間內散落的東西，然後再度巡視室內。

他立刻想到會不會是遭了小偷。崇史曾經見過遭小偷的房子。讀小學的時候，附近同學家遭小偷，他好奇地去同學家參觀。當時室內的情況就和眼前的情景一樣，好像整棟房子都被掀翻了。

他首先想到是否該報警。如果遭到了小偷，當然得先報警，但首先必須找到能夠斷定是被闖空門的證據。

他小心謹慎走到窗前，以免碰到周遭的物品。窗邊放了一張床，床上的毛毯很自然地翻開，好像仍然維持著智彥最後起床時的樣子，但床下收納物品的抽屜打開著。

崇史看了窗戶玻璃和窗戶鎖，玻璃沒有打破，月牙鎖也鎖得好好的，所以可以排除從窗戶闖入的可能性。

但崇史同時認為這並不是單純的闖空門。

慣竊即使不用鑰匙也可以開鎖，也可能智彥剛好忘了鎖門，被小偷發現後進來偷竊，但是無論是哪一種情況，小偷離開時都不可能鎖門。剛才這個房間的門是鎖著的。

如果不是小偷，那會是誰幹的呢？

第一個可能，就是智彥自己。他在啟程前往美國之前，是不是曾經在找什麼東西？但崇史立刻打消了這個念頭。因為他很瞭解智彥的性格，無論在任何情況下，智彥都不可能把房間弄得這麼亂七八糟。

既然如此，就只剩下一個可能。那就是有人為了偷竊以外的目的在這裡翻箱倒櫃。既然不是偷竊，很可能是在找什麼東西。

他不經意地看著丟在桌上全新的小型磁片，也就是簡稱ＭＤ的東西。崇史和百迪科技的研究人員經常使用ＭＤ作為電腦的外部記憶裝置，因為ＭＤ的容量是普通磁碟片的一百倍以上，桌上的ＭＤ很可能是智彥為工作而買的。

桌上積滿了灰塵，只有原本放ＭＤ的位置清楚地留下了四方形的空洞，顯然從被人闖入到現在，已經有很長一段時間了。

崇史思考著是否該向智彥的父母報告眼前的狀況，最後決定不說。因為他至今仍然很在意，昨天通電話時，智彥的母親似乎有點心不在焉，而且他覺得智彥的父母可能知道這裡的狀況。智彥離開這裡已經超過兩個月，照理說，既然沒有人住了，應該趕快退租。既然沒有退租，顯然有某種理由，而且這個理由不可能和眼前的異常狀況毫無關係。

崇史把手上的MD放回桌上，先檢查堆在地上的書籍。分子生物學、腦部醫學、機械工學、熱力學和應用化學，都是模控工學的專業書籍，崇史也有其中大部分的書。除此以外，還有小說和寫真集，以及幾本音樂專業書籍，因為智彥的興趣是拉小提琴。

他打量著這些書的書名片刻，才想到自己太蠢了，忍不住苦笑起來。即使看現場留下來的書，也無法得知闖入者到底要找什麼。看房間內留下的東西沒有用，必須尋找缺少了什麼，才能知道闖入者的目的。

雖然崇史並不知道智彥到底有哪些東西，但他曾經來過這裡好幾次，大致上知道哪裡放了什麼東西。崇史把書放回書架，努力搜尋著記憶。

他立刻發現原本放在書架最上層的資料夾不見了。崇史知道智彥按照不同的課題，將在MAC的實驗結果和報告保管在這裡。

這時，他又想到一件事，在電腦周圍尋找著。果然不出所料，原本放MD和磁碟片的盒子空了，只剩下新的MD和磁碟片。他在桌子上和抽屜中尋找後，發現連筆記本和便條紙也都不翼而飛。

是闖入者帶走了嗎？不，崇史改變了想法，認為無法如此斷言，很可能是智彥帶去洛杉磯了。如果換成崇史，接獲調去美國的通知，當然會把之前所有的研究成果都一起帶走。

但是……崇史忍不住再度看向書架，照理說，也應該同時帶上這些專業書籍啊，這些都是研究時需要用到的書籍，尤其在美國很難買到。

衣物也有相同的情況。散亂的衣物都是智彥平時經常穿的衣服，崇史以前看過智彥穿在身上，但智彥為什麼沒有帶去美國？

崇史在床上坐了下來，仔細打量室內的每個角落，他的目光停留在音樂架上，起身走過去後，看了音響架內。

裡面的ＭＤ果然不見了，但那並不是電腦用的ＭＤ，而是原本用途的音響ＭＤ不見了，裡面錄製了智彥喜歡的古典音樂。除了ＭＤ以外，連早期的錄音帶也不見了，但市售的ＣＤ還留著，只帶走了自己錄製的音樂，無論怎麼想，都太不自然了。

他繼續在房間內檢查後，發現錄影帶也消失不見了。錄製了希區考克電影的錄影帶，和智彥每週看的連續劇錄影帶全都不見了，只剩下還沒有拆封的全新錄影帶。

崇史整理著自己的想法。資料、筆記、磁碟片、ＭＤ、錄音帶和錄影帶都不見了，這些東西有什麼共同點？

都可以記錄資訊。

也就是說，智彥用來記錄某些資訊的東西都消失了。

一陣惡寒撫過崇史的後背，因為他不認為是智彥自己做的，唯一的可能，就是闖入者拿走了所有這些東西。

闖入者到底想要什麼資料？拿走ＭＤ和磁碟片也就罷了，竟然連錄音帶和錄影帶也都拿走太不正常了。很久以前，才會把錄音帶當作是電腦的記憶媒體，至於普通的錄影帶，完全不曾用於電腦。雖然除了作為電腦的記憶媒體以外，還可以以影像的方式留下數據，但據崇史所知，智彥從來不曾使用這種方法。

闖入者的目的很可能是為了智彥的研究成果，但是為什麼要拿走他的研究成果？崇史對此存疑。智彥他們的研究並沒有值得搶奪的成果，因為他們根本沒有做出什麼成果。

不對，崇史內心產生了猶豫。果真如此嗎？

他們是不是已經完成了驚人的成果？

「徹底顛覆實境工學常識的重大發現。」

腦海中響起這個聲音，崇史忍不住抬起頭。

這是什麼？他忍不住想。

他覺得好像聽誰說過這句話。有人在稱讚智彥的研究成果。是誰說的？在哪裡說的？崇史搖著頭，無論如何都想不起來，甚至覺得可能是錯覺。

崇史再度巡視室內，希望可以找到某些提示，說明眼前的狀況。是誰闖入這裡？到底有何目的？闖入者是否達到了目的？智彥自己知道這件事嗎？

崇史的目光停留在音響旁的架子上，那裡有一排樂譜，還有一些相冊，但並不是那種有硬皮封面的高級相冊，而是沖印店贈送的薄型相冊。

崇史拿起相冊翻了起來，立刻看到了熟悉的臉龐。崇史和智彥剛進ＭＡＣ後，曾經一起去東北旅行，那是當時拍的照片。智彥站在一塊大石頭上揮著手，他的皮膚難得曬很黑，看起來很健康。後方的流水應該是嚴美溪。下一張是兩個人在恐山的合影，當時他們還開玩笑說，會照到背後靈。

東北旅行的照片之後，是智彥的獨照。雖然照片上沒有日期，但從他穿著運動衣和牛仔褲的打扮推測，應該是五、六月的時候。他坐在長椅上露出微笑，後方隱約照到了城堡。

崇史立刻發現，那是東京迪士尼樂園。他繼續向後翻，翻了兩頁，又有一張像是去迪士尼時拍的照片。智彥獨自站在迪士尼的大門前，右手拿著紙袋，左手做出Ｖ的手勢。

奇怪的是，這兩張照片之間是空白，好像其他照片被人抽走了。

而且，這到底是什麼時候的照片？崇史忍不住想。崇史不曾和智彥一起去過迪士尼，那並不是兩個男生一起去的地方。

當然也不可能一個男生自己去，也就是說，智彥當時應該和某個女生一起去。既然這樣，應該有和那個女生的合影，也會有那個女生單獨的照片。以前這本相冊中，是否有和智彥同行的女生的照片？

但是，那些照片被抽走了。崇史開始思考其中的原因。那個女生到底是誰？從和東北旅行照片的時間關係推測，應該是在去年初夏。當時，智彥有交往的女生嗎？

他並沒有女朋友。崇史立刻回答了這個問題。不光是去年初夏，智彥應該從來沒有交過女朋友，如果他交了女朋友，應該會最先告訴自己。崇史對這件事很有自信。

然而，崇史的腦海中突然浮現出麻由子的臉，而且他發現這幾天始終煩惱不已的不舒服感覺，再度在內心擴散。

麻由子是智彥的女朋友？

他搖了搖頭，持續搖著頭，想要告訴自己，不可能有這種事。她是自己的女朋友。現在如此，一年前也是如此。然而，他內心感到極度不安，所以才需要這麼告訴自己。但為什麼會毫無抵抗地認為智彥和麻由子是情侶呢？相反地，想要回想自己和麻由子一年前的樣子，記憶卻很模糊。

他無法承受這種不舒服的感覺，闔上了相冊。他的本能拒絕繼續思考這件事。

他想先瞭解誰闖入了智彥家裡，到底有什麼目的，但繼續留在這裡，也無法發現有用的線索。崇史走去玄關穿球鞋時，決定無論如何都要和智彥取得聯絡。

臨走時，他巡視整個房間，想要再看一眼。窗外有什麼東西閃了一下。窗簾有一半敞開著。

對面也是一棟相同的公寓，有一個人站在外側樓梯上。看起來像男人。男人手上拿著相機，可能是鏡頭反射了陽光。

崇史脫下鞋子跑到窗邊，男人從樓梯上消失了。不是走去某個房間，就是搭了電梯。

崇史打開窗戶，尋找男人的身影。不一會兒，看到一個身穿灰色西裝的男人從一樓大門離開。崇史無法判斷是不是剛才那個男人，但那個男人的腳步很慌張。西裝男鑽進停在路旁的車子，立刻驅車離開了。

離開智彥家後，崇史去了ＭＡＣ。雖然他很想在上班日來這裡，但那樣就會遇見麻由子。他想要避開麻由子，因為他不想把自己目前的疑問和煩惱告訴她。

ＭＡＣ和百迪科技一樣，星期六也休息，大門內靜悄悄的，但上了年紀的警衛坐在警衛室內。崇史出示了百迪科技的員工證，走進了大門。

走進大樓內，可以感受到一些動靜。即將參加學會或研究會的研究室應該沒時間休假。

崇史敲了敲一樓最角落的房間門。「請進。」裡面傳來一個沉悶的聲音。崇史打開門，坐在窗前書桌前寫東西的男人轉過頭，這個臉頰凹陷，看起來乾瘦的男人是以前崇史在這裡就讀時的指導老師小山內。

「嗨！」小山內看到崇史，立刻把椅子轉了過來。他笑的時候，魚尾紋更深了，「好久不見，最近還好嗎？」

「還不錯，」崇史說完，在旁邊的椅子上坐了下來，「我就知道你星期六一定會在這裡。」

「你是不是料定我的研究又遇到瓶頸了？你會這麼想也是理所當然，因為我一直在做同樣的事。」

「中研那裡幾乎每天都在做動物實驗。」中研是目前崇史他們所在的中央研究所的簡稱。

小山內拿起在菸灰缸上冒著煙的香菸，抽了一口後，從鼻子裡噴了出來。

「他們的成果也不理想吧，聽說只是用實驗確認我們這裡歸納的基礎數據而已。」

「進展好像的確不太順利，目前還無法達到應用的程度。」

「但明年之後，視聽覺認知的研究將全都交由中研負責。」

「啊？是這樣嗎？」

「雖然還沒有正式決定。」小山內一臉不滿地吐著煙。

當ＭＡＣ和中央研究所研究相同的課題時，兩個單位分擔負責基礎研究和應用研究，但是，當認為基礎研究已經完成時，就會將所有的研究都交由中央研究所處理，ＭＡＣ的研究人員通常也會被吸收到中央研究所。

「所以你明年也要來中研嗎？」

「好像並不是這樣。」小山內把香菸在菸灰缸裡捻熄了，「我們這些老師會繼續留在這裡，上面指示我們要找新的研究課題。」

「這是怎麼回事？簡直就是實質縮小規模啊。」

「就是這麼回事，百迪科技的高層似乎對在新型實境中使用視聽覺認知系統已經不抱希望了。」

「不抱希望……那要使用什麼？」

小山內拿起桌上的香菸盒，抽出一支，放在鼻子下方嗅聞味道，然後對崇史說：「只剩下記憶包了。」

「怎麼會有這種事？」崇史不以為然地說：「之前不是已經縮小規模了嗎？ＭＡＣ

已經不再研究了，中研也凍結了這個課題，在MAC擔任老師的須藤先生現在也和我一起研究新的課題。」

「我聽說了，好像是分析幻想時的腦部迴路……對不對？」

「這個課題的研究也沒有進展。」崇史自嘲地笑了笑，他並沒有說，自己對這個研究不感興趣。

小山內點了菸，連續用力吸了三口，周圍的空氣立刻變得白色混濁。

「我聽說，」他一邊吐著煙，一邊說：「百迪科技仍然執著於記憶包，腦部機能研究小組也增加了人手。」

「真的嗎？但即使是這樣，也未必是進行那項研究……」

「嗯，我也不瞭解詳細的情況。」小山內皺起眉頭。

尷尬的沉默持續了數十秒。崇史看著小山內後方的窗戶，窗外是櫻花樹，櫻花樹的後方是空無一人的網球場。

好久沒有打軟式網球了，他心想道。上次是什麼時候打的？他想起是和麻由子一起打的網球，烈日、汗水——

「所以呢，」小山內問：「你今天有什麼事？不可能預料到我想抱怨，所以才來聽我訴苦吧。」

「不是啦，但和剛才的話題有一點關係，是關於三輪的事。」

「碎紙機三輪嗎？」小山內笑了起來。因為智彥很聰明，所以在MAC時，大家都這麼叫他，「他怎麼了？」

「你知道他目前的情況嗎？」

「他不是在洛杉磯？」

崇史點了點頭，「是啊，你什麼時候聽說這件事？」

「嗯，好像是一個月前，我剛好有事去中研，須藤告訴我的。老實說，我當時很驚訝。不，三輪被調去美國這件事並不意外，但照理說，應該會通知我們老師。」

「我也是最近才聽說。」

「真的嗎？你們不是關係很好嗎？」

「所以我也很驚訝。」

「是喔。」小山內一臉難以理解的表情抽著菸，菸灰掉在長褲上，他慌忙拍了拍。

「你知道三輪在洛杉磯研究什麼嗎？」

「不，我不知道，你呢？」

「我也不知道，他完全沒有和我聯絡。」

「可能太忙了，要在那裡生活，可能會有一段時間忙得渾然忘我。」小山內似乎並不認為有什麼問題。

然而，崇史無法釋懷。他覺得好像有人刻意隱藏智彥，但是，有必要這麼做嗎？

「新生活還適應嗎？很愉快嗎？」小山內不懷好意地笑著問。

「愉快是指？」

「你別裝糊塗了，聽說津野經常出入你家。」

「喔……」

其實並不是經常出入，而是實質同居，但崇史並沒有說。

「腦部機能小組的人都很失望，好不容易分到一個美女，竟然已經名花有主了。」

「是嗎？」崇史抓著頭。

麻由子所屬的記憶包研究小組今年春天解散了，她被分配到腦部機能研究小組。她並不是研究所畢業，所以都是擔任主研究員的助理工作。

「我也很驚訝，沒想到你會和她交往。」

小山內的話令崇史感到意外，他挑了一下眉毛。

「我以為大家都知道我們交往的事。」

「我知道你們走得很近，你和津野還有三輪，三個人經常在一起，但我一直以為津野是在和三輪交往，因為你和三輪是好朋友，所以三個人形影不離。」

「她和三輪……嗎？」崇史覺得好像吞下了鉛塊。

「因為他們在同一個小組，可能經常看到他們在一起的關係。冷靜思考一下，以津野的美貌，當然和你比較匹配。」小山內說完，看著崇史的臉，顯得有點尷尬，「如果讓你不舒服，我向你道歉，我剛才那句話並沒有特別的意思。」

「沒事。」崇史搖了搖頭。

他想起的確不曾在ＭＡＣ公開過自己和麻由子的關係，因為顧慮到智彥，所以三個人經常一起行動。

但是，有人以為智彥和麻由子是情侶這件事，是不容忽略的事實。只有小山內一個人這麼以為嗎？

想到這裡，崇史感到焦慮不已。自己為什麼如此不安？自己比任何人更清楚，麻由子是自己的女朋友——

「你打算和她結婚嗎？」小山內問。

「有這個打算，但要等她從這裡畢業，進入百迪科技的某個部門工作後再說。」

「嗯，這樣比較好。這個女生很不錯，和你一定可以相處得很好。百迪科技現在也已經捨棄了大時代的思考方式，不再認為夫妻必須在不同的部門工作，也許你們會在同一個部門。」小山內說完，露出被香菸熏得變色的牙齒笑了起來。

崇史覺得該問的事都問完了，正準備離開，突然想到一件事。

「對了，之前被安排在三輪手下，從大學剛畢業的篠崎目前在哪個研究小組？」

「篠崎？」小山內皺起眉頭。

「之前記憶包研究小組不是有這樣一個人嗎？」

因為篠崎曾經協助智彥的研究工作，也許他知道智彥的近況，所以他想打聽篠崎的事。

沒想到小山內說出了令人意外的回答。

「他怎麼可能在這裡？」

「他不在這裡？」

「咦？你不知道嗎？他離開這裡已經好幾個月了，當時你不是還在這裡嗎？」

「呃……」

崇史聽了，努力搜尋自己的記憶。雖然他和篠崎並不是很熟，但遇到時會打招呼。他終於想起一件事。那是去年秋天，大家都在議論篠崎的事。

「啊，我想起來了。」

「想起來了嗎？」

「他好像突然不來了。」

「對啊，持續無故曠職，最後離職了。我記得是透過百迪科技提出了離職申請，總之，當事人從頭到尾都沒有露臉。我以為已經適應新進員工不負責任的情況了，但他的事還是令我感到意外。」

不光是智彥和麻由子，和篠崎一起進公司的人也都很驚訝。

但是，崇史感到無法釋懷。為什麼直到剛才，自己都忘了這件事？

「你找篠崎有事嗎？」小山內問。

「不，談不上什麼事。」崇史覺得既然他之前就已經辭職了，即使見了面也沒有意義。

「說到篠崎，不久之前，有一個奇怪的女生來這裡。」小山內抱著雙臂，看向牆上的月曆，「差不多兩個月前，說要找篠崎。」

「要找篠崎？怎麼回事？」

「我也不太清楚。警衛室打來電話，說有一個女生要找篠崎的上司，問我該怎麼辦。篠崎的上司是你目前的上司須藤，當時他已經不在這裡了，無奈之下，我只好去見她。那個女生差不多二十歲左右，她說找不到篠崎的下落，正在為此傷腦筋。篠崎沒有和老家聯絡，也沒有回自己的租屋處。我告訴她，篠崎幾個月前離職了，她很驚訝，一直問我知不知道篠崎去了哪裡，我當然無法回答，只能告訴她說，篠崎離職之後，我就沒再見過他，她才終於放棄離開。」

「真奇怪。」

「對啊，之後她又打了兩次電話來這裡，我根本幫不了她。我問了其他人，沒有人知道篠崎的情況。不知道之後怎麼樣了，她沒有再打電話來，是不是找到了？」小山內一直偏著頭納悶。

崇史覺得這件事有蹊蹺，然後又想到，這是不是和三輪智彥失蹤的事有什麼關聯？篠崎和智彥曾經在同一個研究小組這件事讓他格外在意。當然，也可能是巧合。

總之，他想瞭解詳細的情況。

「那個女生是篠崎的女朋友嗎？」崇史問。

「應該是，聽起來不像是家人，而且姓氏也不同。」

「你有她的聯絡方式嗎？」

「你等一下。」小山內打開抽屜，抽屜裡塞滿了零星物品和小紙片，他從其中拿出一張便條紙說：「就是這張。」

上面寫著住址和電話號碼。那個女生叫直井雅美，住在板橋區。崇史向小山內要了一張便條紙抄了下來。

「你想到什麼了嗎？」

「不是，並不是想到什麼，而是我打算近期和三輪聯絡，可以順便打聽一下篠崎的事。如果知道什麼情況，可以通知那個女生。」

「你真是好心人，但是我覺得三輪應該也不知道，他恐怕和我們一樣，並沒有和篠崎見面。」

「應該吧。」崇史說完，站了起來。

「你要走了嗎？」

「對，呃，我還想拜託你一件事。」

「什麼事？」

「我希望你不要告訴津野，我今天來這裡的事。因為我不想陪她去買東西，謊稱要加班。」

小山內噗哧一聲笑了起來。

「簡直就像是中年夫妻啊，現在就這樣，不難想像以後的情況。放心吧，我不會告訴她的。」

「拜託了。」崇史向他鞠躬。

離開MAC後，他一看到公用電話，立刻打電話給直井雅美，但直井雅美不在家，聽到答錄機的語音訊息，要求留下姓名和留言。聲音帶有一點鼻音，感覺不到二十歲。崇史留言說，自己今年三月之前在MAC，想瞭解關於篠崎的事，希望她聽到留言後，能和自己聯絡，並留下了家裡的電話。

他回到位在早稻田的公寓，但麻由子不在家。崇史猜想她可能一個人出門買東西了。一看時鐘，已經六點多了。麻由子可能以為他會更晚回來。

他在臥室換了運動衣後，躺在床上。各種思緒在腦海中交錯。麻由子的事、智彥的事，還有自己的事。他努力試著將這些思緒結合在一起，但都徒勞無功，完全無法成形。既無法結合在一起，也無法到達某個終點，只是維持著懸在半空的狀態。因為未知數太多，所以無法總結出解答。

話說回來，那個男人到底是誰？

崇史想起去智彥家裡時，從對面那棟房子向自己張望的那個男人，他確信那個男人在看自己。

但是，他到底在看什麼？有什麼目的？

目前沒有任何推理的材料，所以越想越心浮氣躁。

他在床上翻了身，看到五斗櫃上的小相框，裡面是麻由子的照片。崇史站了起來，拿起了相框。照片中的麻由子在黑色T恤外穿了一件牛仔外套，面對鏡頭露出笑容，戴了一副紅色耳環。

天空很藍，照片中拍到了後方的棕色柵欄。崇史覺得這個背景似曾相識。

到底是在哪裡拍的？崇史思考著，記憶隨即甦醒。

那是去東京迪士尼時拍攝的。

記得是去年初夏，兩個人一起去了迪士尼，然後拍了照片。之後的記憶開始模糊。真的是這樣？真的去過嗎？崇史搜尋著記憶。他記得自己曾經去過迪士尼，玩了各種遊樂設施。太空山、加勒比海盜、星河之旅，還有其他各種遊樂設施，麻由子在灰姑娘城堡前撒了爆米花——

不對，崇史輕輕搖了搖頭。弄撒爆米花的不是麻由子，是大學時交往的女生。和麻由子去迪士尼時，發生了什麼事？她穿什麼衣服？她穿了一件很飄逸的迷你短裙，每次搭乘遊樂設施時，都忍不住為她提心吊膽。他忍不住說，應該穿牛仔褲啊。她回答說，被人看見有什麼關係。

不對，那也不是麻由子，那不是和麻由子在一起時的回憶。

崇史坐立難安，在房間內走來走去。一邊走，一邊打量著室內，思考著當時拍的其他照片，應該收在某個地方。

不一會兒，他在房間中央停下了腳步，一股寒意流過背脊。

自己沒有和麻由子去過東京迪士尼，這是他得出的結論。因為和過去的回憶混淆，才會以為和麻由子一起去過。

為什麼會以為自己曾經和麻由子一起去過？這反而更令他感到不解。

崇史低頭看著手上的相框，注視著面帶笑容的麻由子。

一種像是不祥預感的低落心情漸漸占據了崇史的內心，他很熟悉這張照片所發出的感覺。

今天白天，在智彥房間內看到的照片浮現在眼前。相冊中只有智彥的獨照。

麻由子的這張照片是不是和智彥一起拍的？他們是不是一起去了迪士尼樂園？是不是智彥為麻由子拍照，麻由子為智彥拍了照？

不可能。

我到底怎麼了？崇史不由得感到不安。為什麼會想像這些不可能發生的事？

他感到頭痛，有點想要嘔吐。他把照片放回原處，在床上坐了下來。難以形容的惡劣心情在內心擴散。他試著想一些其他的事，仍然無法擺脫那些思緒。

這時，玄關傳來開門的聲音。「我回來了。」傳來麻由子的聲音。隨著一陣拖鞋的聲音，她走進臥室。

「我回來了，你這麼早就到家了。」說完，她看著崇史，露出不安的表情，「你怎麼了？露出這麼奇怪的表情。」

「沒事，」崇史搖了搖頭，「我沒事，只是有點累了。」

「工作完成了嗎？」

「嗯，總算有了眉目。」

「是嗎？那就太好了。」

麻由子打開五斗櫃的抽屜，開始換衣服，似乎並沒有發現相框的位置稍微移動了。

崇史猶豫著要不要問她照片的事，雖然只是很普通的問題，但不知道為什麼，他不敢問出口。因為有一種預感，覺得一旦問了之後，就會造成無可挽回的結果。

「我買了熟菜回來，馬上就可以吃飯了。」說完，她留下不發一語的崇史，走出了房間。

晚餐時，麻由子和他聊著今天出門逛街的事。因為剛好遇到拍賣，所以用便宜的價格買到了夏天的衣服。回家的電車上，還被一位中年女人搭訕。崇史知道自己露出了煩悶的表情，卻也無法強顏歡笑，只能隨口附和。幸好她並沒有起疑。

吃完晚餐，正在喝茶時，電話鈴聲響了。麻由子拿起無線電話機遞給崇史。他們同居的事並沒有公開，所以都由他接電話。他不在家時就按答錄機，在透過擴音器確認來電者的聲音，麻由子覺得沒問題時，才會接起電話。

「喂？」他接起了電話。

「呃，請問這是敦賀崇史先生的府上嗎？」電話中傳來一個年輕女人的聲音。崇史聽過這個聲音，就是那個答錄機的語言留言。

「我就是，請問妳是？」

「我是直井，」對方在電話中回答，「呃，你在我的答錄機裡留言……」

「對，沒錯，不好意思，突然打擾。」崇史說話時看向麻由子。她臉上的表情在問：「誰打來的？」崇史拿著電話站了起來。

「呃，妳請等一下。」

他用手按住電話，小聲地對麻由子說：「我要看一下工作的資料」，然後走去臥室。麻由子露出訝異的表情。

他坐在書桌前，對著電話道歉：「不好意思，讓妳久等了。」然後用麻由子聽不到的聲音小聲地說：「正如我在答錄機中留言所說的，關於篠崎的事，我有事想要請教一下。」

「是關於伍郎失蹤的事嗎？」

「伍郎是篠崎的……」

「喔，對不起，是他名字。」

「原來是這樣，沒錯，是關於他失蹤的事。」

「你知道伍郎的，不，是條崎的下落嗎？」

對方的聲音顯得有點激動。她果然還沒有找到篠崎的下落，聽到崇史的留言，充滿期待地打了這通電話。崇史不由得心生抱歉。

「不，並不是這樣，但因為我以前和他很熟，所以想進一步瞭解相關的情況。不瞞妳說，我今天才知道他失蹤這件事。」

「是喔。」

電話彼端傳來吐氣的聲音，她顯然很失望。

「所以妳目前仍然不知道他的下落嗎？」

「完全不知道。」她回答說。

「他是什麼時候失蹤的？」

「我也不清楚，因為一直聯絡不到他，今年過年時，他也沒有回老家。」

「妳最後一次聯絡他是什麼時候？」

「應該是去年秋天。」

那正是篠崎離開MAC的時候。

「直井小姐，我們可以見面詳談嗎？如果瞭解詳細情況，也許可以幫到妳。」

「好啊，沒問題，我也希望找到一些線索。」直井雅美立刻回答。

「那可以明天兩點約在池袋見面嗎？」崇史想起她住在板橋這件事後提議道。

「好啊，請問要約在哪裡？」

崇史指定了池袋西口的一家咖啡店，直井雅美也表示同意。

「我會在桌上放百迪科技的紙袋。」

「我知道了。」

掛上電話後，崇史坐在那裡發呆，門打開了。麻由子用托盤端著茶杯走了進來，「講完電話了嗎？」

「嗯。」

「誰打來的？」

「工作上的電話。」崇史接過茶杯，喝了一口茶後回答：「我明天也要出門。」

「是喔，真辛苦。」她伸手拿起黏在崇史肩膀上的線頭。

晚上上床之後，崇史才提起篠崎的事。因為他想要拉開足夠的時間，以免麻由子聯想到剛才那通電話。

「你說的篠崎，是那個篠崎嗎？」她把身體轉向崇史的方向問道。

「就是那個篠崎，妳知道他目前人在哪裡嗎？」

「不知道，因為他去年秋天的時候就離開MAC了。」

「嗯，好像是突然離開。」

「我也不是很清楚，但須藤先生好像很生氣，說他缺乏身為社會一分子的自覺。」

「因為他擅自離職，也難怪會被這麼說。妳和他很熟嗎？」

「稱不上很熟，但因為在同一個研究小組，所以經常會聊天。」

「妳知道他為什麼突然離開嗎？」

「不知道。」她搖了搖頭，「你為什麼突然問這件事？篠崎怎麼了？」

「今天去公司時，遇到在MAC時的朋友，聽說了奇怪的事，說不知道篠崎的下落。」

「不知道他的下落？」

「就是失蹤了，聽說他的家人也打電話來問他的下落。」

「是喔……」

「妳沒聽說嗎？」

「老師不久之前好像提過這件事，但因為我已經換去其他小組了，也不知道他的下落，所以也答不上來。」

「那倒是。」

「你好像很在意，你不是和篠崎不太熟嗎？」

「是啊，只是覺得很奇怪而已。」

崇史摟住麻由子的肩膀，然後閉上了眼睛。

SCENE 4

六月中旬之後經常下雨，氣象廳的長期預報說，今年的梅雨季節少雨，預報顯然又失靈了。雖然原本就對天氣預報沒抱太大的希望，但那些把午休時間打網球當作唯一樂趣的人都恨得牙癢癢的。

今天一大早就下起了令人心煩的小雨，但中午之前雨停了。我看著窗外心想，那些手臂發癢的傢伙一吃完午餐，就會迫不及待地換上網球裝去打網球。

「總之，真的超厲害，雖然沒辦法告訴你詳細的情況，但絕對是劃時代的發現，可以說是徹底顛覆實境工學常識的重大發現。」

記憶包研究小組，也就是智彥那個小組的研究員興奮地說道。他是和麻由子一起進入MAC的篠崎，正在和也是今年進來的柳瀨聊天。

「你別故弄玄虛了，趕快說清楚發現了什麼。」柳瀨催促道。

「我也很想說，但我被下了封口令，要等到有更進一步明確的結果才能公布。」

「搞什麼啊，一定又是只聞樓梯聲，不見人下來。」

「不會啦，真的很厲害，反正過一陣子你就知道了。」篠崎有點生氣。

「聽說好像稍微篡改了記憶，對不對？」我在一旁插嘴說。篠崎似乎沒想到我也在聽他們談話，露出驚訝的表情，隨即用力點頭。

「是啊，敦賀學長，你知道得真清楚。」

「上次聽到智彥稍微提了一下，說是你在回憶小學時代的事時，說了不符合事實的話。」

「嗯，對啊，就是這樣，但之後又有了進展。」

「是喔，那真是太厲害了。」

篠崎似乎很想說出研究成果，但想起被下了封口令，只能笑著掩飾。

「不久之後，三輪學長和須藤先生應該就會公布詳細結果。」

這時，聽到了敲門聲。我回答後，門打開了，智彥探頭進來。智彥看著篠崎，篠崎立刻站了起來，椅子發出了很大的聲音。

「要送去給腦研的數據整理好了嗎？」

「呃，還剩下一點。」

「可不可以馬上完成？因為我希望這個星期內拿到分析結果。」

「喔，好的，好的。」篠崎向我鞠了一躬，從智彥身旁走了出去，智彥苦笑著走了進來。

「只要稍不留神，他就會偷懶，真傷腦筋。」

「他大肆吹噓你們的研究成果，這是真的嗎？」我徵求柳瀨的同意，柳瀨也笑著點頭。

「他的缺點就是大嘴巴。」智彥說完，在我旁邊的椅子上坐了下來，「你的情況怎麼樣？有進展嗎？」他探頭看著我攤在桌上的數據資料。

「起起伏伏的。」

「是喔。」智彥輕輕點了點頭。

我從他的表情中察覺，他似乎有事想和我談。目前除了我們之外，只有柳瀨在室內。我對柳瀨說：「你可不可以去資料室找下次學習會用的資料？午休時間就直接去吃飯吧。」

柳瀨可能察覺了我的意圖，臉上並沒有露出狐疑的表情就走了出去。

「找我有什麼事？」室內只剩下我們兩個人時，我問智彥。

智彥把椅子搬到我身旁。

「我有事想和你商量。」他的眼睛下方紅了起來。

「女朋友的事？」

「是啊。」智彥抓了抓脖頸後方，然後吞吞吐吐地開了口，「下個月是她生日，我不知道要送她什麼禮物。」

聽到他這麼說，我一時忘了回答。要找我商量的事未免太可愛了，但同時感到難過。他這個年紀，竟然只是第一次交女朋友，當然也不曾有機會送禮物給女生。

「下個月幾號？」

「十號。」

我看了牆上的月曆。十日是星期五，隔天就是休假日，他們很可能吃完晚餐後共度良宵。不，他們一定安排了這樣的計畫。想到這裡，前一刻還很同情智彥，此刻內心已經嫉妒不已，同時也感到焦躁。

「是不是買首飾比較好？」智彥完全沒有察覺我內心的想法說道。

「什麼都好啊，無論你送她什麼，她應該都很高興。」

「也許是這樣，但我希望可以送她喜歡的東西。」

「這就難倒我了。」

「即使想要送戒指或是胸針，也怕送到她不喜歡的。」智彥抱著手臂。

聽到胸針，我想起一件事。智彥感冒請假的那一天，我和麻由子一起去探視他時，麻由子在中途的珠寶店看上了一個浮雕寶石的胸針，言下之意，就是很想要那個胸針。只要我告訴智彥這件事，他一定會買下那個胸針送她。

「崇史，你說我該怎麼辦？」

「你覺得耳環怎麼樣？」我說，「她是短髮，耳環應該很適合她。」

「耳環嗎？真不錯，但挑選耳環很麻煩。」

「你可以問店員啊，告訴店員你的預算，然後就看你的品味了。」

「真傷腦筋，但也只能憑我的品味試試看了。」智彥露出凝望遠方的眼神，可能正在思考要去哪一家店。

「只有這件事嗎？」

「不，還有另一件事。」智彥說完，推了推眼鏡，露出有點嚴肅的表情，「關於鑰匙的事，我家的鑰匙，你那裡不是也有一把嗎？」

「對啊，你媽交代的，所以留了一把在我那裡。」我在回答時，猜到了他想要說什麼。

「那把鑰匙，你帶在身上嗎？」

「不，現在沒帶，放在家裡。」我對他說謊，那把鑰匙就在我長褲右側口袋裡，和其他鑰匙一起串在鑰匙圈上。

「你要那把鑰匙嗎？」

「嗯，但不是馬上……」他頻頻摸著眼鏡，連耳朵都紅了。

我努力避免自己的表情不自然，糗著他說：

「你就別瞞我了，是不是想把鑰匙交給她？」

「不……」智彥正想要否認，但隨即露出害羞的笑容，「沒錯啦，只是還沒有對她說而已。」

「你們的關係已經進展到這種程度了嗎？」

「不是啦，我只是希望把這件事當成契機。」

「契機？」
「嗯，」他點了點頭，低下頭後，又抬頭直視著我。他的臉上已經沒有笑容，眼神很嚴肅，「我希望可以和她建立更深入的關係。」
「喔……」我不置可否地回答，但能夠理解他想要表達的意思。我確信他和麻由子之間還沒有肉體關係。我認為智彥還是處男，正因為如此，跨越這條線需要比別人更大的勇氣，也難怪需要創造激發自己勇氣的機會。
「我知道了，我盡可能記得趕快帶來，你的鑰匙放在我這裡也的確沒什麼用處。」我對他說。雖然我並沒有刻意，但語氣變得有點冷漠。不知道智彥如何理解我的態度，他露出了慌亂的表情。
「沒那麼急啦，你記得的時候再帶來就好。」
「我要記下來。」
我正在尋找便條紙時，午休的鈴聲響了。同時響起了敲門聲，智彥說：「請進。」
「啊，你果然在這裡。」麻由子走了進來，「去吃午飯吧。」
「好啊，崇史，一起走吧。」智彥拍了拍我的肩膀站了起來，可能因為剛才正在聊麻由子的事，所以他的聲音顯得有點緊張。
今天麻由子沒有做便當，所以在食堂吃了定食。雖然不好吃，但我的心情反而比較輕鬆。
「聽篠崎說，你們的研究大有進展，實際情況到底如何？」吃完漢堡排定食後，我問智彥，智彥的漢堡排還剩下將近一半，他把仔細切下的一小塊送進嘴裡後，微微偏著頭。

「嗯，說不清楚，正確地說，目前還沒有掌握有意義的結果。」

「但聽篠崎的語氣，好像完全不是這麼一回事啊。」

「他太誇大了啊，對不對？」智彥徵求麻由子的同意，正用湯匙吃著蝦仁炒飯的她停下了手，輪流看了看我和智彥後，露出既沒有肯定，也沒有否認的笑容。

智彥這傢伙，竟然向我隱瞞研究的事。看了他們的表情，我瞭解到是怎麼一回事。上個月三個人一起去吃飯時，只是看到一線曙光，智彥就那麼興奮，現在卻顯得格外謹慎，顯然並不是因為研究沒有進展，而是可能遇到了不能大意的狀況。離開食堂後，智彥沒來由地一直聊著最近看的錄影帶，和目前喜歡的音樂，更加證實了我的推測。

搭電梯時，他才終於住了嘴。因為兩個身穿網球服，脖子上掛著毛巾的男人走出電梯。他們似乎在午餐前已經去運動流汗了。

我產生了不祥的預感，猜想麻由子也有同感。果然不出所料，當電梯內只有我們三個人時，智彥開口說：

「崇史，你的置物櫃裡不是有球拍嗎？」

我瞥了麻由子一眼，點了點頭，「嗯，是啊。」

「不是有兩個球拍嗎？」

「有啊。」

「既然這樣，」說著，他看著麻由子，「你們現在可以去打一下啊，剛才那兩個人打完，現在球場應該空著。」

「但是……」麻由子露出困惑的表情看著我。

「今天就算了，」我說：「一定很快又有其他人去打了。」

「會嗎？」

電梯來到一樓，智彥跑到窗邊，看著窗外，然後向我們招手，「沒有人啊，你們去打嘛。」

「但我沒帶衣服啊。」

「妳這身衣服就可以啊。」

麻由子穿著T恤和牛仔褲，她當然不是穿這身衣服來MAC，而是來了之後換了輕便衣服，因為研究業務要做很多體力活。

「偶爾需要活動一下身體。」智彥繼續說道。

麻由子露出猶豫的眼神看著我，她一定不知道怎麼做，才算是尊重智彥的想法。我也很猶豫，因為雖然很想和麻由子一起打網球，但現在不能表現出來。

「怎麼辦？」麻由子最後只能問我。

「我都可以啊。」雖然我知道這麼回答很狡猾，但也只能這麼回答。

「你們去打啊，」智彥說，「而且我有事要去資料室。」

「啊？是喔？」

「嗯，所以嘛。」智彥對我和麻由子露出笑容。

麻由子看著手錶想了一下後，抬頭對我說：「那就稍微打一下。」

「好啊。」我當然不可能有異議。

五分鐘後，我和麻由子已經在球場上。她換下牛仔褲，穿了一條不知道向誰借的黑色運動褲。

「他果然很在意這件事。」麻由子說。可能在說之前去探視智彥的事。

「因為他很喜歡妳。」

「但這樣反而讓我很為難。」她聳了聳肩。

「妳不要想太多，這樣反而不會傷害他。」

「你說得對。」她嫣然而笑，拿起了網球，「很久沒打了，不知道有沒有忘記，你要手下留情喔。」

「我也有好幾個月沒打了。」我們分別走去各自的場地。

下過雨的地面很鬆軟，但沒有灰塵，很適合輕鬆對打幾局。起初我不瞭解麻由子的實力，所以試著扣殺了幾下，她回以漂亮的旋球，所以我也增加了力道。她的反拍很厲害，剛好打中她的球路時，就會用斜線球回敬我，讓我慌了手腳。麻由子追著球跑的表情很嚴肅，簡直可以稱之為精悍。

雖然只打了十五分鐘，但舒服地流了一身汗，而且更被麻由子活潑的表情所吸引。

「辛苦了，打得很開心。」

「我也是，但我打得太爛了，你一定覺得很無聊吧？」

「沒這回事，妳打球力道很強，嚇了我一跳。」
「是嗎？太開心了，改天再打。」
「好啊。」
麻由子的臉頰泛著紅暈，抬頭看我的雙眼發出光芒。她的脖頸流著汗，我有一股衝動，想要上前抱住她。
這時，她的嘴唇動了一下，「呃……」
「怎麼了？」
但是，她微微張著嘴靜止在那裡，隨即搖了搖頭。
「不，沒事。」她露出微笑。
「是喔……」
我忍不住想，也許她想要告訴我，曾經在京濱東北線上看過我。我直覺地這麼認為。
我們並排走向大樓時，發現二樓窗戶前，有一個人影正看著我們，是智彥。麻由子幾乎也在同時發現了，不知道為什麼，她慌忙和我保持了距離。
我向智彥揮手，智彥也向我揮手，但臉上沒有笑容。
那天晚上回到家後，我把智彥家的鑰匙從鑰匙圈上拆了下來，然後放在釘書針的空盒裡，放進了抽屜。
在他下次催促之前，就先放在這裡。在此之前，就假裝忘了這件事。

第　四　章

矛——盾

下午兩點不到五分，崇史走進了約定的咖啡店。寬敞的店內橫向和縱向排列著四方形的桌子，毫無情調可言。他點完咖啡後，把印有百迪科技商標的紙袋放在桌上。

他立刻察覺到附近有動靜。他轉頭看向那個方向，一個長髮的嬌小女生輪流看著他的臉和桌上的紙袋走了過來，身穿一件薄荷綠的襯衫和合身的白色迷你裙。

崇史微微站了起來，「直井小姐嗎？」

「對。」她點了點頭，她的臉很小，但嘴巴和眼睛很大。可能因為有點緊張，所以看起來有點兇。

「我是敦賀。」崇史微微欠身說道。

雅美的座位在斜後方，桌上放著她點的咖啡，於是崇史決定坐去那裡，並告訴了服務生。

「不好意思，還麻煩妳特地來這裡。」在雅美對面坐下後，他立刻說道，然後遞上了名片。雅美露出認真的眼神注視著名片。

「你和伍郎……你和篠崎在百迪科技的學校時是一起的嗎？」她放下名片問道。

「雖然不是在同一個研究小組，但在同一個樓層，而且經常遇到，有時候也會聊天。」為了卸下對方的心防，他故意假裝和篠崎很熟。

雅美默默地縮起尖下巴，露出沉思的眼神。

「呃，妳是篠崎的女朋友嗎？」

她猶豫了一下後回答說：「我們從高中開始交往。」

「所以，你們是同學？」

「不，我比他小兩屆，我們一起參加了高中的羽球隊。」

崇史恍然大悟。如果和篠崎同年，代表她二十三、四歲，但雅美的外表看起來比較年輕，如果說她是高中生，也有人會相信。

「所以，妳現在是學生嗎？」

她搖了搖頭，「我之前讀的是短大，去年剛畢業。」

「原來是這樣。」崇史點頭時，服務生送來了咖啡，他把牛奶倒進咖啡時繼續問道：「妳和他經常見面嗎？」

「以前幾乎每天都見面，但去年四月之後就很少見面。」

「去年四月？也就是他進入百迪科技之後嗎？」

「對，伍郎……篠崎他……」

「妳叫他伍郎沒關係。」崇史看到她說得很不自在，苦笑著對她說，「而且妳說話也不需要用敬語，這樣我也聊得比較輕鬆。」

雅美稍微放鬆了臉上的表情，喝了一口咖啡潤喉。

「我們的老家在廣島，我們都讀當地的大學，那時候經常見面，但自從他到東京工作後，只能一、兩個月見一次，而且都是我來東京找他約會。」

「妳不是也在這裡工作嗎？」

「我今年才來東京，因為家庭因素，去年留在老家那裡工作。」

「是喔。」不知道是什麼家庭因素。崇史暗想著這個問題，決定進入正題。「呃，妳是說，從去年秋天開始聯絡不到篠崎嗎？」

「對，打電話也沒有人接，寫信給他也不回，我原本以為他工作太忙了。」

「那時候他已經離開ＭＡＣ和百迪科技了。」

「好像是，我聽了之後很驚訝……」

「他怎麼跟家裡的人說？」

「伍郎原本就很少打電話回家，所以他父母也並沒有太擔心，也完全不知道他辭職的事……至於過年的時候沒有回家，是伍郎在中元節時曾經說不回家，所以他們也並不覺得奇怪。」

「妳是什麼時候知道他失蹤的？」

「兩個月前。我來到東京，去了他的公寓，發現了一張字條。」

「字條？」

雅美把大背包放在腿上，從裡面拿出摺起的信紙，攤開信紙後遞給崇史說：「就是這個。」

崇史接了過來，上面用原子筆寫著——

「我要出門旅行一陣子，不必擔心。　篠崎伍郎」

斜上方寫著十月二日的日期。

「我看到之後嚇了一大跳，就去了那個ＭＡＣ，就是伍郎讀的學校，結果學校的人說他早就離職了……」

小山內應該就是在那時候和雅美見面。

「妳把這件事告訴了他的家人嗎？」

「我馬上通知了他的家人，他父母也很驚訝，阿姨當天就來東京了。」

聽她的語氣，雙方的父母已經認同他們的關係。

「結果呢？」

「去問了他大學的同學和朋友，但沒有人知道，阿姨也很傷腦筋。」

「有報警嗎？」

「阿姨去問了附近的警察局，但因為看起來不像離家出走，而且還留了字條，所以警方也沒有積極提供協助。」

「也許是這樣。」崇史抱著手臂發出呻吟。

到底是怎麼回事？他不禁思考著。一個年輕人突然想要出門旅行，而且真的出門了——就只是這樣而已嗎？他試圖分析篠崎是不是會做這種事，但有點不知所措，因為他想不起任何關於篠崎的明確記憶。

「MAC的人也都不知道嗎？」雅美問道。

「嗯，因為他離職之後，沒有人見過他。」

「是喔。」雅美垂下雙眼。

「他租的房子還沒有退租嗎？」

「對。」

「那房租呢？」

「好像是從銀行自動扣繳，房東說，並沒有積欠房租。」

「所以妳見過房東。」

「對，聽房東說，伍郎寫了一封信塞進信箱，說要暫時離開一陣子。」

「那是什麼時候的事？」

「也是去年秋天。」

「是喔。」崇史的目光從雅美身上移開，看向遠方。

他覺得和三輪智彥的情況很像。當然，兩個人的狀況不同，智彥留下了去洛杉磯總公司的紀錄，公司的人和家人也都口徑一致，但是，兩個人都沒有向最親密的朋友告別就突然離開，而且沒有人住的房子也都繼續承租。最重要的是，整體的氛圍很相似。

崇史將視線移回雅美身上問：「篠崎的房間怎麼樣？」

她露出驚訝的表情問：「什麼怎麼樣？」

「有沒有被翻亂的痕跡？」

「沒有。」她搖了搖頭，「但聽阿姨說，他的隨身物品和貴重物品都不見了，應該是伍郎帶走了。」

「是喔。」這點和智彥的情況不同，智彥家裡的所有磁碟片和ＭＤ都消失了。

「敦賀先生，請問你有沒有可能掌握什麼線索？」雅美露出探詢的眼神問道。

「現在還不清楚，但我會設法調查。妳有沒有聽過三輪這個名字？叫三輪智彥。」

「三輪先生？沒聽過，那個人怎麼了？」

「他是和篠崎同一個研究小組的成員，目前在洛杉磯，等我聯絡到他，也會向他打聽一下篠崎的事。」

「那就拜託你了。」

崇史看著鞠躬拜託的雅美，內心卻覺得自己應該不可能向智彥打聽篠崎的事。因為既然兩個人的消失有關聯，就不可能其中一個人單獨出現。

「如果有什麼消息，我會通知妳。」崇史說完，拿起兩張帳單，雅美露出驚訝的表情，「沒關係，」他對雅美說：「是我約妳出來的。」

「不好意思。」她再度恭敬地鞠躬。

「妳目前在東京幹什麼？」

「我在讀專科學校，半工半讀。」

「妳來東京是為了找他嗎？」

「不，我決定來這裡時，做夢都沒有想到他會失蹤。」

「妳以為可以經常和他見面。」

「對，」她小聲地回答，「如果去年四月，我和他一起來東京，就不會發生這種事了。」

「妳剛才說，因為家庭因素。」

「因為我爸爸生病，需要有人照顧。我媽媽要忙店裡的生意，雖說是開店，但其實只是一家小型髮廊而已。」

「妳照顧生病的父親嗎？真孝順。」

雅美聽了崇史的話，眉毛抖動了一下。

「你這麼認為嗎？」

「難道不是嗎？」

「我聽到別人這麼說就很火大。」

「啊？為什麼？」

「因為我覺得孝順這句話，有一種不把兒女當一回事的意思。」

「啊？會這樣嗎？」

「老實說，我超討厭幫我爸爸清理大小便，每次碰到他發臭的身體，每次為他換尿布，我就希望這個老頭子快去死。那根本不是孝順這麼簡單的事。」

「嗯，也許的確是這麼一回事吧。」

「這種時候，如果親戚的阿姨也在旁邊，就會語帶佩服地說，雅美，妳真孝順。這句話中包括了女兒照顧父母是理所當然，其他人根本不需要動手的意思。無論我多麼辛苦，他們只要用孝順這兩個字就打發了，聽了之後超級火大，真想把沾了大便的尿布丟過去。」

前一刻還看起來很無助的雅美突然氣勢洶洶地說道，崇史有點驚訝，拿著帳單，茫然地看著她的臉。她似乎發現了，撥了撥頭髮說：

「對不起，跟你說這些無聊事。」

「沒關係，」崇史笑了起來，「但妳現在來東京，妳母親一定很傷腦筋，因為沒有人照顧妳父親了。」

雅美搖了搖頭，「她才不傷腦筋呢，因為已經不需要照顧我爸爸了。」

「啊？所以……」

「去年年底死了，否則我媽不可能讓我來東京。」

「那就請……」

崇史的話還沒說完，雅美就伸出右手制止了他，他住了嘴。

「請你不要說節哀順變，因為我和我媽都很高興。」

聽到她這句話，崇史忍不住苦笑起來。

「我非常能夠瞭解篠崎為什麼選妳當女朋友了。」

雅美羞赧地露齒笑了起來。

星期一之後，又是忙著實驗和寫報告的日子。

崇史覺得烏皮從資材部回來之後，似乎比以前稍微有點精神了，但在籠子內還是一動也不動，一雙憂鬱的眼睛注視著半空。

崇史讓烏皮坐在束縛椅上，用皮帶固定了牠的雙手雙腳和身體。每次這麼做，崇史都很有罪惡感，覺得萬一被動物保護團體盯上就慘了。這隻母猩猩以前還會掙扎，現在已經變得很順從，但這件事絲毫無法安慰他。

崇史首先為被固定在椅子上的烏皮戴上特殊的網罩，緊貼著頭部的部分有超過一百個電極，捕捉腦部發出的任何微弱信號，但並不只有測量腦波而已，還要用電腦分析腦波的模式和大小，推側神經元的具體動向。具體來說，把神經元的活動視為一個偶極子，在和模擬模型比較的同時，分析出偶極子出現在腦部的哪一個部分。因為偶極子不一定只有一個，所以需要龐大的計算量，隨著電腦處理速度的提升，才能夠發展這項技術。

然後，他又把頭罩戴在特殊網罩上，頭罩內有數十個可以發出電磁波的端子，可以對腦部產生刺激。

再把另外幾個測量儀器連在烏皮身上後，崇史把一個白色箱子放在她面前。這個箱子是崇史自己製作的，所以角落接合處有點歪了。

「準備就緒。」崇史說。

「好，那就開始吧。」正在修正電腦程式的須藤回答。

在旁人眼中，一定覺得這個實驗很好笑。白色箱子靠烏皮的那一側有一道門，會以固定的節奏開啟和關閉。門的另一側也可以打開，但只有更換白色箱子裡面的東西時才會打開。箱子裡放的是猩猩喜歡的東西，也就是蘋果和香蕉。每次打開白色箱子的門，烏皮就可以看到裡面的東西，所以崇史他們想要瞭解，當門關閉時，烏皮是否會發揮想像力。

「果然沒錯。」須藤看著電腦螢幕說道，「T1的模式是烏皮想像香蕉時的情況。」

「是啊。」崇史也表示同意，在外人眼中，T1模式只是一堆雜亂的曲線，但他們能夠看出其中的差異。

「好，那當T1模式再度出現，就用程式9進行刺激。」

「程式9嗎？」須藤的指示讓崇史忍不住皺起眉頭，「要干涉記憶中樞嗎？有什麼目的？」

「要調查記憶如何處理想像的內容，這是研究計畫中的內容，總之，你繼續進行。」須藤說話時沒有看崇史。

「設定程序9。」崇史故意用公事化的口吻說道。

被調到目前的職場兩個月，崇史仍然搞不懂須藤的目的。雖然他說是高層的命令，但崇史無法瞭解其中的意圖。崇史起初以為是原本一直負責視聽覺認知系統，因為領域不同，所以無法把握狀況，但最近越來越不這麼認為。須藤指示他做的工作缺乏一貫性，好像只是在摧毀實驗動物的腦部。

這天工作結束後，崇史向須藤打聽了篠崎的事。須藤當然還記得他，但並沒有覺得特別懷念，也沒有說出任何新情況。

「他不是那種會乖乖留在研究室的人，可能出國去了吧。」即使聽到篠崎失蹤，也沒有露出驚訝的表情，只說了這句話。

這天，崇史在餐桌旁看書到深夜，麻由子已經上床睡覺了。她進臥室前問他：「你看得這麼津津有味，很有趣的書嗎？」

「是啊，是推理小說。我想知道結局，所以打算一口氣看完。」崇史回答說，但其實這本書一點都不好看，他下班後去書店隨便買了這本書回家。

他看這本無趣的書到深夜三點多，即使看完之後，也搞不太清楚到底在說什麼內容，但這對崇史來說並不重要，因為重要的是能夠熬到深夜不睡覺，又不會讓麻由子起疑心。

他拿起無線電話，走進盥洗室，以免臥室內的麻由子聽到他說話的聲音。他把一張便條紙放在洗手台上，那是洛杉磯總公司的電話。他看著電話號碼，按了電話的按鍵。崇史每次打國際電話都有點緊張。

電話中傳來一個年輕女人的聲音，崇史報上了自己的部門和姓名後，說要找日本研究人員的人事負責人。他等了一會兒，電話中傳來一個女人的聲音，說著流暢的日文：「你好，有什麼可以為你服務的嗎？」

崇史再度報上了自己的姓名，說想要瞭解今年調去那裡的三輪智彥所在的部門和聯絡方式。

「你是……敦賀崇史先生，可不可以告訴我你的員工編號？」

崇史報上了員工編號，對方的女人請他稍候片刻。他猜想對方應該正在用電腦確認他的身分。

「讓你久等了，呃，三輪先生目前屬於研究中心的Ｂ７這個單位。」聽到這句話，崇史鬆了一口氣。智彥果然在洛杉磯。

那個女人又說：「只不過他目前並不在那裡。」

「啊，不在那裡是什麼意思？」

「他加入了特別計畫，目前無法公開他的所在地。」

「是喔……那怎麼聯絡他？」

「如果有急事，請和Ｂ７聯絡，就會有人轉告他。」

「沒辦法直接聯絡嗎？」

「沒辦法，但只要轉告三輪先生，他應該就會聯絡你。」崇史覺得對方說話的語氣比剛才更公事化。

「我知道了，那我就聯絡Ｂ７。」

「要不要轉回總機？」

「麻煩妳了。」

電話轉回總機後，崇史請對方轉接Ｂ７。接電話的男人說的英文聽不太清楚，崇史希望他轉告三輪智彥，請他打電話給東京的敦賀，但沒有自信對方聽懂他表達的意思。

崇史懷疑，即使對方聽懂了，也未必會轉達智彥。雖然因為智彥加入了特別課題，無法公開目前的行蹤，也無法直接聯絡，因為擔心洩漏機密，但有必要做到這種程度嗎？如果真有這個必要，那到底是什麼計畫？

即使絞盡腦汁，也無法想像到底是什麼計畫，他關了燈，走進臥室。上床時，發現麻由子醒著。

「你一直在看書嗎？」她問。

「是啊。」他回答，忍不住思考麻由子是什麼時候醒來的。

翌日崇史去公司後，發現信箱裡有一封航空信。一看寄件人的名字，差一點把夾在腋下的皮包掉在地上。因為寄件人的名字寫著 TOMOHIKO MIWA（三輪智彥）。

他急忙走去自己的座位，用拆信刀拆開信封。這是百迪科技總公司的信封，裡面的信紙也一樣。

「前略。最近還好嗎？」用黑色墨水手寫的信以這種方式開頭，崇史看到這些字，立刻消除了連日來的擔憂。那的確是智彥的筆跡，尤其平假名符合智彥的書寫特徵。

「我一直對當初沒有向你打一聲招呼就來到這裡耿耿於懷，這段時間以來，始終沒有時間寫信，一直拖到了今天。因為調我來總公司的人事命令很倉促，我也緊急出發了。也許你已經聽說了，我甚至沒有時間回靜岡的老家一趟。而且來到這裡之後，每天都忙著東奔西跑，有很長一段時間，完全搞不清楚自己身在何處，幸好沒有累壞身體。

我目前在中央研究中心的 B7 部門，主要從事以解析腦磁波為主的研究工作，但我目前並不在研究中心，而是在百迪科技關係企業的研究所，很遺憾，目前無法告訴你具體的地點。雖然不是多重要的研究，但需要小心謹慎。

我平時也住在這裡，這裡的環境很不錯，有豐富的大自然，空間很寬敞，食物也不差，只是昨天有點糗。同事邀請我去他家作客，晚餐竟然有牡蠣。你知道我很怕吃牡蠣，但我不希望同事尷尬，所以硬是吞了下去。

雖然也會遇到這種糗事，但我一切都很好，我會找機會再寫信給你，也希望有機會瞭解你的近況。地址如同信封上所寫的，你寄去B7吧。代我向大家問候。」

崇史看了兩次信的內容，尤其最後的部分，更是看了一次又一次。

剛開始看信時的開朗心情已經消失了，原本已經消除的內心疙瘩反而比之前更大了。

崇史忍不住懷疑，這封信是不是偽造的。

關鍵就在於「牡蠣」。

智彥的確不吃牡蠣，但絕對不是像信中所寫的那樣，是因為他不喜歡吃牡蠣。

崇史回想起中學時，曾經聽智彥說過的事，那是關於智彥祖父的事。

「自從我生病，腿出了問題之後，爺爺就不再吃牡蠣，他說，在我的腿恢復原狀之前，他都不再吃牡蠣，以前爺爺最愛吃牡蠣了。那是爺爺去世前三年的事，我直到最近才得知這件事，覺得當時在爺爺面前大口吃牡蠣真是太對不起他了。」

智彥說，因為這個原因，所以決定以後不再吃牡蠣。

如果這封信是智彥寫的，就不可能這麼寫。「牡蠣」對他來說，是意義更深遠的食物。

崇史假設這封信是智彥以外的人所寫的，那個人只知道智彥不吃牡蠣這件事，認定是因為他不喜歡，所以才不吃，為了假冒是他本人，故意提起這件事。

崇史認為完全有這種可能，而且這麼解釋，比認為是智彥自己寫的更合情合理。

但是，筆跡的問題又該如何解釋呢？崇史立刻微微搖著頭，這種問題太好解決了。只要有智彥的筆跡，讓電腦記憶筆跡的特徵根本易如反掌。

問題在於為什麼要這麼大費周章地假冒智彥？智彥到底怎麼了？

這一天，崇史幾乎都無心工作，須藤問他：「你怎麼了？」他並沒有回答。他認為這件事並不能隨便告訴別人。

他比平時更早離開了研究所，但不想直接回家，魂不守舍地走向六本木。他需要獨自安靜思考，因為他覺得自己正站在重要的岔路口。

「這不是崇史嗎？」突然聽到有人叫自己，崇史停下腳步四處張望，一個穿著紅色超迷你洋裝的年輕女人笑著向他走來，女人的嘴唇和她的衣服顏色相同。她的嘴巴動了起來，「好久不見，最近還好嗎？」

這個女人是誰？崇史在思考這個問題的同時，立刻想了起來。她是以前一起參加網球社的同學。

「原來是夏江，真的好久不見了。」崇史也笑著回答，「差不多有兩年沒見了吧？」

「你在說什麼啊，去年不是在新宿見過嗎？」

「去年？」

「對啊，就是那個叫三輪的，他不是介紹女朋友給你認識嗎？」

「呃……」崇史注視著夏江的臉。記憶糾纏在一起，過去的影像變得混亂。

聽到主持人叫到我的名字，我用力深呼吸了一下，檢查領帶後站了起來。螢幕上同時開始播放幻燈片，首先出現了「研究如何將資訊輸入視聽覺神經　第七次報告」的文字。我巡視室內，這裡是平時學生上課時使用的階梯教室，窗前拉起了黑色窗簾，教室內幾乎座無虛席。有一百人，不，搞不好有兩百個人。這代表這場發表會深受矚目，但是我並不需要向教室內所有人報告研究成果，只要面對坐在前三排的那些人。他們都是百迪科技的人，想要瞭解自己的學弟妹組成的小聯盟到底有多少實力，如果無法獲得他們的認同，就無法進入大聯盟。崇史，加油囉，沒什麼好怕的，讓他們見識一下你的實力。

「我是實境工學研究室的敦賀崇史，現在由我向各位報告將資訊輸入視聽覺神經這項研究的成果。」聲音比我想像中更流暢，應該可以順利完成報告。我看到坐在第二排的男人重新戴好眼鏡，螢幕上立刻出現了第二張幻燈片。

時序已經進入七月，MAC正在舉行例行的研究發表會，由各個研究小組派一名代表，報告各小組目前的研究課題。雖然可以派小組中的任何一名成員進行報告，但如果有人將在下一年度進入百迪科技，通常都由這個人上台報告，所以今年輪到我。

「……這張圖表記錄了藉由本次實驗使用的系統，將蘋果和香蕉的影像變成視覺信號，輸入實驗對象腦部時的腦內反應。在實驗過程中，並沒有將信號的內容告訴實驗對象。下一張圖表是向相同的實驗對象出示實際的蘋果和香蕉時的腦內反應紀錄。過濾細微的周波數之後，可以得到如此極度相似的模式圖。然而，當問實驗對象接收到剛才的信號，覺得自己看到了什麼時，實驗對象知道是香蕉，但對另一個東西則回答不太清楚。大小和形狀比較獨特的香蕉比較容易辨識，但接近球體，大小也和很多其他東西相似的蘋果，則需要更詳細的信號才能夠辨識。」

這個星期，我幾乎不眠不休地準備這份報告，小山內先生建議我將報告的重點集中在「如何讓聽眾以為他們聽懂了」。因為只有極少數人能夠理解研究內容，即使羅列細節也沒有意義，盡可能大肆宣傳一般聽眾也能夠瞭解的精采部分。只要讓評審覺得他們似乎理解了，就會感到滿意，給予高分。這是小山內先生的意見，當我打算在報告中提及研究過程中辛苦時，這位指導老師立刻命令我刪除。

「誰都不想聽你經歷了哪些辛苦，」小山內先生說，「他們只想知道研究有哪些進展，距離實用化還有多少問題需要解決，一旦商品化，可以賺多少錢。記住一個基本，不需要談論曾經經歷的辛苦，只要報告這項研究具有多少價值。」

小山內先生又補充說：「這和普通的大學和學會的論文發表不一樣。」

「……今後的研究有三大課題。第一，要將形狀和顏色的認識數據更加細分。第二，加快數據輸入的速度。第三，眼球變位量的比對。我的報告到此結束。」

我鞠了一躬，收起了指示棒。雖然響起了掌聲，但只是基於禮貌，並不是對我發表內容的肯定。教室內的燈亮了，可以看清楚觀眾的臉，後方有人在打呵欠。

主持人問聽眾是否有疑問，前排有人舉起了手，問了有關數據分析的方法。這是意料之中的問題，我輕鬆作答。之後聽眾發問的兩個問題，對我來說，也都像在面試時，問到我的興趣愛好一樣簡單輕鬆。看來今天的報告可以順利落幕。正當我這麼想的時候，第三排的男人舉起了手。主持人指了指那個男人。

「關於腦內電流的分析一如往常的精采，」頭頂稀疏，應該還不到四十歲的男人首先稱讚道，我不由得產生了警戒，眼角掃到坐在共同研究者座位上的小山內先生，發現他也緊張起來。那個男人繼續說道：「但本次報告中，完全沒有提及上次第六次報告中曾經稍微提到的有關腦內化學反應的分析，可以請教其中的原因嗎？」

該來的還是躲不過。這是我內心的真實想法。雖然我一直設法避開這個問題，但既然有人問及，就必須作答。

「關於腦內化學反應，目前還在著手研究，但正如您所知，腦內化學反應需要有外科手術病人提供協助，難以蒐集到大量具普遍性的數據，所以這次以能夠蒐集到不特定多數數據的間接刺激法為中心進行分析。」

「上次也是這麼說，但視聽覺認知顯然和個人情緒有密切的關係。」

「您說得對。」

「既然把情緒作為參數，當然必須掌握腦內化學反應，但既然沒有列入考慮，剛才發表的腦內反應的圖表，有超過一半都失去了意義。尤其是第四張圖表。」

負責放幻燈片的人竟然多事地在螢幕上秀出那張幻燈片。

「並不是沒有列入考慮，目前也預定從化學反應的角度分析這張圖表，我必須承認，到時候可能會出現完全不同的結論。」無奈之下，我只能稍微讓步，「只是這種可能性極低。」這是我最低限度的反擊。

男人似乎對我的回答感到滿意，點了點頭後坐了下來。主持人宣布時間已到，我的發表也到此結束。

「被問倒了。」回到休息室後，我對小山內先生說，小山內先生也苦笑著。

「他是化學方面的專家，我記得姓杉原，以前是研究腦內嗎啡的。」

「我聽過這個名字，難怪。」

「如果知道他要來，就應該事先準備，不是有模擬化學反應的數據嗎？」

「雖然有，但有那些數據也沒用，他沒這麼好糊弄。」

「那倒是。」

我們視聽覺認知系統研究小組最近遇到了瓶頸，最大的難題就是剛才提問者提到的腦內化學反應。使用猴子進行的實驗中，無法得到符合計算結果的數據，有時候甚至會出現完全相反的結果。外科手術相關的實驗必須使用實驗動物，要聽取實驗對象意見的實驗就必須進行人體實驗，這個矛盾阻礙了研究的進行。

「你不必放在心上，百迪科技認同你的實力。」小山內先生拍了拍我的肩膀，「你累了吧，要不要去研究室的床上躺一下？昨晚一整晚都沒睡吧？」

「嗯，是啊。」我鬆開領帶，「但我也想聽聽其他小組的報告。」

「不可能有人比你的更精采。」小山內先生安慰道。

我想聽智彥發表的報告。研究員篠崎上個月興奮地說，智彥的研究多麼驚人，差不多從那個時候開始，他們小組的研究活動的確開始有點不尋常。比方說，智彥和麻由子經常在研究室留到很晚，而且嚴格限制外人進入。窗戶始終拉著窗簾，從外面完全看不到裡面的情況。

他們很有可能獲得了劃時代的成果，但除了我以外的其他人並不在意他們的情況，以為只是在研究發表之前臨時抱佛腳，加強實驗的數據。而且各個研究小組原本就不願對外公開研究情況，所以很多研究室都禁止小組成員以外的人進入。

我之所以會在意這件事，當然是因為和智彥、麻由子有關。這一陣子，我幾乎沒有見到他們。吃午飯的時候，在食堂內也看不到他們的身影。即使偶爾遇到，當我隨口發問時，也都得到一些含糊其詞的回答。

因為他們的態度太拒人千里，我甚至覺得是不是和研究無關，而是智彥不希望麻由子和我接觸。我至今仍然無法忘記他看到我和麻由子打網球後的黯然眼神。

但只要看智彥在談論研究以外的話題時的態度，就知道並不是這麼一回事。這種時候，他和以前沒什麼兩樣，只不過身處目前的環境，很難在談話中完全不提到研究的事，經常為了選擇話題而陷入尷尬的沉默。最重要的是，無論原因是不是為了研究內容的保密，智彥都妨礙了我接近麻由子。我從她的表情，就知道她很想和我談論研究的事，但智彥當然也察覺到這一點，所以絕對不會讓她如願。

這幾天，我都沒有和麻由子說過話，也因此感到心浮氣躁。為了準備研究發表，我這一陣子經常住在研究室，但智彥他們的研究室到很晚也都亮著燈，而且隨時都鎖著門。即使明知道研究室內並不是只有他們兩個人，而且絕對是在做研究工作，還是忍不住在意兩個人到底在密室內幹什麼。

智彥他們小組的發表時間快到了，我脫下西裝上衣，解開領帶後走進會場。雖然會場內有冷氣，但在進入百迪科技之前去公司拜訪之後，我就沒有在盛夏季節穿過西裝。

會場內的燈光已經調暗，主持人介紹說：

「接下來是實境工學研究室記憶包研究小組的發表，主題是『論傳統型虛擬實境導致時間錯誤的可能性』，請須藤隆明先生上台。」

什麼？我差一點從椅子上跳起來。我以為自己聽錯了，但事實並非如此，站在講台上的正是須藤老師。智彥去了哪裡？我看向共同研究者的座位，那裡是空的，非但不見智彥，連麻由子和篠崎也不見蹤影。

這是怎麼回事？我將視線移回須藤老師身上。老師淡淡地開始報告。

奇怪的並不是只有智彥他們不見蹤影而已，發表的主題也讓人感到奇怪。雖然主題聽起來很複雜，但其實只是討論使用螢幕向實驗對象傳遞信號的傳統虛擬實境裝置時，能夠讓人在何種程度上產生時間的錯覺。如果螢幕中的世界和現實世界的時間完全相同，當然可以產生即時的感受，但如果螢幕內的時間經過比實際時間稍快，會有怎樣的結果？能不能夠在只過了一分鐘的情況下，讓實驗對象以為自己過了一天。

這個問題早就已經有了結論，在受到極度限制的條件下有可能做到，但除此以外就不可能了。只要想一下就知道，人體有生理時鐘，睡眠週期也都受到生理時鐘的影響，也無法壓抑食慾。疲勞和疲勞的恢復也一樣，雖然小說中經常有因為虛擬實境裝置而分不清現實和假想空間的情節，短時間的話還有可能，但不可能長時間混淆。

問題在於為什麼智彥的小組要發表這麼老掉牙的課題，而且是由老師上台發表。原本以為可能有什麼驚人的新發現，但聽須藤老師陳述的內容，都只是重複已經確認的情況而已，幻燈片的內容也好像以前在哪裡看過。

須藤老師的發表不長不短，剛好十五分鐘。畢竟是老師，時間拿捏得剛剛好。

主持人一如往常地問聽眾是否有問題，原本以為聽眾一定會對這種內容感到不滿，沒想到沒有任何人抱怨。也許是因為是由老師發表的關係，只有一名聽眾問了一個像是在恭維的問題。

接下來是休息時間，坐在前排的評審也都站了起來。我看著他們，感到不太對勁。因為評審人數比我發表時減少了。我迅速確認，發現至少有三個人不見了，其中也包括剛才向我提問的杉原。

太奇妙了。評審應該聽取所有的發表，難道是因為他們事先知道須藤老師發表的內容了無新意，所以例外離席？

不管這些事，先去找智彥。我離開階梯教室，走去記憶包小組的研究室。他到底在幹什麼？

來到他們的研究室附近時，看到研究室的門打開了。我希望是麻由子走出來，但事與願違，一個身穿西裝的高大男人走了出來。一看他的臉，就知道他不是日本人。我好像在哪裡看過這個一頭棕色頭髮、額頭很凸的男人，卻一時想不起來。

這時，又有另一個人走了出來。我認識這個人，應該說，我才剛見過他。他是百迪科技的杉原。外國人和杉原一臉嚴肅的表情討論著什麼，走向和我相反的方向，完全沒有看我一眼。難道他們在談論需要認真討論的話題嗎？

我走向他們剛才走出來的那道門。杉原沒有聽須藤老師的發表，為什麼跑來這個研究室？而且還和外國人一起——

想到這裡，我終於想起在哪裡見過這個外國人。是在百迪科技內部的報紙上。他是來自洛杉磯總公司的研究主任，名字好像叫佛洛伊德……據說是腦部分析的專家。他為什麼會在這裡？

我決定先不理會這些事，舉起拳頭正準備敲門，後面傳來一個聲音。「有什麼事嗎？」

回頭一看，前一刻還在講台上發表的須藤老師站在那裡。

「不，我找智彥，不，我找三輪有點事。」我放下拳頭回答。

「急事嗎？」

「不，並不急，只是有事想要問他一下。」

「既然這樣，」須藤老師說完，擋在我和門之間，「可不可以晚點再來？因為接下來要開會。」

「是嗎？」

「不好意思啊。」

我點了點頭，轉身離去，但立刻轉頭問：「須藤先生。」正要開門的須藤老師維持這個姿勢看著我。「剛才的發表是怎麼回事？」我問。老師挑起單側眉毛。

「什麼怎麼回事？」

「不可能為了那些發表內容連續熬夜好幾天，而且為什麼不是由三輪發表？」

須藤老師聳了聳肩，「當然是有原因的。」

「可不可以請教是什麼原因？」

「這個嘛，你們小組也會有各種情況不方便對外人透露，比方說，腦內化學反應的事。」須藤說完，露齒一笑，消失在門內。

研究發表會的結果出爐，我是第一名，但並不值得高興。百迪科技傾力扶植的新型實境相關研究獲得第一名是這幾年的慣例，並不會因此提升對我的評價。只不過研究發表結束後，我終於如釋重負，打算好好放鬆一陣子。

發表會翌日，我終於見到了智彥和麻由子。午餐時間去食堂的途中經過他們研究室前，他們剛好走出來。「嗨！」智彥主動向我打招呼，他的語氣和以前並沒有任何不同。

「恭喜你得到第一名，太厲害了。」智彥伸出手，要和我握手。

「你為什麼沒有發表？」我沒有和他握手問道，聲音忍不住有點咄咄逼人。

「因為有些狀況。」智彥伸出的手不知如何是好，最後放進了白袍的口袋，皺著眉頭。

「我聽須藤先生說了。」

「總之，目前還不到可以發表的階段，必須再增加N之後再說。」增加N是指增加樣本數的意思。

「我昨天看到百迪科技的杉原從你們實驗室走出來，還有那個外國人……好像叫佛洛伊德。」

聽到我這麼說，智彥露出有點為難的表情說：「是布萊恩·佛洛伊德先生吧？他們的確來了我們研究室，但並沒有什麼特別目的，他們說想看實驗裝置，所以就讓他們看了。」

「正在研究發表的時候嗎？」

「佛洛伊德先生並不是評審，杉原先生和他很熟，所以和他一起來參觀，同時擔任翻譯工作，他向發表會的主席打過招呼了。」

智彥有點不高興，我將視線從他的身上移開，看著麻由子，但她似乎決定把現場交給智彥，低著頭不說話，這更讓我感到不高興。

「聽篠崎說，你們的研究已經有了非常有意義的結果。」

「我不是說了嗎？他這個人很會誇大其詞。」

「是嗎？我倒是認為你們刻意在隱瞞什麼。」

智彥皺起眉頭，瞥了一眼麻由子後，再度看著我說：

「崇史，既然我們做這種工作，當然會有一、兩個秘密，還是我任何大小事都必須向你報告？」

麻由子驚訝地看著智彥的臉，我也有點驚訝。從中學認識他以來，他從來沒有對我說過這種話。

我輕輕點了點頭，然後點頭的動作越來越大。

「你說得對，你沒有義務什麼都告訴我。」這句話有一半是在挖苦，一半是出於真心。我的確必須搞清楚自己的立場，現在已經不是學生時代，無法繼續共享秘密，「對不起，我以後不再問了。」

智彥有點尷尬地不再說話。

「去吃飯吧。」麻由子用開朗的語氣說道，我們無精打采地走去食堂。在食堂時，只有麻由子不停地說話，我和智彥都一臉不悅地附和而已。

雖然我對智彥說了那番話，但我還是很想知道他們在幹什麼。智彥的話中透露出他們的確有秘密，反而讓我更想知道。

在研究發表前，他們每天都工作到深夜，發表會結束後，他們立刻恢復了正常。大家都認為他們果然是忙於發表的準備工作，但我並不這麼認為。因為那種程度的發表內容並不需要花太多時間準備。

我有一個大膽的假設。在研究發表的當天，除了主會場以外，會不會在另一個地方，舉行了另一場研究發表？另一個地方當然就是智彥他們的研究室。

我曾經聽過一個傳聞，百迪科技真正重視的研究內容並不會在公司內部發表，正式的報告也不會寫。只有主要相關人員秘密討論。

果真如此的話，一切就有了合理的解釋。須藤老師的發表只是幌子。不，也許包括我在內，那天發表的所有課題都只是掩人耳目。因為當舉行研究發表時，百迪科技的主要技術人員同時來到ＭＡＣ，也不會引起任何懷疑。

這代表智彥所在的記憶包研究小組果真有了重要的成果嗎？我想起了篠崎之前說的話，徹底顛覆實境工學常識的重大發現——

必須承認，我產生了嫉妒，而且很焦急。智彥可能完成了比我更出色的研究成果，我對自己無法祝福這件事感到焦慮，卻也無能為力。

我帶著這樣的心情迎接了七月九日。對我們來說，這是特別日子的前一天。七月十日是麻由子的生日。

我在傍晚離開ＭＡＣ後，就在附近徘徊。天空烏雲密布，沉重而潮溼的空氣撲向身體。每次有車子經過身旁，灰塵粒子就黏在肌膚上。我一次又一次用手帕擦著臉，白色和藍色格子圖案的手帕很快就變成了灰色。

雖說是徘徊，但其實並不是漫無目的。我有目的地，只是還在猶豫，不知道該不該去那裡，然而我的雙腳卻確實走向那個方向。我終於發現，自己只是假裝還在猶豫，試圖藉此減輕內心的罪惡感。

不一會兒，我站在一家珠寶店前。我之前曾經來過這家店。在去探視因為感冒而臥床不起的智彥途中，麻由子曾經站在這家店門口。

不知道那個浮雕寶石胸針還在不在？她想要的那個胸針不知道有沒有被人買走？

我今天也和智彥他們一起吃午餐。自從上次之後，我和智彥之間一直都很不自在，心靈的波長無法契合，就像收訊不良的收音機，但我仍然和他們在一起。是因為不想破壞和智彥之間的友情嗎？不是吧。另一個我回答，是因為想和麻由子在一起。更正確地說，是想要監視智彥和她的關係已經發展到何種程度。以前我曾經試圖斬斷對麻由子的感情，努力避免接近他們，如今的行為卻完全相反。

午餐時，智彥隻字未提明天是麻由子生日這件事。我也因此知道，他們明天晚上打算兩個人一起慶生。智彥一定很擔心，一旦向我提起這件事，就不得不邀我一起參加，最後變成我也和他們一起慶生。智彥認為我可能不會說：「明天這種日子，我不會當電燈泡打擾你們。」為什麼？難道是智彥憑著他敏銳的洞察力，察覺到什麼了嗎？

我看著珠寶店的櫥窗，曾經讓麻由子雙眼發亮的浮雕寶石胸針仍然放在原來的位置。淡藍色的寶石上雕刻的女人側臉看起來很有氣質。

即使智彥已經察覺到我的內心，那也是無可奈何的事。

我站在珠寶店門口時這麼想道，自動門無聲地打開了。

我在家庭餐廳吃了簡單的晚餐，喝了兩杯咖啡。走出餐廳時，已經快八點了。我走向東西線的高田馬場車站，來到車站後，買了車票，搭上了和平時相反的電車，然後在高圓寺下了車。

我並不知道麻由子家的具體住址，只知道在這個車站附近。我在車站外看到公用電話亭後走了過去，拿出記事本，確認她的電話號碼。真的只是確認而已。因為我已經記住了這個號碼，好幾次都想打電話，但最後都忍住了。

電話鈴聲響了三次，在第四次響到一半時，電話接通了。「喂？」電話中傳來她的聲音。

「喂，是我，我是敦賀。」

「喔。」聽到她的聲音，可以想像她面帶微笑，「怎麼了？真難得啊。」

「我在妳家附近，就在高圓寺這裡。」

「呃……」她有點不知所措，這也難怪。

「妳可不可以出來一下？」

「現在嗎？」

「對，只要十五分鐘就好，我找妳有點事。」

她沉默片刻後問：「明天不行嗎？」

「對不起，不行。」

她再度陷入了沉默，似乎正在推測到底是什麼事。也許她察覺了我的真心。她察覺到我的心意也是理所當然的事。
不一會兒，麻由子說：「你看看附近有沒有咖啡館之類的地方？」
我拿著電話東張西望，看到有一家蛋糕店旁剛好是咖啡店，我告訴了麻由子。
「我知道那家店，那你可以在那裡等我嗎？我差不多十分鐘後到。」
「好。」我掛上電話，抽出電話卡，走出了電話亭。心跳加速，就像中學時第一次打電話給女生時一樣。
雖然麻由子叫我等十分鐘，但我走進咖啡店不久，麻由子就出現了。她看著我露出了笑容，我稍微鬆了一口氣。
「妳這麼快就來了。」
「嗯，因為我家就在附近。」她向走過來的服務生點了紅茶。
「研究的情況怎麼樣？很忙嗎？」
「也不能說是忙，應該算是渾然忘我吧，雖然搞不太清楚自己所做的事有什麼意義。」
「妳應該被下了封口令，所以無法透露實驗的內容吧？」
麻由子露出有點為難的表情。
「智彥其實也想要告訴你，但因為各種因素……」這時，服務生送紅茶上來，她住了嘴。
「沒關係，妳不必放在心上。正如他說的，不能輕易把研究內容告訴別人，但妳可不可以告訴我一件事？只要回答是或不是就好，智彥是不是發現了什麼？」

麻由子放下了原本準備喝的紅茶茶杯，放回桌上，看著我靜默了數秒，然後緩緩點頭。「是……應該可以這麼回答。」

「謝謝，這樣就足夠了。」

「我想智彥最近就會告訴你。」

「希望如此。」我喝著今天的第三杯咖啡。

麻由子抬眼看著我問：「你找我就是為了這件事？」

「不是。」我放下咖啡杯，打開旁邊的皮包，從裡面拿出一個四方形的小盒子放在她面前。「我想送妳這個。」

麻由子用力眨著眼睛，看了看我，又看了看小盒子。

「明天不是妳生日嗎？」我問。

「你知道？」

「我聽智彥說的。」

「是喔。」她臉上的驚訝表情立刻變成了困惑，然後漸漸變成僵硬的笑容。她可能不知道該如何反應，「我有點驚訝。」

「也許吧。」

「為什麼要送我？」麻由子問，她的表情有點僵硬。

「沒為什麼啊，因為聽說妳生日，所以想送妳禮物，就這麼簡單啊。」

「是喔……」

「妳可不可以打開看看？」

麻由子猶豫了一下，伸手拿起小盒子，用小拇指的指甲拆開了膠帶，小心翼翼地打開了包裝。裡面是一個四方形的小盒子，她繼續打開蓋子。

她睜大了眼睛，嘴角露出微笑。

「我想妳會喜歡。」我說。

她雙眼發亮地看著我，但眼中隨即出現了淡淡的陰影。

「他知不知道……」

我搖了搖頭，「不知道，我什麼都沒告訴他。他問我要送妳什麼禮物時，我也沒有提起這個胸針。」

笑容從麻由子的臉上消失了，她看著胸針陷入了思考。

「真傷腦筋。」過了一會兒，她小聲說道：「竟然會變成這樣。」

她似乎在說我們三個人的關係。

「老實說，我也很傷腦筋，也不知道該不該這麼做。雖然覺得這麼做不太好，但我無法克制自己。」

「所以就把難題丟給我？」

「並不是這樣，但我知道的確讓妳為難了。」

「我很為難啊。」說完，她喝了一口水，「但是……雖然不應該這麼說，」她把胸針放回盒子，「但我並沒有不高興。」

「是嗎？太好了。」

「只是我也不能收你的禮物。」

「妳不必認為有什麼特別的意思。」我說這句話時捫心自問，真的是這樣嗎？

「怎麼可能嘛！」麻由子笑了起來，但她的笑容和剛才有很大的不同。她蓋上蓋子，然後把包裝紙按照原來的樣子包了起來。

「我想送妳胸針，就只是這樣而已。」

她停下手看著我，「真的就只有這樣而已。」

我抱著雙臂，嘆了一口氣。我無法找到理想的答案。

「我希望能夠像以前那樣，但一旦收了這個禮物，我就無法再像以前那樣和你說話。」

「那也是無可奈何啊。」

「我不喜歡這樣，因為我很喜歡我們三個人一起聊天。」

「反正原本就不可能了。」

「我不認為是這樣。」她終於包好了盒子。因為她剛才拆膠帶時很小心，所以看起來好像根本就沒拆開過。她把盒子放在我面前說：「請你收好。」

我抱著雙臂，看著那個小盒子，然後問她：「智彥也會送妳禮物，妳應該會收下吧？」

「嗯，他送的應該會收。」

「因為他是妳的男朋友？」

她似乎對這個問題感到驚訝，停頓了一秒後回答說：「對啊。」

我只能點頭，伸手去拿咖啡杯，但不知道什麼時候已經喝完了，只剩下空杯子。

「之前智彥叫我把他家裡的鑰匙還給他，他打算把鑰匙交給妳，但我還沒有還給他，是不是該早一點還他？」

麻由子雙手放在腿上，撐開兩隻手臂，在店內東張西望了一下後回答說：「這件事已經談完了。」

「談完了？」

「他說要把他家的鑰匙交給我，我記得那是上個星期。」

「結果呢？」

「我回答說不需要。」

「為什麼？」

「沒為什麼……」麻由子聳了聳肩，「我只是不希望這樣而已。」

「是喔。」難怪智彥沒有再向我提起鑰匙的事。聽了麻由子的回答，我鬆了一口氣。

隔壁的蛋糕店準備打烊了，也許正是好時機。我說差不多該離開了，麻由子也笑了笑。

走出咖啡店，外面有點下雨。她沒有帶傘，我有點擔心，她說：「沒關係，我家就在附近，再見。」

「等一下。」我叫住了她，她露出訝異的表情，我把剛才的小盒子遞給她，「我還是希望妳收下，如果妳不喜歡就丟掉。」

麻由子露出有點哀傷的眼神，我有點退縮，但並沒有把手縮回來。

「我比智彥更早就喜歡妳了。」我說。

她微微張開嘴，似乎發出了什麼聲音，但我沒有聽到。她的眼角有點紅，表情變得很嚴肅。

「兩年前，妳不是搭過京濱東北線嗎？」

麻由子沒有回答，臉色仍然很凝重。

「我每個星期二都搭山手線，兩輛電車並排行駛時，我總是看著妳。那時候妳留著長髮。」

她仍然沉默不語，但這份沉默更增加了我的確信。她果然和我一樣。當時，她在對面的電車上也看著我。

「妳……是不是也記得？」我問。

麻由子看著我的眼睛，然後搖了搖頭：

「我不記得……有這種事。」

騙人。我想要這麼說，但最後把話吞了回去。即使現在質問她，也沒有任何意義。

我再度把小盒子遞到她面前。「我希望妳收下。」

麻由子注視著小盒子片刻，伸出右手，緩緩地收了下來。

「那在你冷靜下來之前，」她說，「就先放在我這裡，等你冷靜了，再告訴我，我一定還給你。」

「我很冷靜。」

「才沒有。」

她搖了搖頭，然後奔跑著在夜色中離去。

第五章

混——亂

「聽妳這麼一說，好像的確有這件事。」崇史看著夏江的臉點了點頭，「我們的確在新宿見了面，原來那時候妳也在。」

「你說這話是什麼意思？也未免太冷漠了，而且那次之後，你連電話都不打給我。到底怎麼了？」

「不，沒什麼……只是有點忙。」

「我想也是，所以你現在是正式的上班族了。」夏江打量著身穿西裝的崇史。

崇史心裡感到不太舒服。那一天，自己的確帶了這個女性朋友同行，但為什麼會帶她去？為什麼會邀夏江？而且為什麼之前都忘了這件事？

「妳最近在忙什麼？」

「還是老樣子啊，協助舉辦各種活動，但最近都沒什麼好案子。」她撥了撥一頭棕色的長髮，指甲的顏色也和衣服一樣，「他們的感情還順利嗎？」

「他們的感情？」

「就是三輪和他女朋友啊，當時看起來很幸福，不知道之後怎麼樣。」

崇史皺起了眉頭。

「妳剛才也這麼說，但妳誤會了，當時三輪帶來的並不是他的女朋友。」

「啊！」夏江瞪大了眼睛，「為什麼？你不是說，那是他的女朋友嗎？」

「不是，只是普通朋友，他們在電腦店認識之後慢慢熟識起來，所以那天把她一起帶來而已。」

「啊！」她又輕輕叫了一聲，「為什麼會這樣？你不是說，因為他要介紹女朋友給你認識，你也想帶一個伴，所以就找我一起去。」

「怎麼可……」崇史說到一半，把話吞了下去。

他的記憶突然變得模糊，腦袋裡好像形成了空洞，蒙上了一層迷霧。

崇史漸漸覺得夏江所說的是事實。玻璃帷幕的咖啡店，可以從二樓看到下方的馬路，夏江坐在自己旁邊，她正在和三輪說話。他是我從中學開始的摯友，他的右腿有點瘸，但不必特別在意這件事。自己還告訴夏江，今天他要介紹女朋友給自己認識——

崇史搖著頭，努力擠出笑容，但他知道自己的表情很僵。

「妳誤會了，她不是他的女朋友，只是很熟的女性朋友，但妳誤以為是他的女朋友。」

這次輪到夏江對他搖頭，而且搖得比崇史更堅定。

「敦賀，你怎麼了？你當時不是告訴我，是三輪的女朋友嗎？難以相信，你為什麼會說這種話？」夏江的聲音好像銅管樂器般尖銳，路過的行人忍不住打量他們。

崇史向後退了一步，右手按著雙眼的眼角。他感到輕微的頭痛，有一種好像反胃般的不舒服感覺，心跳加速。

他再度看著夏江問：「我真的跟妳說過，那是他的女朋友嗎？」

「對啊，你在說什麼啊？你到底怎麼了？」夏江一臉擔心，崇史看了她的表情後確信，她並沒有和自己開玩笑。

「我們離開咖啡店之後，又去了哪裡？」

「啊？」

「我們不是和智彥他們約在咖啡店見面嗎？之後呢？有沒有去哪裡？」

「去哪裡喔，呃，我記得……」夏江用食指按著太陽穴後回答說：「店名我忘了，那是一家義大利餐廳。」

「義大利餐廳喔。」崇史輕輕閉上眼睛，記憶甦醒了。昏暗的餐廳內，牆壁旁放著蠟燭。麻由子坐在對面，智彥坐在她身旁。「我想起來了，」崇史睜開眼睛說道，「是義大利餐廳，我吃了蝦子。」

「你沒事吧？你的臉色很差，要不要找一家店坐一下？」

「不用了，妳再等我一下，我快想起來了。」

「想起來？」

「總之，妳先等我一下。」崇史伸出右手，夏江可能有點害怕，顯得手足無措。模糊的影像漸漸變得清晰，崇史問夏江：「我們是不是用咖啡乾了杯？」

「啊？你在說什麼？」

「我們在那家餐廳時，最後四個人是不是用小咖啡杯乾了杯？」

夏江露出訝異的表情，但隨即放鬆臉上的表情點了點頭。

「沒錯沒錯，有乾杯，用濃縮咖啡乾杯。是你說要為兩個人的未來乾杯。」

「兩個人的……」

「他們兩個人啊，三輪和他女朋友，呃，對了，我記得她叫麻由子。」

「沒錯。」崇史點了點頭。為了他們的未來乾杯。他記得自己曾經說過這句話，同時也清楚地回憶起當時淡淡的苦澀心情。為什麼會有那種心情？因為麻由子是智彥的女朋友，不是自己的女朋友——

「敦賀，你怎麼了？」夏江探頭看著他的臉，「從剛才就一直說一些奇怪的話。」

「嗯，喔，沒事沒事，妳不必擔心。」

「即使你這麼說，你這樣子，怎麼可能不擔心？」

「真的沒事，最近有點累壞了，所以才會說一些奇怪的話，可能有點精神錯亂了，哈哈哈。」崇史擠出笑聲，但連自己也覺得演技很拙劣。

「是喔……既然你說沒事就好。」夏江抬眼看著他，露出猶豫的表情。雖然她擔心崇史，但可能不想和他有太多牽扯。

「夏江，妳是不是在趕行程？」崇史為她創造了離開的藉口。

夏江笑了笑，點頭說：「是啊，接下來有點事。」

「不好意思，和妳聊一起奇怪的事。」

「別放在心上，那就改天見。」她舉起手。

「改天見。」崇史說完，夏江邁步離去。崇史目送她的背影，突然想起一件事，再度叫住了她。「夏江。」當她轉過頭時，崇史問她：「妳在那家餐廳時，是不是和智彥聊了小提琴的事？」

夏江的眼珠子看向斜上方後點頭回答說：「對，有聊過。」

「是嗎？果然沒錯。」

「怎麼了嗎？」

「不，」崇史搖著頭，並沒有告訴夏江，只是為了證明自己的記憶沒有錯。他對夏江露出微笑，「沒事，謝謝妳。」

「你工作別太累了。」

「我會注意。」

「再見。」夏江輕輕揮了揮手，用比剛才更快的速度離去，也許擔心崇史會再度叫住她。

崇史走了幾步來到馬路上，攔了計程車，對司機說：「請去新宿的伊勢丹。」

崇史在計程車上閉上了眼睛，他打算重新確認自己腦袋中的影像。

剛才和夏江說話時，他清楚地想起了幾件往事，尤其是智彥把麻由子介紹給自己的事。沒錯，當時智彥帶麻由子出現時，的確說她是自己的女朋友。如今，崇史的腦海中可以清楚重現當時的情況，無論是談話內容，還是麻由子不經意的小動作。

然而，他又產生了新的疑問，而且那對他來說，是錯綜複雜的重大問題，這件事壓迫了他的心。他之所以攔了計程車，除了想要趕快到新宿，更因為他已經沒有站立的力氣。

第一個疑問是，為什麼之前會有和實際情況不同的記憶？智彥介紹麻由子給自己時，只說是普通朋友，夏江這個女性朋友當時並不在場——他也搞不清楚自己為什麼會這麼想。

崇史發現這個記憶的偏差並沒有對自己造成太大的衝擊，因為他最近經常有一種不對勁的感覺，麻由子並非一直都是自己的女友，以前可能是智彥的女友這種想法總是盤旋在心頭。那是難以說明的心理，他一直告訴自己，是自己做了這樣的夢。但這一切不是夢，而是實際發生過的事。

還有第二個疑問，為什麼智彥當初介紹說是女友的麻由子，現在變成了自己的女友？對崇史來說，這件事才更加重要。而且，麻由子隻字未提以前曾經是智彥女朋友的事，不，不僅如此，之前崇史向她確認和智彥之間的關係時，她還翻臉反問崇史，是不是懷疑她和三輪之間的關係。

麻由子在說謊。但是，她為什麼要說謊？

他的頭再度隱隱作痛，只好把頭靠在玻璃窗上。

來到伊勢丹前，他稍微走了幾步，在一棟大樓前停了下來。在一整排餐廳的招牌中，找到了「椰果」的招牌。不久之前路過這裡，看到這塊招牌時，產生了複雜的心情。雖然他記得是和智彥、麻由子三個人一起來這裡，但一時想不起麻由子到底是誰的女朋友。當時，崇史努力說服了自己——

如今，當時的情景清晰地出現在腦海中，崇史覺得似乎是夢境。但那不是夢，而是真實發生的事。

他搭電梯來到五樓，一走出電梯，立刻來到餐廳門口。餐廳生意似乎很好，有幾個看起來像是剛下班的年輕男女等在門口。店員看著崇史問：「請問有幾位？」崇史豎起食指。「請稍候。」店員對他說完後，走進了店內。

等在門口的那幾個男女首先被帶了進去，崇史站在門口巡視著餐廳，想要確認自己記憶的正確性。

收銀台旁的牆上貼了很多照片，似乎是來這家餐廳的客人留下的紀念照。

一個場景在崇史的腦海中甦醒，他比剛才更認真地看著那些照片。

他在下方的位置看到了他想找的照片。雖然燈光有點昏暗，看不太清楚，但仍然可以清楚辨識照片上的人。看到這張照片，崇史覺得自己渾身的血液漸漸變冷。

沒錯，那不是夢。

崇史搖搖晃晃地走出餐廳，店員剛好走過來，說已經為他安排好座位，但他不理會店員，按了電梯的按鈕。

那張照片是崇史、智彥和麻由子的合影，崇史甚至想起了是身穿夏威夷襯衫的男人為他們拍的照。照片中的智彥脖子上戴著花環，很不像他平時的作風。

智彥摟著麻由子的肩膀。

崇史和他們兩個人保持了一點距離，對著鏡頭露出了不自然的笑容。

家裡的燈暗著，麻由子還沒有回家。崇史拿出波本酒的酒瓶和杯子，沒有換衣服，就坐在餐桌旁喝了起來。混亂仍然持續，他希望喝醉之後，可以讓自己的精神稍微放鬆，但他心裡很清楚，自己今天應該無法喝醉。
冷靜地思考一下——他喝完半瓶波本純酒後這麼想道。再怎麼匪夷所思的現象，一定可以用邏輯加以說明。任由自己搞不清楚狀況，一味陷入混亂根本解決不了任何問題。
他決定首先思考為什麼記憶會和事實相反。只是誤會而已嗎？他拿著杯子搖了搖頭。不可能，絕對不是單純的錯覺而已。既然這樣，必定有某種因素改變了自己的記憶。只是不知道是意外，還是有人刻意造成。
他不認為是意外，否則，記憶和事實的落差造成的不協調應該更早浮上檯面，目前的狀況和崇史的錯誤記憶並沒有產生矛盾。比方說，麻由子是他女友這件事就是如此。
對了，必須問麻由子——崇史看向時鐘，已經八點多了。最近她並不會很晚回家，崇史猜想可能是實驗耽誤了時間。
他喝了一口波本酒，再度思考起來。
既然不是意外，就代表有人刻意製造了這種奇妙的狀況。到底是誰？為了什麼目的做這種事？
在思考這個問題之前，崇史先思考了另一個問題。如果是有人刻意所為，到底有沒有能力做到？也就是能不能改變他人的記憶？
這根本就是篡改記憶，是他們正在研究的新型實境的最終目標。
怎麼可能？他對著虛空搖了搖頭。目前還沒有開發這種技術，如果能夠做到這件事，目前自己和其他人辛苦研究根本失去了意義。

但是——

崇史注視著虛空。自己的記憶的確遭到了篡改，這代表已經有辦法做到這一點。以目前的技術水準，再結合某些創意，已經完成了不可能的任務。不，他又改變了想法，因為他對於自己是否正確掌握了現狀沒有把握，也許在自己不知道的情況下，已經發展出驚人的技術。

想到這裡，就清楚地知道到底是誰在背後操控整件事。崇史從上衣口袋裡拿出信封，那是有人假冒三輪智彥的名義寄給他的信。他把信封放在桌上打量著，一口接著一口喝酒。

一定是百迪科技製造了眼前的狀況，他們要偽造這種程度的信函易如反掌。既然他們要假冒智彥寫信，就代表智彥目前並不在美國的總公司，至少並非像信中所寫的，參加了特殊計畫的研究工作。

崇史確信自己的記憶遭到篡改和智彥失蹤不無關係，但是，百迪科技為什麼要做這種事？他和智彥都只是區區研究員而已，而且幾個月前才剛從ＭＡＣ畢業。

他把舉到嘴邊的杯子放在桌子上。

難道是在ＭＡＣ時代有什麼秘密嗎？

到底曾經發生什麼事？崇史開始思考，但立刻中斷了。因為他想起自己的記憶未必是正確的往事。

哪些是正確的往事呢？又有哪些事是不正確的、製造出來的過去呢？他認為首先必須釐清這個問題。

先從麻由子開始分析。她是智彥的女友，這是正確的過去。以為他們只是朋友關係是錯誤的記憶。

智彥把她介紹給我，說她是智彥的女朋友時，我很驚訝。因為她是我以前一見鍾情的對象，這也是事實。所以——

這時，崇史產生了複雜的心情。也就是說，自己不顧對方是摯友的女朋友，重新燃起對她的感情嗎？

崇史站了起來，在桌子周圍走了幾步後，走去盥洗室。他打開水龍頭，用水洗臉。然後抬頭看著鏡子。他看到一張蒼白的臉，雙眼佈滿血絲，應該不光是喝酒的關係。他的劉海溼了，黏在額頭上。

他向自己確認。沒錯，我愛上了智彥的女朋友。雖然明知道不可以，但還是無法自拔地愛上了麻由子，每日每夜都想著她。在她進入MAC之後，這份感情更加強烈，每次看到她，就不由得感到痛苦，卻又無法不見她。越是想要放棄，她在自己心中的份量就越大。

一個畫面突然掠過腦海，初夏的陽光、網球場，麻由子在球網的另一側跳動。崇史想起了和她打網球時的情景，那並不是製造出來的過去，而是真實發生過。為什麼自己會和她打網球？難道是關係有了進展？但是，崇史立刻瞭解了情況。因為他在那個畫面中，看到了智彥低頭看著他們的視線。那時候，麻由子仍然是他的女朋友。

之後的日子仍然悶悶不樂，他隱藏了真心，和智彥、麻由子相處。

之後呢？他努力回想，忍不住皺起了眉頭。之後的記憶很模糊，完全不知道麻由子從什麼時候開始變成自己的女朋友，以及智彥對這件事的看法。

但是，他又想起了另一件事，那是關於智彥的研究。當時，崇史很在意智彥的研究情況，懷疑智彥有了非常重大的發現或發明，卻故意隱瞞這件事。

「徹底顛覆實境工學常識的重大發現。」之前曾經掠過腦海的話再度浮現。沒錯，這句話是篠崎伍郎說的。

水一直在流。崇史關了水龍頭，關掉了水，再度看向鏡子。

該不會……？

智彥在研究記憶包，也就是操控他人的記憶。如果他的研究已經完成，就可以說明發生在自己身上的現象。難道自己變成了他研究的實驗對象嗎？

崇史想起智彥的房間被人翻箱倒櫃，所有的資料都被帶走了，這次的事顯然和智彥的研究有密切的關係。

總之，必須向麻由子問清楚。崇史看向時鐘，發現已經九點多了。他覺得很奇怪，未免太晚了。平時這麼晚回家，麻由子一定會打電話。

崇史走去臥室，打開了燈。他在換衣服時，不經意地打量房間，目光隨即停留在書桌上。那裡有一面小鏡子，麻由子平時都用那面鏡子化妝，但原本放在鏡子前的化妝品不見了。

他打開衣櫃。衣櫃裡有一根橫桿，上面可以掛衣架。衣架上大部分都是麻由子的衣服，但此刻他只看到角落的幾件自己的衣服，剩下的衣架都空了。

崇史急忙打開另一個櫃子，麻由子的大旅行袋消失不見了。不僅如此，她的所有物品都消失不見了。

他拿起無線電話，焦急地撥了號碼。他打電話去麻由子在ＭＡＣ的研究室。鈴聲響了十次後，崇史掛上了電話。然後又開始按了按鍵，這次他按的是高圓寺的公寓電話。麻由子為了向父母交代，至今仍然沒有退租。

但是，電話中傳來電話公司的語音「您撥打的號碼是空號」。麻由子沒有告訴他，高圓寺租屋處的電話已經停用了。

他走去客廳，喝了一杯水。心跳越來越快，不安排山倒海地向他撲來。

他拿起桌上的鑰匙，衝出了家門。

他想出門找麻由子，卻不知道該去哪裡找。他從來沒有聽麻由子提起和誰是朋友，無奈之下，崇史只能去高圓寺。

麻由子顯然搬離了崇史的家，只是他也不知道其中的原因。這也是一連串匪夷所思的事之一嗎？他沒有理由否定這一點。

來到高圓寺，他一路跑向麻由子的租屋處。因為他實在無法慢慢走過去。他覺得隨著時間的流逝，麻由子就會離他遠去。他很後悔，覺得下班時，應該立刻去臥室察看。

麻由子住在一棟老舊公寓的三樓。崇史站在樓下抬頭看，忍不住瞪大了眼睛。因為房間亮著燈。他沒有搭電梯，沿著樓梯衝了上去。她住的三〇二室就在樓梯旁。崇史不顧一切地按著門鈴。室內傳來了動靜。

接著傳來門鎖打開的聲音，門打開了，但掛著門鍊。崇史正想要叫麻由子的名字，忍不住倒吸了一口氣。因為一個陌生的女人露出詫異的表情從門縫看著他。

「你是哪一位？」那個女人雖然年輕，但皮膚很差，燙過的長髮也很毛糙。

「呃，那個，」崇史看了門牌，上面並沒有寫名字，但這裡的確是三〇二室，「請問這裡是津野小姐的家嗎？」

「不是。」

「妳住在這裡嗎？」

「對啊。」女人不耐煩地皺起眉頭，似乎隨時想要關門。

「妳從什麼時候開始住在這裡？」

「上個月。」

「上個月……」

這代表麻由子更早之前就退租了，崇史完全不知道這件事。

「呃，還有其他事嗎？」那個女人不耐煩地問。

「還有一個問題，請問妳知道以前住在這裡的人的下落嗎？」

「我什麼都不知道，可以了吧？」女人用力關上了門，鎖門的聲音也充滿了不悅。

崇史注視著關上的門和三〇二的數字後，回頭看向後方，按了三〇四室的門。一個看起來像是學生的男生打開了門。

「有什麼事嗎？」那個男生問。房間內飄出一股咖哩的味道。

崇史指著三〇二室，問他是否知道以前住在對面的女人什麼時候搬走的。年輕男生不懷好意地笑了笑。

「喔，你是問那個美女，好像是姓津野吧？」崇史點了點頭，他嘻皮笑臉地說：「應該是三月底，我放春假時回了一趟老家，回來之後，她已經搬走了。」

「你知道她搬去哪裡嗎？」

「不知道，因為平時遇到時，連招呼都不會打啊。」說完，他打量著崇史的全身，似乎想問，你和那個美女是什麼關係。崇史向他道謝後，結束了談話。

他也問了其他鄰居，但無法瞭解到進一步的情況。住在這種公寓的人，彼此都不會有來往。

崇史離開公寓，無精打采地走向高圓寺。他打算明天再打電話去ＭＡＣ，但隱約覺得不可能有任何收穫。他本能地知道，這件事沒那麼簡單。

麻由子消失了。崇史開始思考這件事。這應該是最合理的可能。從目前的狀況來看，並不是遭到綁架，而是主動消失。也就是說，麻由子在某種程度上知道這次所發生的事。

怎麼會這樣，竟然只有自己沒有發現記憶被扭曲了——

高圓寺車站前有一個電話亭，他打電話回自己的租屋處。也許麻由子已經回家的期待很快就落空了。電話機吐出電話卡後，發出嗶嗶嗶的吵鬧聲音，他抽出了電話卡。

這時，他看到一家店，是蛋糕店，旁邊是一家咖啡店。

對了，那個時候——

下雨了，自己就是在那家店前把生日禮物交給她，小盒子裡裝的是她之前很想要的浮雕寶石胸針。

「我很冷靜。」他當時對麻由子說。她回答什麼？崇史想了一會兒，搖了搖頭，他想不起來。

SCENE 6

我帶著複雜的心情度過了七月十日的夜晚。在常去的食堂吃定食時，想到麻由子和智彥可能正在吃義大利餐；在喝啤酒時，想像著他們一定正用白葡萄酒乾杯。不知道他們離開餐廳後會去哪裡。可能會去喝點酒，如果是飯店內的餐廳，可能會直接去可以看到夜景的酒吧，然後喝幾杯雞尾酒後，去事先預約的房間。

不是早就知道會這樣嗎？再怎麼乾著急也無濟於事。他們是情侶，無論發生什麼事都很正常，更何況我應該祝福智彥終於找到了幸福。雖然我一次又一次這麼告訴自己，但還是無法讓心情恢復平靜。我去酒舖買了一瓶野火雞威士忌，一回到家裡，就加了冰塊喝了起來。我不想在外面喝，因為連我自己也無法預料會醉得多難看。

我努力讓自己去想其他事，但仍然滿腦子都是他們兩個人的事。不知道他們此刻在哪裡，在幹什麼，又聊些什麼。她會不會欣然接受智彥送她的禮物，今天晚上，她會以身相許嗎？想到這裡，條件反射般地想起了麻由子的裸體。那是我自慰時，曾經一次又一次想像的肢體，但今天晚上沒這個心情，甚至無法勃起。強烈的焦躁讓身體發熱。我打開電視，只是目光追隨著畫面，完全不知道在演什麼。營造商貪污案的後續如何如何，巨人隊是否打了勝仗，明天的天氣又是如何。我既沒有聽，也沒有看，只是盯著主播一臉嚴肅的表情，想像著智彥和麻由子躺在雙人床上。

有什麼關係嘛，我突然想到。目前他們是情侶，上床也很正常。正如我以前也曾經和女人上床，麻由子也只是有這樣的對象而已，不必計較這種小事。然而，才剛覺得已經放下了，隨即又感到難以承受。我無法接受，我不希望她被人搶走，但又同時為應該還是處男的智彥不知道是否能夠搞定感到擔心。我陷入了混亂。

我以為地震了，慌忙坐了起來。剛才好像睡著了。電視上正在演黑白西部片，我的腦袋昏昏沉沉。

咚咚咚，傳來一陣粗暴的敲門聲。我搖搖晃晃地站了起來，在開門之前問：「誰啊？」

因為門外沒有回答，我產生了警戒，靜靜地站在門的內側，把眼睛湊向貓眼，看到智彥蹲在門外。我驚訝地打開了門，門撞到了智彥，他一屁股坐在地上。

「你怎麼了？」我拉著智彥的手臂，想要把他拉起來。智彥皺著眉頭，臉色鐵青，呼吸中有酒味。

「我要喝水。」他語帶呻吟地說。

「先進來再說。」我拉著智彥的手臂。他皺著眉頭，可能稍微動一下就感到痛苦。我第一次看到他喝得這樣爛醉如泥，自己的醉意已經消失不見了。

他喝完水，想要讓他躺下時，他說會頭暈，然後就張嘴在地上嘔吐起來。雖然他說要自己清理，但我叫他不要動，然後立刻開始清理。我想起了剛進大學時的迎新會。

折騰了一番後，智彥終於坐在我床上安靜下來。他的臉色超難看。

「到底發生了什麼事？」我盤腿坐在地上，抬頭看著智彥問道，但智彥沒有立刻回答，雙手抱著頭不發一語。無奈之下，我只能轉台看其他頻道，但都在演一些低俗的節目，只好又轉回剛才的西部片。

這時，智彥不知道嘀咕了什麼，「你說什麼？」我問他。

「被拒絕了。」他用比剛才稍微大一點的聲音說道。

「拒絕？拒絕什麼？」

「我告訴她，我已經預約了房間，但她說不行。」他抱起雙臂放在腿上，把額頭放在手臂上。

我終於知道他在說什麼。智彥今天晚上果然預約了飯店的房間。

「可能剛好不方便吧。」我說，「女生不是有很多狀況嗎？」

智彥低著頭，搖了搖頭，「不是生理期，是她自己說的。」

「那……」我原本想問，那到底是為什麼，但還是住了嘴。因為我沒權利追根究柢。

智彥說：「她說，她今天晚上要回家。」

「是喔。」我注視著自己房間內的髒牆壁，想不到該對他說什麼。

「到頭來，我們只是這種程度的關係而已，我自己一頭熱。」

「沒這回事吧。」

「就是這樣，我心裡很清楚。」智彥把雙手的手指伸進頭髮，用力抓著頭，「她並不是只有拒絕這件事而已。」

我抬起頭問：「什麼意思？」

「我也和她談了以後的事，說希望盡可能早點結婚。」

「她說什麼？」

「她要我給她一點時間，她要好好考慮……」

「那並不是拒絕的意思啊。」

「不，我很清楚，她很為難，那只是用委婉的方式拒絕我。」智彥緩緩搖著頭，「她今天的態度一直都很奇怪，我和她說話時，她也心不在焉，我說了很多話，想要炒熱氣氛，但都沒用。她可能覺得和我在一起已經不開心了，沒錯，就是這麼回事。」他有點語無倫次。

因為我不知道他們到底聊了什麼，所以無法判斷智彥說的情況是否正確，但根據他說的情況，應該不需要這麼慌亂，只不過考慮到智彥的心境，覺得能夠理解。他在戀愛方面完全沒有自信，卻交到了麻由子這麼出色的女友，所以他極度害怕麻由子不再愛他。正因為如此，他此刻的心境也許不亞於失戀。

話說回來，麻由子到底是什麼意思？難道是受到我昨晚行為的影響？這似乎是最合理的可能。

麻由子也許會選擇我，而不是智彥？

怎麼可能？我打消了內心湧起的一絲期待。

之後，智彥眼神空洞，喋喋不休地說著麻由子對他的感情可能只是同情，她可能和其他女人一樣。我認識他多年，第一次知道他喝醉時這麼囉唆，但也許今天晚上的情況很特殊。

我一整晚都在安慰他。智彥，你別放在心上，有時候也會遇到這種情況，她只是比較慎重而已，還沒有下定決心。她很喜歡你，這件事我可以保證——

自我厭惡、焦慮和嫉妒不斷占據我的內心。我不能否認，她還沒有成為智彥的女人這件事讓我感到安心，同時內心也覺得智彥活該。

不一會兒，智彥躺在床上發出了鼾聲。我為他蓋了毛巾被。

關了燈，我躺在地上準備睡覺時，智彥突然叫了我一聲：「崇史。」

「什麼事？」我問。他沒有立刻回答，我以為他又睡著時，他說：

「麻由子是一個出色的女人。」

「是啊。」
「我覺得每個男人都會被她吸引，被她吸引是理所當然的事。」
「……也許吧。」
「但是，其他男人可以去愛其他女人，反正其他女人多得是，不一定非麻由子不可。」
我遲疑了一下。
「我只有麻由子，我不可能再遇到像她那樣的女人。」
我還是無言以對。
「我不想失去她，不想被任何人搶走她。」
我繼續沉默，我知道智彥在黑暗中等待我的回答，但我無法回答。
天亮之後，智彥不見了，床上留了一張字條，上面寫著「對不起　智」。
星期一——
實驗告一段落後，我決定去自動販賣機買杯冰咖啡。自動販賣機吐出了紙杯，碎冰塊掉進紙杯後，濃縮的咖啡和水慢慢注入杯中時，我看向窗外。天氣很熱，遠方的風景好像在晃動，但令人驚訝的是，網球場上竟然有人，更驚訝的是，兩個人都是老師。ＭＡＣ的很多老師都對自己的體力很有自信，但沒想到真的那麼好。
當我從自動販賣機中拿出紙杯時，發現旁邊有一雙穿著牛仔褲的腿。我緩緩抬起頭，看到麻由子面帶微笑。她的微笑有點僵硬，感覺有點複雜。

「嗨！」我對她說，「雖然只有兩天沒見，但好像隔了很久。」

「是啊。」她把零錢投進自動販賣機，按了冰紅茶的按鈕，立刻傳來了紙杯掉落和碎冰塊的聲音。「你今天沒來食堂吃飯嗎？」

「我去外面吃飯，已經好久沒吃大阪燒了。」

「大阪燒喔？」聽她的語氣，似乎會說「我也好想吃」，但她並沒有這麼說，而是問我：「為什麼不在食堂吃飯呢？」

「沒為什麼啊，只是，」我喝了一大口冰咖啡，自動販賣機的咖啡還是那麼難喝，「我上次不是也說了嗎？不可能再像以前那樣了。」我說的上次，就是指之前送她生日禮物的時候。

「正因為我不希望這樣，所以才不願意收下那種東西啊。我不是也這麼說了嗎？」

「我不想繼續在他面前演戲。」

麻由子嘆了一口氣，「真傷腦筋，為什麼會變成這樣。」

「我並不想讓妳傷腦筋。」

「問題是你現在讓我很傷腦筋啊。」

「我該向妳說對不起嗎？」

「你不後悔嗎？」

「老實說，我並不知道。雖然一吐為快，但也知道自己闖了大禍。」

「你真的闖下大禍了，你要好好意識到這件事。」

麻由子用開玩笑的語氣說道，我鬆了一口氣。

「他來找我。」

麻由子聽到我這麼說，微微偏著頭，可能並不知道我想要說什麼。我用冰咖啡潤了潤喉，繼續說道：「就是妳生日的那天晚上，他臉色鐵青，滿嘴酒氣，連走路都不穩了。」

麻由子把紙杯放在胸前，垂下了眼睛。她的睫毛微微顫動。「然後呢？」她催促道。

「他對我說了妳的事，雖然他喝得很醉，但我大致瞭解他想要表達的意思。」

「是喔。」她喝完了冰紅茶，用力吐了一口氣。她的表情很平靜，但我知道她在努力保持平靜。

「聽他說那些事很痛苦。」我對麻由子說。

麻由子捏扁了手上的紙杯，轉身丟進後方的垃圾桶，然後背對著我說：「你不要誤會，那天我沒有接受他的提議，並不是因為瞭解了你的心意，而是我想要重新確認自己對智彥的感情。老實說，我現在心裡很亂，不知道繼續和智彥一起走下去是不是正確的決定，我失去了自信。因為你的關係，讓我開始動搖，但如果我對智彥的感情是真的，應該不會產生動搖，所以我對自己的動搖感到驚訝，更感到失望，同時也很慶幸及時發現。」

「所以我的行為對妳來說，並不完全都是負面的。」

「好像是這樣。」她轉過來看著我。

「是不是應該告訴他呢？」我問道。

「告訴他什麼？」

「我對妳做的事啊。」

「怎麼可能告訴他？」麻由子用力瞪著我，然後露出難過的表情，「一旦這麼做，就會破壞兩個人的關係。」她說的兩個人的關係，當然是指我和智彥的關係。

「那也無可奈何啊，因為我本來就背叛了他。在背叛他的同時，又想要繼續維持和他的友情，也未免想得太美好了。」

「你們的友情不光屬於你，對他來說也很重要。」

「我不想對他說謊。」我看著她的側臉說道，「他和喜歡的女生發展不順利，明明不會喝酒，卻喝得爛醉如泥，然後又來找我。他至今仍然最相信我，也很依賴我，我很想告訴他，我不值得他那麼信任和依賴。」

「但他之所以會去找你，就代表你值得。」

「我是造成他煩惱的元兇，我隱瞞這件事去安慰他，妳不覺得很奇怪嗎？」

「但你還是安慰了他，不是嗎？」

「只是說一些言不由衷的話，其實內心很希望他失戀。」

「即使是說謊也沒關係，只要能夠幫到他就好，請你以後也繼續保持下去，因為你們是朋友。」

「太離譜了。」

「是你太離譜了，竟然想要像推倒積木一樣，推毀花了十年的時間辛苦建立起來的東西。」

我們相互注視著，三個身穿實驗工作服的同事走了過來，我和其中兩名研究員很熟，笑著向他們點頭。

三個人離開後，我把自己的紙杯丟進了垃圾桶。

「智彥今天的情況怎麼樣？那天他看起來很沮喪。」

「嗯……不清楚，」麻由子撥了撥頭髮，「雖然看起來和平時差不多，但還是有點尷尬。」

「你們不是一起去吃了午餐嗎？和平時一樣。」

麻由子用力抿著嘴，搖了搖頭後回答：「今天沒有一起吃。」

「沒有一起吃？為什麼？」

「因為實驗走不開，所以只能輪流去吃飯。」

「真難得啊。」

「是啊。」

「妳要不要聽聽我目前內心的想法？」聽到我的話，麻由子露出不安的眼神看著我，我注視著她的眼睛說：「我希望你們的關係就這樣慢慢變淡。」

她很生氣，露出嚴厲的表情，但我繼續說道：「我就是這種人。」

奇怪的是，她收起了嚴厲的表情，低下頭後，又再度抬起頭說：「請你向我保證，不會告訴他。」然後，對我伸出小拇指。很少有年輕女生將指甲剪得這麼短，因為指甲太長會影響實驗。

我緩緩地用自己的小拇指勾住她的手指，「他早晚會知道，不，搞不好他已經知道了。」

我想起智彥喝醉酒來我家時的情景。他說，他不想失去她，也不想被任何人奪走——

「為了我們三個人，不能被他發現。」

「也就是說，妳永遠不可能回應我的心意。」

麻由子看著我，立刻垂下了雙眼，靜靜地斷言道：「是啊。」

第　六　章

自——覺

天亮了，崇史一整晚都沒有闔眼，只是一動也不動地躺在床上。也許曾經昏昏沉沉地小睡了一下，但他覺得自己完全沒睡。睡不著也是理所當然的。

麻由子最終還是沒有回家。

他對此並不感到意外。冷靜判斷目前所有的狀況，可以輕易料想到她不會再回來這裡。這件事令他感到難過，但同時也鬆了一口氣。自從同居之後，麻由子從來沒有擅自徹夜不歸，如果是平時，他一定會擔心得坐立難安。

崇史一整晚都在思考原本的記憶，尤其是智彥和麻由子的事。

他回想起自從在麻由子的生日那天，送了她浮雕寶石胸針之後，對她的感情與日俱增，同時也暗自希望智彥和她之間的關係生變這些事實。他不得不認識到，比起友情，他選擇了愛情。崇史為此感到難過，因為他一直相信自己和智彥之間的關係比家人更親。

崇史的腦海中浮現出許多自從中學之後和智彥相處的往事，簡直就像在看「懷舊電影的經典畫面集錦」，其中也有不少像青春電影中常見的感人畫面。

那是中學二年級的時候，崇史因為急性闌尾炎住院。向學校請假完全沒有任何問題，但他惦記著一件事。因為超熱門的遊戲軟體即將上市，原本他打算一大清早就去店門口排隊購買，只不過那時候他還無法出院。他原本已經不抱希望，沒想到在遊戲軟體上市的那天晚上，智彥來醫院看他時，緩緩拿出的正是他渴望已久的遊戲軟體。崇史問他是怎麼回事，智彥輕描淡寫地說：「因為我知道你想要，所以去排隊買的。」崇史看了那天晚報，得知只有在開店前三個小時前排隊的人才能買到遊戲軟體。智彥身體不方便，卻在店門口排了好幾個小時的隊。

毫無疑問，智彥把崇史視為最重要的朋友，所以崇史也努力讓自己的行為對得起摯友。崇史在中學時的作用，就是保護智彥不被那些看不起身障者的傢伙欺負。這種傻瓜屢見不鮮。運動會時，當智彥換好運動服出現時，有一個男生大喊：「你不是坐著看就好了嗎？那個男生用了一個以前專門罵一條腿不方便，如今聽了就讓人覺得刺耳的歧視語說：「有××可以參加的運動項目嗎？」崇史把那個男生帶到智彥看不到的地方痛毆了一頓，那個男生被打得哭喪著臉，仍然連聲說著歧視語，大喊著：「我說實話有什麼錯！」崇史繼續痛毆他。之後雖然被班導師找去，但崇史向老師說明了情況，老師只說了一句：「不可以動粗。」但並沒有再責罵他。崇史確信自己做了對的事。

崇史不認為自己當時的憤怒是虛假的，更不是基於自我滿足和優越感，但是，回想起自己一年前的所作所為，他的自信產生了動搖。他無法否認，自己在想方設法追到麻由子的同時，存在著「智彥和自己比較，不可能有女生不選擇自己」的傲慢。他也不得不承認，是智彥身體上的缺陷，讓他產生了這樣的想法。既然這樣，自己和當時大聲說著歧視語的男生有什麼兩樣——

崇史覺得自己看到了原本深信無疑的事物本質，自己沒有資格談論友情，也沒有權利看不起歧視他人的人。

所以，必須放棄麻由子嗎？他不得不這麼想，然而，崇史內心並不感到後悔，因為他可以想像，如果麻由子和智彥就這樣結合，自己一定痛苦不已。

崇史覺得自己很脆弱，這種想法讓他心情稍微感到輕鬆，但他知道那只是惱羞成怒的逃避。

他緩緩離開了床，換好衣服後走去盥洗室。刷牙的時候，看到粉紅色的牙刷還放在那裡。麻由子忘記帶走了。

崇史對著鏡子刷牙時忍不住想道，麻由子為什麼選擇了自己，而不是智彥？在他的記憶中，麻由子幾乎沒有任何倒向他的可能性存在。

只有一個可能，那就是麻由子和崇史同居這件事，也是一連串謀略的一部分，和智彥、篠崎失蹤，以及崇史的記憶遭到篡改並非毫無關係，也就是說，這一切都是她演出來的。

「我喜歡妳。」

「我也喜歡你，很喜歡你。」

崇史回想起他們曾經在床上說的話，她說的那些話也都是事先設計好的嗎？

不可能——崇史不顧牙刷還在嘴裡，用力搖著頭，卻找不到任何根據可以強烈主張這一點。

崇史拖著沉重的身體來到公司，腦袋裡好像裝了鉛塊，疼痛週期性地襲來。

他像往常一樣插入識別證，打開了實境系統開發部第九部門的門。

他立刻覺得有哪裡不對勁。

崇史一打開門，放在門口旁籠子裡的黑猩猩烏皮就動一下，這已經變成了每天早上的固定儀式，但今天早上，他沒有聽到烏皮的聲音。抬頭一看，昨天還在那裡的烏皮不見了。

他納悶地走了進去，發現了更驚人的變化。

崇史他們所使用的實驗器具都消失不見了，不光是實驗器具，連崇史和須藤的辦公桌也不見了，只剩下窗邊的白板。

他搞不清楚眼前的狀況，走到空蕩蕩的房間中央，茫然地東張西望，完全不知道發生了什麼事。

另一個研究小組的成員在亞克力隔板的另一側，納悶地看著崇史。和崇史同期進公司的桐山景子也在。他們的實驗空間並沒有任何變化。

崇史看到白板上貼了一張白色便條紙，他走過去拿了起來。「致敦賀　進公司後來我辦公室一趟。　大沼」

看到便條紙的內容，崇史不由得緊張起來。大沼是百迪科技的董事，也是實境系統開發部的負責人。雖然之前曾經在開會時見過他，但從來沒有私下聊過天。因為崇史實質上還算是新進員工，所以也很正常。

到底是怎麼回事？崇史感到納悶，身後傳來一個聲音，「要搬去其他地方嗎？」

崇史驚訝地轉過頭，發現同期的桐山景子站在身後，雙手插在白袍口袋裡。戴著一副大眼鏡的她露出訝異的神情。她微微皺起眉頭，這是她打算認真聽對方說話時的習慣。

崇史搖了搖頭，「我也不太清楚，可能是這樣嗎？」

「你沒聽說要搬嗎？」

「完全沒有，你們今天幾點來的？」

「九點十分左右吧。」桐山景子看著手錶回答，「我第一個進來，那時候已經是目前的狀態了。大家還以為是臨時決定要搬呢。」

「須藤先生呢？」

「今天還沒看到他。」

崇史點了點頭，低頭看著自己的手錶，須藤平時差不多這個時候來上班。

「總之，我先去董事那裡。」

「董事？」

景子皺著眉頭，崇史把便條紙遞給她，她看了之後瞪大了眼睛。

董事室位在崇史的研究室相同樓層的走廊盡頭，白色的門旁有一個對講機。崇史輕輕吸了一口氣，按了對講機的按鍵。片刻之後，擴音器傳來一個聲音。「哪位？」

「我是敦賀。」崇史說。

「進來吧。」說話的同時，傳來自動門打開的聲音。

崇史打開門說：「打擾了。」

大沼坐在辦公桌前，後方是拉起百葉窗的窗戶，桌上的筆電打開著，大沼正看著筆電的螢幕。

「你先坐一下，我馬上就好。」說完，大沼敲打著鍵盤。這位董事在百迪科技的美國總公司期間負責軟體開發工作，他像彈鋼琴似地敲著鍵盤。

崇史在旁邊的沙發上坐了下來，董事室並不寬敞，牆邊放著塞滿文獻的書架，還有一個開視訊會議時使用的大螢幕，只能勉強放下沙發和茶几。

「好，這樣就差不多了。」大沼自言自語地說著，最後敲了幾下鍵盤，拿下眼鏡，起身走向崇史。聽說他已經五十多歲了，但因為身材很瘦，據說是假髮的頭髮也很黑，看起來最多四十五、六歲而已。聽說他覺得一旦發胖，連腦筋都會變得遲鈍，所以正在減肥。總之，公司有很多關於他的傳說。

「因為我不想浪費時間，所以就長話短說了，」大沼說完，在崇史的對面坐了下來，「你們的研究要暫時凍結。」

「啊……」崇史情不自禁地坐直了身體，「凍結？請問為什麼？」

「理由就是公司方面認為繼續研究下去並無意義。」

「不，我無法接受，為什麼公司方面認為沒有意義？」

「這是根據未來性、發展性、實現性以及其他各方面做出的判斷，這件事已經決定了，不會改變。」大沼直視著崇史的眼鏡，用好像配音演員般口齒清晰地說道，他的聲音具有不容別人反駁的威力。

崇史陷入了混亂，因為事出突然，他無法整理頭緒，幸好他想到了一個適合目前發問的問題。

「那接下來我該怎麼辦？」

「嗯，」大沼點了點頭，把手伸進上衣內，拿出一個牛皮紙信封，「你先去專利部，這是人事命令，你去找專利部的酒井部長。」

「專利部……」崇史覺得眼前發黑，他完全沒有料到目前的情況。

「不必擔心，不可能讓你在MAC培養起來的戰力一直浪費在事務性的工作上，只是在下一個研究課題決定之前，先去那裡待命。」

「下一個研究課題是什麼？」

「目前美國總公司正在討論，一旦決定，就會立刻通知你。在此之前，你先去專利部徹底調查其他公司在實境工學方面的專利。雖然目前是待命期間，但也不能放鬆。」

大沼說完後站了起來，再度走向自己的辦公桌，似乎表示已經處理完這件事。

「請問……」崇史開了口。

大沼轉過頭，臉上的表情似乎在問，你怎麼還沒走？

「須藤先生呢？」

「須藤去了美國，」大沼說：「今天早晨就出發了。」

「美國……嗎？」

「我剛才不是已經說了嗎？讓須藤去美國，是為了摸索下一個研究課題，還有其他問題嗎？」

「不，沒有了。」

「那就加油囉。」大沼戴上眼鏡，坐在辦公桌前。

「我告辭了。」崇史鞠了一躬，走出了辦公室，立刻感受到難以形容的窒息感。他想要大叫，好不容易才克制住。

專利部的酒井部長一頭花白的頭髮用髮油梳得整整齊齊，穿著深藍色西裝，西裝長褲上的筆直摺痕好像一把尺。當崇史走進去時，他把正在看的資料放在桌角時，仔細對準了桌角的線。

「我已經聽說了你的情況，所以請你負責實境工學相關的專利和許可證。這方面是全新的技術，一直希望有專業知識的人來負責。」

酒井心滿意足地說道，崇史帶著複雜的心情看著他的嘴角。聽大沼的意思，只是暫時在這裡落腳而已，但酒井剛才說的話，似乎認為獲得了新的戰力。崇史很想問清楚，但最後決定先不要多問。其中可能有什麼複雜的情況，如果說錯話，讓酒井心裡不舒服絕非上策。即使只是短期間，目前酒井是崇史的上司。

崇史來到新的辦公室，認識了直屬上司的主任。百迪科技從幾年前開始，就廢除了課長和股長這些職位。

崇史的辦公桌位在正方形辦公桌區最靠走廊的角落，正是昨天之前，還在第九部門實驗室內的那張辦公桌。在這家公司，即使換了部門，辦公桌也不會換。辦公桌比自己先送到這裡，讓崇史覺得自己只是大組織內的一個小齒輪。

瘦得像骷髏般的主任安排崇史做的第一份工作，就是整理最近實境系統相關的專利。雖然主任指導了作業步驟，但他的說明很籠統，崇史不得不問了好幾次。主任的回答也很不友善，語氣很冷漠，崇史覺得他不耐煩的態度似乎在說，為什麼你這種傢伙要來我們部門？崇史打量周圍，所有人都好像對他沒有好感，簡直就像小學的班上來了一個來路不明的轉學生。

對他們來說，自己調到這裡也是一件異常的事。崇史在心裡想。

崇史用電腦查專利資料的同時，思考著這次調職的事。他覺得這也和一連串匪夷所思的事有關，在崇史發現自己的記憶遭到篡改，而且百迪科技是幕後黑手後，麻由子消失了，而且自己還被調了職，須藤也不見了。他不認為所有這些事都是巧合而已。

到底是為什麼──崇史很想大叫。到底為什麼要做這種事？百迪科技把自己逼入目前的境地，到底有什麼目的？

他抬頭看向前方，新同事的背影好像墓碑般默默排列在前方，他覺得好像是這家公司背離了自己。

雖然公司引進了彈性工作制，但大家吃午餐的時間都差不多。崇史和其他同事一起走出辦公室，走向員工食堂，但沒有任何新同事找他說話。無奈之下，他只能主動找人說話。坐在崇史左側前方的男同事快步走在他前面，崇史看過他的名牌，知道他姓真鍋。

「沒想到專利部有這麼多人，我之前都不知道。」崇史走到真鍋身旁說道，真鍋似乎沒想到崇史會找他說話，他看了崇史一眼，露出驚訝的表情，然後那張像山羊般的臉巡視周圍，崇史覺得他好像在向別人求助，而且周圍的人都加快了腳步，似乎不願和他們有任何牽扯。

「總共有幾個人？」崇史繼續問道。不知道為什麼，真鍋的表情很緊張。
「啊……什麼幾個人？」
「我是問專利部總共有幾個人？」
「呃，好像是三十四個人。」真鍋偏著頭回答，他的鼻尖冒著汗珠。
「這麼多人，還會人手不足嗎？」
「不，人手很充足。」真鍋明顯不敢看崇史。
「酒井部長說，這個部門的人手不足，所以才會臨時把我調來這個部門。」崇史故意曲解酒井說的話，真鍋手足無措地說：
「呃，既然部長這麼說，人手應該不足夠。我只知道做自己的工作，對整體情況不太瞭解。呃，不好意思，我要先去一個地方。」說完，他就匆匆走到走廊的另一側。崇史停下腳步，目送他的背影。當他回過神時，發現周圍空無一人。
他獨自吃完午餐後，去公用電話打電話到ＭＡＣ。麻由子目前應該還屬於腦部機能研究小組，他沒有報上自己的名字，請對方找麻由子，但一如他所預期的，麻由子已經不在那裡了。
「津野今天換去其他部門了。」接電話的男人語氣冷漠地說。
「可不可以告訴我那裡的電話？」
「不，不好意思，礙於規定，無法告訴你。如果你一定要和她聯絡，你可以留下姓名和電話，由我們轉告津野。」

和之前一樣，崇史心想。之前打電話去美國總公司，想要聯絡智彥時，對方也說了相同的話。

即使自己留下了姓名的電話，對方也未必會轉告麻由子。不，即使轉告麻由子，她也不可能主動聯絡。如果她願意聯絡，昨天就會打電話給自己。

「那不用了。」崇史說完，掛上了電話。

下午的時候，他繼續做著單調的搜尋工作，腦袋裡拚命思考著解開這些謎團的線索。雖然他毫不懷疑百迪科技是幕後黑手，但既然無法證明，就不能輕舉妄動。目前只能看公司方面下一步會出什麼招。

他正在搜尋實境系統相關專利，突然在螢幕上看到了自己的名字，忍不住停下了手。

「輸入視覺訊息時用的磁脈衝裝置　敦賀崇史（MAC實境工學研究室）」。

這是前年申請的專利，雖然名字聽起來很威風，但只是將磁脈衝裝置的探針稍加改良而已，但那是崇史第一個申請的專利，也是充滿懷念的回憶之一。

他看著螢幕上的內容，不由得想起一件事。在MAC研究的課題都要以研究報告的形式交給百迪科技，這些報告應該都存在百迪科技的資料庫內，資料庫內當然也有智彥的研究。

崇史敲打著鍵盤，雖然無法看到報告的內容，但應該可以輕鬆查到報告的題目。只要看到報告的題目，就可以推測智彥正在進行什麼研究，以及研究進展到什麼程度。

崇史用三輪智彥的名字搜尋，他想調查智彥寫的所有報告。

看到螢幕上出現的文字，崇史懷疑自己看錯了。他以為自己按錯了按鍵，於是重新搜尋了一次，但螢幕上出現的文字和剛才相同。
「相符的報告件數0件」
怎麼可能？他輕聲叫了起來。智彥的報告不可能連一份都沒有登記。崇史比任何人更清楚，在MAC的同期學生中，智彥交了最多報告，而且他還看過其中幾份報告。
只有一種可能。
公司刪除了所有的紀錄。
傍晚六點，崇史離開了公司，但他沒有走去車站，而是走進途中的一家咖啡店。那家咖啡店很明亮，可以看到馬路。
崇史坐下後沒幾分鐘，桐山景子就走了進來。她稍微張望了一下，發現了崇史，面帶微笑地走了過來。她一身淡橘紅色的套裝，崇史覺得應該很少男人會覺得她是研究人員。
「我們第一次在這種地方見面。」她點了檸檬紅茶後說。
「不好意思，臨時約妳來這裡，妳很忙吧？」
「最近還好，總公司的監督也不太嚴格。」
「那就太好了。」
今天下午，崇史打電話給景子，問她下班之後是否可以見面。
「聽了你的事，我嚇了一跳。」她說：「專利部？這是怎麼回事？」
「我也搞不懂，說是在下一個研究課題決定之前，暫時去那裡。」

「是喔，有這種事嗎？」景子輕輕搖著頭。

「研究的進度怎麼樣？」崇史問。

「老實說，目前陷入了瓶頸，可能要重新檢討計畫。」

「上次我在ＭＡＣ聽說，百迪科技已經對視聽覺認知系統失去了信心，真有這回事嗎？」崇史把之前去ＭＡＣ時，小山內說的事告訴了景子。

桐山景子滿面愁容，並不是因為有人批評她正在從事的研究課題，而是因為這是事實。

「從預算來看，很難認為公司對這項研究抱有很大的期待。」

「預算被刪了嗎？」

「是啊。」

檸檬紅茶送了上來，桐山景子在喝紅茶之前，從皮包裡拿出了菸，然後問他：「可以抽菸嗎？」崇史有點驚訝，但還是回答說：「可以啊。」崇史之前不知道她抽菸，研究室內都全面禁菸。

「我在ＭＡＣ還聽說另一件事，百迪科技打算把記憶包作為新型實境的主力。」

桐山景子把煙吐向斜上方後說：「很有可能。」

「果然是這樣嗎？妳有沒有聽說什麼？」

「也不是聽說了什麼，畢竟我也只是新手。」

「但至少比我資深。」

「只是形式而已，你很快就會超越我。」

「別開玩笑了，我聽說妳的評價很高。」

桐山景子並沒有去ＭＡＣ，從兩年前開始，就一直在中央研究所。除了因為她不是大學畢業，而是專科學校畢業以外，崇史想不出其他會讓公司做出這種人事安排的原因。

「這種評價不可靠，所以我才會這麼心煩，不過算了，現在不聊這件事，公司想要大力扶植記憶包的研究。雖然我不瞭解詳細情況，但聽說腦研小組正在逐漸壯大。」

「ＭＡＣ的情況好像也一樣，腦部機能研究小組的成員增加了，但光是這樣……」

「不光是這樣，而是杉原主任成為負責人。」

「杉原……腦內物質的？」

「對，」景子拿起茶杯，點了點頭，「在腦研內，他也是很熱衷於記憶包研究的人之一，最近他發表的報告內容，也幾乎都是關於記憶構造。」

「杉原先生喔……我之前完全不知道。」

崇史想起一年前在ＭＡＣ的研究發表，杉原向崇史提問了關於腦內化學反應的問題。崇史又想起那一天，杉原和美國總公司的布萊恩．佛洛伊德一起去了智彥他們的研究室。

各種情況都符合，崇史想到。只要蒐集所有這些資訊，按照適當的方式排列在一起，一定可以掌握到底發生了什麼事，但如今他只能茫然地看著這些拼圖。

「關於記憶包的研究成果，妳最近有沒有聽說什麼？是不是有了什麼劃時代的新發現？」

景子搖了搖頭，「我沒聽說，但既然由杉原主任擔任負責人加持，也許已經到了可以期待成果的程度。」

「腦研在進行記憶包的研究嗎？」

「那裡應該也有在做研究，但主導權可能已經移交到美國了。」

「總公司嗎？」崇史覺得很有可能，他的眼前浮現了布萊恩·佛洛伊德的金色頭髮。

「你為什麼這麼在意記憶包？」桐山景子問了之後，似乎想到了什麼，點了點頭，「我知道了，你覺得這可能是你的下一個研究課題。」

「不，並不是這樣。」

「那是為什麼？」

景子直視著他，然後微微偏著頭。她剛才吐出的煙在她的臉部上方飄散。

崇史有一股衝動，很想把自己目前遇到的事告訴她。因為他很想告訴別人，只是沒有人能夠保證這麼做是正確的行動，搞不好會造成無可挽回的後果，而且很可能會給桐山景子帶來麻煩，更何況目前沒有證據可以斷言，可以完全相信桐山景子。

「有一個未經證實的消息，所以希望妳不要告訴別人，」崇史仔細思考後，決定告訴她一小部分情況。他探出身體，壓低了聲音，景子也把臉湊了過來，「似乎有人的記憶被篡改了，而且被人刻意篡改的。」

她注視著崇史的臉，皺起了眉頭問：「哪裡聽來的消息？」

「不好意思，我無法透露。」

她搖著頭說：「難以相信。」
「我也不相信，但可信度很高。」
「是不是病理性的？比方說，腦部障礙的影響，或是神經官能症之類的精神疾病造成的。」
「如果只是失去記憶或是記憶模糊，很有可能是這種情況，但那個人有完整的記憶，而且記憶不符合事實，當然不是記錯的程度而已。」
「所以那個人的精神是正常的嗎？」
「很正常。」崇史斷言後，又改口說：「應該是正常的。」
「難以置信，」景子再度說道，「如果不親眼看到有關那個人的記憶數據，無法做出任何判斷，但傳統的虛擬實境和我們目前正在研究的技術，不可能完美篡改記憶，至少在理論上不可能。因為這和小孩子過度熱衷於遊戲，以為自己身處遊戲世界的情況不一樣。」
「我也這麼認為，所以想進一步瞭解記憶包的詳細情況。」
「是喔。」景子抱著手臂，想了一下後，輕輕笑了起來，「你告訴我這件事，卻不願透露消息來源，真的很過分喔。」
「過一陣子一定會告訴你。」
「那我再問你一次，那個人的精神真的正常嗎？」
崇史點了點頭，但隨即改變了主意，回答說：「我會確認。」

「這是先決條件。」她說。

SCENE 7

中元節假期結束，大家正要全心投入工作，百迪科技在都內的某家飯店舉行了每年例行的派對。我穿上平時很少穿，而且已經有點退流行的夏季西裝，和柳瀨、小山內先生一起走進了飯店。

「這麼大費周章，根本是浪費時間和金錢。」搭電扶梯前往會場途中，柳瀨小聲地說。他似乎也覺得穿西裝很不自在。

「別這麼說，這也是公司對員工的一種體貼啊。」小山內先生苦笑著說。

「是啊，只是覺得體貼搞錯了方向。如果真要慰勞，就把錢交給各個研究小組，讓大家盡情地吃吃喝喝，員工會更加感激吧。」

「是嗎？我倒是比較喜歡目前這種慰勞方式，還是說，你喜歡那種傳統的慰問會，住在那種潮溼的溫泉旅館，敞著浴衣，大聲唱卡拉ＯＫ嗎？」

「不至於到那程度啦，但你不覺得那種方式更適合日本人嗎？」

「所以才好啊，每次參加這個派對，我就會意識到，我們的老闆不是日本人。敦賀，你不這麼認為嗎？」

小山內先生徵求我的同意，我嘴角露出笑容，點了點頭。

不同於普通公司會舉行慰勞會或是聯歡會，MAC每年八月，所有職員和研究員都聚集在一起舉行派對。我去年已經參加過，今年是第二次參加。我覺得與其說是慰勞會，不如說是百迪科技的高層邊喝酒，邊激勵還在進修的研究員。

派對採取自助餐形式，在幾位董事冗長的致詞後，大家終於乾了杯，然後就可以吃桌子上的各式料理了。

我正把烤牛肉放進盤子時，看到了麻由子。當我抬起頭時，和站在桌子另一側的她四目相接。她穿著淺藍色套裝，耳朵上的金色耳環閃著金光。

我立刻巡視周圍，發現空桌後，立刻把自己的盤子放在那裡，然後再度打算看向麻由子時，發現她已經來到我身旁，手上也拿著裝了菜餚的盤子。

我先開了口，「我們真的好久沒見了，最近還好嗎？」

「嗯，就這樣啦。」麻由子回答，「你呢？」

「我也馬馬虎虎。」我回答說，然後喝著兌了水的酒。

我有點想不起我們最後一次聊天是什麼時候，我記得在她生日隔週的星期一之後，就沒再和她說過話，但我沒有自信，也許之後也曾經打過招呼。無論如何，這一個多月都沒有和她好好聊過天。

「智彥沒來嗎？」我巡視周圍問道。我無法否認，內心很希望他今天沒來。

「有啊，應該正在和老師談話。」

「是喔。」我沒有掩飾自己的失落，「妳和他之後的關係還好嗎？」

她露出想要說什麼的表情，但隨即改變了主意，僵硬的臉上努力擠出像是微笑的表情，點了點頭說：「嗯，還在交往。」

麻由子並沒有問我這一個月為什麼刻意避開他們，可能不需要問，就已經知道答案了。我不想看到他們卿卿我我，也不想在智彥面前假裝是他的好朋友。

但我們之所以變得疏遠，不光是因為我刻意避開他們，他們也不再像以前一樣邀我一起吃午餐。我認為也許智彥察覺到什麼，所以不讓我靠近麻由子。我回想起麻由子生日那天晚上，他喝醉酒來我家時的情景。他臉色鐵青地說，不想失去她，不想被任何人搶走她。那句話是不是在向我表明立場？

正當我在思考這些事時，麻由子問我：「中元節假期，你有沒有去哪裡玩？」

「我去了北海道。」

「一個人嗎？」

「沒有人陪我去啊。」我說，說出口之後，就感到後悔了，這是很低水準的諷刺，「妳有沒有去哪裡？」

「嗯，有啊。」

「去哪裡？」

我問，麻由子再度露出剛才那種欲言又止的表情，但她還是什麼都沒說，看著我的身後，用平淡的表情說：

「他看到我們了，正朝我們走來。」

「那我先離開。」我拿著兌水酒的杯子，正想要轉身離開，麻由子立刻皺起眉頭。
「為什麼？你別走啊，你這樣好像逃走，不是很奇怪嗎？」
「我就是逃走啊，我可不想在你們面前演戲。」
「即使是演戲也無所謂，請你繼續留在這裡，拜託了。」
她的語氣好像在懇求，我難以拒絕，但我還是覺得不應該繼續留在這裡，正當我想要說話時，有人輕輕拍了拍我的右手臂。
「嗨！」我露出好像現在才發現智彥的表情向他打招呼，「你剛才在哪裡？」
「被中研的人逮到了，竟然在這種地方問我很久以前的報告，真是傷腦筋。」智彥輪流看著我和麻由子說道，然後喝了一口手上的兌水酒，低頭看著桌上的盤子，「你好像都沒吃，如果不趕快吃，菜很快就被吃完了。」
「要不要我去拿一點菜過來？」麻由子問。
「好啊，聽說這裡的焗烤很好吃。」
「那我去拿。」
「不用了，讓她去拿吧。」智彥微微伸出手制止了我，然後向麻由子使了一個眼色。麻由子離開後，智彥再度看著我說：「好久不見。」
「我剛才也這麼對她說。」
「嗯。」智彥點了點頭，看著手上的杯子，但他並沒有喝酒，而是抬起了頭說：「上次不好意思。」

「上次？」

「就是我喝醉酒去你家的那次，給你添了麻煩。」

「喔……那已經是很久以前的事了，我根本沒放在心上。」

「那就好。」

「工作怎麼樣？還順利嗎？」

「嗯，但有起有伏，崇史，你呢？」

「還是老樣子，提不起勁。」

「怎麼可能？」智彥瞥向放了很多菜色的大桌子，然後又轉頭看著我，他的臉上露出像是假笑般的奇妙笑容。「你剛才和她聊什麼？」

「沒聊什麼啊，閒聊而已。」

「你們的表情看起來很嚴肅。」

「我們嗎？你想太多了，我和她有什麼嚴肅的話可以聊？」

「我想是沒有，但只是有點在意，既然你說沒有，那就沒問題。」

「真的沒有啊。」我在回答時，感覺到一種難以形容的不舒服感覺，繼續假裝是他的摯友，到底有什麼意義？

麻由子走了回來，兩隻手上都拿著盤子，而且盤子裡都裝了相同的菜。「給你。」她把右手上的盤子遞給我。「謝謝。」我道謝後，接過盤子，智彥一臉理所當然地讓麻由子拿著盤子，自顧自地吃起了焗烤。

「好像也有壽司。」智彥停下手中的叉子說。
「有啊，要不要我去拿？」
「不，不用了，這種地方的壽司不可能好吃。」智彥說完，對麻由子笑著說：「上次去的那家店，壽司很好吃吧，希望有機會再去。」
「嗯……」不知道為什麼，麻由子瞥了我一眼後點了點頭，「是啊。」
「你們發現了好吃的壽司店嗎？」我問。
「不是，我們去了『福美壽司』，那家店完全沒變。」
「『福美壽司』？」我驚訝不已，「就是中學旁的那家？」
「嗯。」智彥點了點頭，露出好像這才想起的表情說：「對了，還沒告訴你，上次連假時，我回了老家，也帶麻由子一起回家了。」
「你老家……嗎？」我忍不住看向麻由子，她不發一語地低著頭。
「因為我很少回家，如果不趁這個機會，恐怕很難有機會介紹麻由子給我爸媽認識。」
「你帶麻由子見過你父母了嗎？」
「嗯。」智彥露出理所當然的表情。
「是喔，那可真是……」我喝著酒，覺得胸口陣陣刺痛，但我還是說：「太好了，你爸媽一定很高興。」
「他們樂壞了，真的太傷腦筋了，我媽做了很多菜，雖然她覺得是在盛情招待。」

「啊?但你們不是去了壽司店嗎?」

「第二天,被我媽的大餐攻擊是在第一天。」智彥輕描淡寫地說道。

麻由子住在智彥的家嗎?我原本想問這個問題,但最後改變了主意,因為我在意這件事很奇怪,至少在智彥面前問這個問題很奇怪。

我曾經去過智彥家好幾次,我努力回想他家是否有可以讓麻由子獨自睡覺的房間,想到一半,覺得自己很無聊。智彥的父母再怎麼開放,也不可能讓兒子和還沒有結婚的女友睡同一個房間。

當我回過神時,發現我們小組的柳瀨和智彥他們小組的篠崎等人也聚集在旁邊,大聲談笑著,已經在討論等一下要去哪裡續攤了。

我很想問麻由子,為什麼要去智彥家,智彥又是如何向他的父母介紹她,但眼前的情況讓我無法問出口。

而且,我又覺得即使知道這些問題的答案又怎麼樣呢?

「那家店太小了,不行啦,去我認識的店吧。別擔心,我會叫老闆算便宜點。」篠崎在一旁很有精神地說。可能因為他說得太大聲了,智彥看向他。

「那就交給你了,沒想到你竟然知道那麼多餐廳,真是有點意外。」柳瀨語帶佩服地說。

「通常是外地來的人反而對這種事更清楚,」另一個研究小組的山下語帶揶揄地說,「他們一到東京,就會把導覽書看得很熟。」

「嗯，有道理。」柳瀨也表示同意。

篠崎說：「什麼意思啊？你們在說誰啊？」

「你在說什麼啊，當然是說你啊。」山下笑著指著篠崎說。

「我嗎？」篠崎充滿質疑地問，「我又不是外地來的。」

「為什麼？你不是外地的嗎？」

「別鬧了，」柳瀨笑著說，「篠崎不喜歡別人說他是來自廣島的鄉下人，對不對？」

「廣島？喔，原來你們是說這個，」篠崎露出恍然大悟的表情，「雖然我的確是在外地讀大學，但也不至於因為這樣，就把我當外地人啊。在大學之前，我都是在這裡啊。」

柳瀨差一點被喝到一半的啤酒嗆到。我發現智彥看著他們對話時的表情有點慌張。

「你說大學之前都在這裡是什麼意思？」山下納悶地問。

「就是在東京的意思啊。」

「是喔，你是東京人嗎？我都不知道這件事，你住東京哪裡？」山下明顯用開玩笑的口吻問道，但篠崎的語氣並不像在開玩笑。

「阿佐谷。」他若無其事地回答。

山下噗哧一聲笑了出來，「原來是這樣，所以你是從小就住在那間破公寓嗎？但只有三坪大的房間，你們一家人住不會太小嗎？」

「你在說什麼啊，那裡是我今年自己租的，怎麼可能全家人都住那裡？我老家在車站附近。」

聽篠崎說話的語氣，不像是在說謊或是開玩笑，而是實話實說。因為我完全不知道篠崎到底是哪裡人，但其他幾個人似乎對他這番話感到不解。山下和柳瀨互看了一眼，臉上仍然帶著微笑問：

「你是認真的嗎？」

「當然是認真的啊，是你們在亂開玩笑。」

「你家以前就住在阿佐谷？」

「嗯。」

「但現在不是住在廣島嗎？」柳瀨在一旁插嘴問：「你父母不是在廣島嗎？」

篠崎轉頭看著柳瀨，他的臉上露出一絲不安，但隨即點了點頭說：

「搬家了啊，所以我也讀了廣島的大學。」

「所以你是在東京讀高中嗎？是哪一所高中？」山下問。

「高中是……」篠崎說到這裡，答不上來，表情很僵硬，「高中是……呃，我想起來了，高中也是在廣島，是在高中之前搬去廣島的。」

「所以你中學之前都在東京嗎？那你讀哪一所中學？」山下繼續問道。

「中學的名字是……」篠崎似乎想要回答，但遲遲說不出中學的名字，他微微張著嘴，空洞的雙眼看向半空，連續眨了好幾次眼睛。

「中學……中學的名字是……」

「算了。」山下不悅地說道，轉頭看著柳瀨說：「這傢伙在開玩笑吧？別鬧了，無聊透了。」

「我才沒有開玩笑。」篠崎尖聲說道，然後再度露出沉思的表情。

柳瀨嘆了一口氣，「篠崎，你之前不是告訴我，你是在廣島出生，在廣島長大的嗎？所以這種謊言根本沒有意義。」

「我說了，那不是謊言。」

「那你把中學的名字說來聽聽，還有，你是讀哪一所小學？」山下不耐煩地說。

「我中學是……」篠崎的手微微顫抖，他用沒有拿杯子的另一隻手按著額頭，皺著眉頭，喃喃自語著：「真奇怪，真奇怪。」

杯子從他另一隻手上滑落，掉在正下方的地上，發出清脆的聲音打破了。兌了水的酒和融化的冰塊四濺，篠崎雙手抱著頭，眼神渙散。

第一個衝到他身旁的不是站在他旁邊的柳瀨他們，而是智彥。智彥走到篠崎身旁扶著他。

「趕快去叫須藤先生。」智彥命令麻由子，她點了點頭，快步離開了。她的臉色發白。

柳瀨和山下被眼前突如其來的狀況嚇得說不出話，傻傻地站在那裡。其他人也都好奇地張望著。

「智彥，這是怎麼……？」

他沒有讓我把話說完，他伸出張開的右手，似乎拒絕我靠近，「沒事，我想他應該喝多了。」

「但是……」

「別再說了，這裡就交給我。」智彥的聲音很緊張，眼鏡後方的雙眼瞪得很大。

麻由子帶著須藤老師回來了，須藤老師一看到篠崎的樣子，立刻走到他身旁。我聽到他對智彥咬耳朵說：「趕快帶他離開。」

「要不要我幫忙？」我問。

老師和智彥剛才一樣，伸出手掌制止了我，「不，不用了，你不必擔心。」然後故意用開玩笑的口吻大聲地對周圍人說：「現在的年輕人搞不清楚分寸，不會喝酒還把自己灌醉，才會鬧出這種事。」他的笑聲聽起來很不自然。

站在我旁邊的柳瀨小聲地嘀咕：「篠崎並沒有喝很多啊。」

篠崎被智彥和須藤老師在兩側扶著離開了會場，幾個人帶著嘲笑目送他們離開，他們對須藤說是年輕人喝太多的說明並沒有起疑。

麻由子也打算跟著他們離開，我快步跑到她身旁，抓住了她的手臂。她驚訝地回頭看著我。

「到底是怎麼回事？篠崎怎麼了？」

麻由子為難地搖著頭，「我也不知道。」

「須藤先生和智彥的慌張樣子很不尋常，是不是出了什麼狀況？」

「我什麼都無法回答，對不起，放開我。」她掙脫了我的手，離開了會場。

當麻由子離開後，我回到剛才的桌子，柳瀨和山下面色凝重地竊竊私語著。我走向他們。

「我有事想要問你們，」聽到我這麼說，他們拿著杯子，挺直了身體看著我，「關於篠崎的出生地，他是東京出生的嗎？還是廣島？」

「廣島。」柳瀨斬釘截鐵地說，「進MAC的同時，我就一直和他在一起，他親口告訴我的，說從出生之後，就沒有離開過廣島。」

「千真萬確嗎？」

「千真萬確。」柳瀨說，然後偏著頭納悶，「他為什麼突然這麼說？」

「如果只是因為虛榮，未免太奇怪了，因為即使對我們說這些話也沒有意義。」山下也難以理解。

我看著篠崎他們離開的出口，一個想法浮現在腦海，但我並沒有說出口。

第七章

痕——跡

直井雅美穿著粉紅色POLO衫和牛仔褲出現在咖啡店，一頭長髮綁成馬尾，肩上背了一個運動選手經常使用的那種大運動袋。之前聽她說，她在讀專科學校，但崇史有點好奇，不知道讀的是哪一方面。

雅美發現他，笑著走了過來，對剛好路過的服務生說：「我要一杯冰咖啡。」然後才坐下來。崇史把放在自己面前的帳單遞給服務生說：「一起算就好。」

雅美露出有點為難的表情說：「今天由我來付錢。」

「沒關係，這種小事不必放在心上，不好意思，突然約妳出來。」

崇史昨天晚上打電話給篠崎伍郎的女友直井雅美。他下班搭電車回家時，在電車上打瞌睡醒來後，突然想起一件事，於是決定和她聯絡。

「你知道伍郎的下落了嗎？」

「目前還不知道他的下落，但發現了一些線索。」

「線索？」

「他和百迪科技正在進行的一項重要研究有關，我認為他的失蹤，也和那項研究有關。」

「和那項研究有關……請問是什麼意思？」

「我也還不瞭解具體的情況，但至少確定一件事，篠崎並不是自願消失，恐怕是因為百迪科技公司的意圖。」

雅美感到困惑不已，露出不安的眼神看著崇史，「百迪科技的意圖？公司會命令他這種事嗎？」
「通常不會，」崇史回答說，「但這次的情況並不正常，一切都不正常。」
「怎麼會……為什麼公司要這麼做？那不是很奇怪嗎？」
「所以我接下來想要調查這件事。」
「難以置信。」雅美嘀咕時，她的冰咖啡送了上來，但她並沒有立刻喝，而是問崇史：「請問是什麼研究？」
「我無法告訴妳詳情，即使說了，妳也無法理解。」崇史含糊其詞，不光是雅美，他認為一般人無法理解篡改記憶這件事，如果說得不清不楚，反而可能招致雅美的不安，「總之，那是一個劃時代的研究，這一點我可以斷言。」
「是喔，」她這才把吸管從袋子裡拿出來，插進冰咖啡內攪動著，冰塊發出嘎啦嘎啦的清脆聲音，「原來伍郎參與了這麼厲害的研究。」
「對。」崇史點了點頭。
「真讓人難以相信。」雅美搖了搖頭，馬尾在她腦後搖晃著，「伍郎之前說，他的同事都很厲害，自己只能當跑腿，有時候根本聽不懂同事在說什麼。」
「他是在謙虛。」
「是嗎？」雅美偏著頭，把嘴唇湊近吸管。
崇史看著她喝冰咖啡的樣子，覺得無法告訴她真相。因為雅美聽說篠崎和那個研究有關，立刻以為是篠崎率先加入研究，但其實篠崎是被當作實驗對象。

「總之，他的失蹤背後有這些因素，所以我想問妳，百迪科技有沒有和妳接觸？有沒有人來找過妳，或是打電話給妳？」
崇史的話還沒說完，她就開始搖頭。
「完全沒有，只有你為了伍郎的事打電話給我。」
「是喔……」
「敦賀先生，我接下來該怎麼辦？我該去報警，說伍郎因為公司的關係失蹤嗎？」
「即使那麼做也無濟於事，因為沒有任何證據，現在最好什麼都別說。對了，昨天我拜託妳的事，沒問題吧？」
「你說要看伍郎住的地方嗎？沒問題啊，」雅美輕輕拍了放在旁邊椅子上的運動包兩次，「我帶了他媽媽放在我這裡的鑰匙。」
「那我們就趕快走吧。啊，不，等妳喝完再說。」
「我馬上就喝完。」雅美說完，用吸管用力吸了起來。
崇史並沒有決定要去篠崎的租屋處做什麼，如果硬要說的話，可能想要尋找線索，只是他完全無法想像什麼東西會成為線索，只知道篠崎的失蹤和目前發生的一連串事情不可能毫無關係，他想親眼看一下篠崎的住處。
走出池袋的咖啡店，崇史攔了計程車，對司機說：「去阿佐谷。」一旁的雅美露出意外的表情。
「你去過伍郎家裡嗎？」

「不，我沒去過。」

「但你知道他住在阿佐谷。」

「嗯，因為我曾經聽他和別人聊起過。」

崇史的腦海中浮現一個場景，那是在派對的會場。篠崎伍郎不知道說了什麼，周圍有幾個男人圍著他。

「他是在廣島出生和長大的，對嗎？」

崇史問道，雅美露出納悶的表情點了點頭，「是啊。」

「妳有沒有聽說過，他的父母曾經住在東京這件事？」

「沒有，完全不可能，他的父母也從來沒有離開過廣島。」

「是喔……」崇史看向窗外。他想起了去年夏天舉行的派對。篠崎主張自己是在東京出生，他的語氣聽起來不像是開玩笑或是說謊。

崇史認為他的記憶遭到了篡改，因為某種疏失，導致他在那種情況下直接去了派對會場，所以智彥他們才會那麼驚慌失措。

「伍郎這麼說嗎？」一旁的雅美問道。

「說什麼？」

「說他父母是東京出生的。」

「不，並不是這樣，我只是問問而已，妳不必放在心上。」

「是嗎？」雅美低頭沉思起來，崇史猜想她是不是想到了什麼，但她隨即抬起頭，看著崇史說：「伍郎可能會在這件事上說謊。」

「為什麼？」

「因為伍郎很討厭自己是廣島人這件事。不，不是因為廣島的關係，而是他覺得不是東京人這件事很丟臉。」

「怎麼會這樣？」崇史苦笑道。

「真的，他說東京人都看不起外地人……所以他努力讓自己看起來像東京人，說話時，也努力掩飾廣島的口音。」

「是喔，這種事根本無所謂啊，我也是靜岡人。」

計程車從青梅大道駛進了小路，向北行駛了十幾公尺，又轉進了一條更小的路。雅美在中途指示司機行駛的路線。

從公寓牆壁的裂痕和變色的狀態來看，應該至少有二十年了，外側樓梯的欄杆油漆也都剝落生鏽，好像得了皮膚病。崇史跟在雅美的身後走上樓梯。

走廊上有四道門，篠崎住在最角落那一間。當崇史走進屋內，立刻聞到了灰塵和霉味，還夾雜了淡淡的咖哩味道，可能是滲進牆壁的味道。

雅美打開了日光燈，眼前是三坪大的日式房間，牆邊放了兩個收納櫃，和一個小型五斗櫃。收納櫃上放著ＣＤ收錄音機，窗邊放了一台十四吋的電視，旁邊堆著舊雜誌，最上方的雜誌翻了起來，是一張女性偶像穿泳裝的照片。

崇史遲疑了一下，脫下鞋子走進房間，打開五斗櫃的抽屜。裡面有一些衣服，但數量不足以應付生活所需。崇史向雅美提及這件事，雅美微微偏著頭說：

「如果伍郎是去旅行，可能會帶上所有必要的衣服。」

「反過來說，為了看起來像是他一個人出門旅行，所以就減少了一些衣服。」

雅美聽了這句話，害怕地皺起眉頭。

崇史仔細調查室內，他想要尋找任何可以解釋目前匪夷所思狀況的線索，但房間內成堆的報紙和雜誌無法成為任何線索，塞在衣櫃裡的衣物也看不出任何端倪。雖然在房間內發現了幾本專業書籍，但也無法從中感受到任何線索。

崇史盤腿坐在房間，他已經不在意滿屋子的灰塵。

雅美在小型流理台周圍檢查著，她的腳邊有一個紙袋，崇史問她：「那是什麼？」

「這個嗎？好像是工作服和鞋子。」

「給我看一下。」崇史接過紙袋，檢查了裡面的東西。紙袋裡放著一套米色的工作衣褲和安全鞋，這是ＭＡＣ男生助理研究員的工作服。崇史記得之前曾經看篠崎穿過，工作衣上用麥克筆寫著篠崎的名字。

崇史感到有點不太對勁，他對工作服和工作鞋留在這裡這件事無法釋懷。只是他也不知道為什麼覺得奇怪。

「請問有什麼問題嗎？」雅美擔心地問。

「不，並不是有什麼問題。」崇史沒有說出內心的疙瘩，把工作服和安全鞋放回了紙袋。

「好像找不到線索。」

「是啊。」

室內籠罩著尷尬的沉默。

「呃，敦賀先生。」

「什麼事？」崇史看向雅美，忍不住一驚。因為雅美露出極度害怕的眼神。

「伍郎還活著嗎？」

「呃……」

「他該不會已經死了？」

雅美的這句話刺進了崇史的心。他發現自己雖然隱約感受到這種可能性，卻故意不願正視。

「雖然我不願這麼想，但還是忍不住……」雅美垂下雙眼，「我從前一陣子開始，就一直做夢。是我爸爸葬禮的夢，出殯時，我捧著我爸爸的遺照，當時的情景好幾次都出現在夢裡……」

「兩者沒有關係啦，而且聽說夢見葬禮是吉夢。」

但崇史的安慰並沒有發揮效果，她臉色蒼白地站在那裡。

崇史覺得最好還是趕快離開，所以就站了起來，然後拉上了窗簾。

就在這時，眼前出現了奇妙的感覺。

「出殯」這個字引發了這種感覺。棺材，細長的長方形箱子，搬運箱子的人。

崇史感覺到自己的意識漸漸消失，全身無力，好像被什麼吸了進去。

雅美的聲音越來越遠。

SCENE 8

派對的一個星期後，百迪科技人事部找我。我穿上和參加派對時相同的西裝，前往位在赤坂的公司。雖然已經九月了，但天氣仍然悶熱不已，走到半路時，忍不住脫下上衣搭在肩上。在月台等車時，看到有一個年紀比我稍輕的男人站在我旁邊，一身和我相同的打扮。他可能正在為找工作奔波，我想起不久之前的自己。

到了公司後，我先去找人事課長。頭頂已經禿光的課長一聽到我的名字，眼鏡後方的雙眼立刻瞇了起來。

「敦賀嗎？有一個好消息要通知你。」

他開口就這麼說道，我聽了當然很高興。

「請問是什麼消息？」我面帶笑容地問。

「去會議室說明，你沿著走廊往左走，去二〇一會議室，在那裡等一下，我馬上就過去。」

「好的。」

為什麼要這麼慎重其事？雖然我這麼想，但還是按照人事課長的指示，看到二〇一會議室，我沒有敲門就推門而入。因為我認定會議室內沒有人，沒想到打開門一看，已經有人坐在裡面。那個人坐在小型會議桌前，穿著深藍色西裝的背影看起來很瘦。我正準備為自己的失禮道歉，那個人轉過頭，我把話吞了下去。因為那個人是智彥。

「嗨！」他開了口，「你這麼晚才到。」

我打量著智彥，在他身旁坐了下來。西裝穿在乾瘦的智彥身上，感覺就像掛在衣架上。

「人事課也找你來嗎？」

「是啊，昨天寄了電子郵件到研究室，你也是吧？」

「是啊。」我點了點頭後問，「你知道我會來？」

「雖然不知道是你，但知道還有另一個人，所以我猜想應該是你。」

「所以你知道是什麼事？」

「嗯，大致知道。」

「到底是怎麼回事？」

「他只說是好消息。」

智彥遲疑地移開視線，然後用食指推了推眼鏡，「人事課長什麼都沒告訴你嗎？」

智彥點了點頭，露齒而笑說：「沒錯，是好消息。」

「所以到底是什麼事？別賣關子了，趕快告訴我。」

「不能由我告訴你，但你馬上就會知道了。」

「呿，真讓人火大。」我皺著眉頭，用指尖抓著太陽穴。智彥仍然露齒而笑，眼前的情景，讓我幾乎忘了我們之間的友情即將崩潰這件事，好像又回到了從前。

我想起有事要問智彥。雖然問了之後，可能會破壞眼前和諧的氣氛，但我無法不問。

「篠崎之後怎麼樣了？」

果然不出所料，智彥聽到我的問題，立刻臉色大變，他收起了笑容。

「什麼怎麼樣？」

「上個星期的派對之後啊，他的樣子不是很奇怪，你們慌忙把他帶走了嗎？」

「喔，你是說那件事啊。」智彥臉上恢復了笑容，卻是和剛才不同的笑容，「他喝太多了，所以喝醉了，再怎麼放鬆，那天也太不像話了，事後須藤先生狠狠地罵了他一頓。」

「我覺得不是那樣。」

聽到我這麼說，智彥露出嚴厲的眼神問：「什麼意思？」

「沒什麼特別的意思，」我停頓片刻後繼續說道：「只是想到會不會是實驗的影響，你之前不是曾經說，把篠崎當成實驗對象嗎？」

智彥臉上的表情消失了，看向我的身後，顯然在思考藉口。他很快就想到了藉口，但他還沒開口，我就對他說：「你上次還說，那個實驗有可能篡改記憶。」

智彥聽到我這句話，無法再繼續面無表情。他不停地眨眼，額頭也紅了。我比任何人都瞭解，他感到手足無措。

「那……」他終於擠出一個聲音，「那沒關係，篠崎那天真的……那個，他真的只是喝醉了。」

「是嗎？那天之後，就沒再見到篠崎，所以我在想，他是不是發生了什麼意外。」

「沒什麼意外，真的沒事。」

「那就好。」說完，我點了點頭，將視線從智彥身上移開。

我不認為他會告訴我真相，但他剛才的反應，讓我確信自己的推測完全正確。篠崎在之前派對上的奇怪行為，果然是實驗造成的影響。也許篠崎的記憶遭到了篡改，已經無法恢復原狀了。我想起身為廣島人的他堅稱自己是東京人時的樣子。

但是——

我內心很想否定這個推理。因為我不認為有辦法輕易篡改記憶，這是實境研究者的終極課題。

當我和智彥之間陷入尷尬的沉默時，門剛好打開了，人事課長走了進來。他身後還有另一個人，穿著做工考究的灰色西裝，看起來不到四十歲。我曾經在上週的派對上見過這個男人，他叫青地，從美國總公司暫時回國。

人事課長在我們對面坐了下來，緩緩地開了口。「今天找你們來，不為別的事，關於明年春天之後的工作安排，想向你們確認一下。」

我直視著人事課長的臉，課長輪流看著我和智彥。

「我想你們應該也知道，MAC每年都會送一、兩名畢業生去洛杉磯總公司，當然必須很優秀，所以明年決定送你們兩個人去總公司。」

我看向智彥，智彥也瞥了我一眼，但隨即看向前方。

「這麼早就決定了，」我說：「我還以為會等到明年之後才決定。」

「往年是如此，但今年有點特別。」人事課長繼續說道，「雖然目前還不知道去總公司之後的工作內容，但應該是繼續進行目前的研究。在總公司工作的期間也沒有決定，至少三年，最多可能到退休。」

「通常都是五年到十年。」坐在人事課長身旁的青地用如同金屬般的聲音補充道。

「怎麼樣？」人事課長看著我們問道：「你們有意願去洛杉磯嗎？當然，你們不需要馬上回答，只是並沒有太久的時間考慮。」

「可以的話，希望在三天之後答覆。」青地說，「如果你們拒絕，我們必須另找其他人選。」

「應該不會拒絕吧？」人事課長在一旁說道。

我很想馬上就答應。自從進入百迪科技後，我就夢想可以去美國總公司，根本不需要三天的時間考慮。

「三天之後，我們會再和你們聯絡，到時候再回覆就好。有沒有什麼疑問？」

人事課長問，我回答說：「沒有。」智彥也回答說：「沒有。」

「那就下週再聯絡，這件事不得對別人透露，目前連MAC老師也不能說，這件事請你們特別注意。」

「知道了。」我們異口同聲地回答。

回MAC的電車上，我和智彥並排坐著。我知道自己渾身的血液都衝上腦袋，但還是無法克制自己高亢的聲音。

「太驚訝了，沒想到這麼早就被徵詢。」

「因為被徵詢的人也有各自的情況，所以才會想要早一點決定吧。」

「也許吧，不過說句實話，我真的鬆了一口氣，因為我完全沒有自信能夠被選上。」

「你怎麼可能不被選上？」

「當然有可能啊，雖然我不知道為什麼選我，但我覺得自己運氣太好了。」

「才不是運氣。」智彥抱著雙臂，注視著斜下方。

我轉身面對智彥，「智彥，你早就知道會被調去洛杉磯這件事嗎？」

「隱約知道。」

「為什麼？」

「因為之前曾經和青地先生聊過，當時他稍微提了一下。」

「難怪你這麼冷靜。」

「不是冷靜，而是鬆了一口氣。雖然隱約知道，但在實際接到通知之前，還是無法放心。只是既然要去美國，就有很多問題需要解決。」我正在思考有什麼問題需要解決，智彥嘆了一口氣說，「像是女朋友的事。」

「喔……」我當然也沒有忘記這件事，「你打算怎麼辦？」

「怎麼辦呢？」智彥輕輕嘆了一口氣。

智彥不可能放棄去美國的機會，和我一樣，這也是他最渴望的事，但一旦去了美國，就必須和麻由子分開幾年。雖然美國並不算太遠，但也不可能每個星期都約會。

我猜想千頭萬緒在智彥內心交錯，不由得感到幸災樂禍，甚至覺得他越煩惱越好。但我認為這也是我重新整理對麻由子感情的大好機會。因為只要在她身邊，我對她的感情就不可能改變。也許在大海對岸的大地上，有什麼可以讓我忘記麻由子的方法。

「不知道她……」過了一會兒，智彥幽幽地說：「會不會跟我一起去。」

我忍不住挑起眉毛，「你是說洛杉磯嗎？」

「嗯，應該不可能吧？」

「這不是可不可能的問題，而是她也有自己的工作。」

「所以，我希望她辭職。」

「離開百迪科技？」

「嗯……」

我無言以對，看著智彥削瘦的側臉，他清澈的雙眼看著前方。

「所以，你們打算結婚嗎？」我在問話時，知道自己緊繃著臉，因為我對說出「結婚」這兩個字有著莫名的抗拒。

「我是這麼打算，」智彥回答說，「否則，她的父母也不可能答應。」

「但是……」我把後半句話吞了下去。原本想問他上次喝醉後來我家的事，因為當時智彥和麻由子談到未來，麻由子回答說，希望給她一點時間考慮。

「這件事或許會成為轉捩點。」智彥說。

「轉捩點？什麼的轉捩點？」

「我們兩個人的關係啊，也許會決定今後的一切。」

智彥的語氣雖然很平靜，但聲音中透露出他的認真。他果然一直對和麻由子之間的關係有危機感。

「原來如此。」我回答說，連我都不知道自己這句「原來如此」是什麼意思。

我暗自思考著，如果智彥要求麻由子跟他一起去美國，麻由子會如何回答。我知道她對自己從事研究工作感到驕傲，不認為她會像傳統的女人那樣，願意辭職跟著男人去天涯海角，但我不知道他們之間的感情到底有多深，如果比我想像中更深，她很可能會接受智彥的要求。麻由子對智彥的感情中帶有自我犧牲的自戀成分，也增加了我的不安。

如果麻由子同意——

想到這裡，全身都發熱，頓時感到坐立難安。果真如此的話，我去了洛杉磯之後，也會目睹智彥和麻由子的新婚生活。

「你什麼時候告訴她？」我問智彥。

「嗯……可能今天晚上。」

「是嗎？」我點了點頭，閉上眼睛。如果是以前，我一定會言不由衷地對他說：「加油。」但我已經不想繼續陷入自我厭惡。

那天晚上，我輾轉難眠。不知道智彥怎麼對麻由子說，也不知道她會表現出什麼態度。他們會結婚嗎？我要和新婚的他們一起去洛杉磯，然後繼續隱瞞對麻由子的感情，假裝是智彥的摯友嗎？

我想打電話給麻由子，好幾次都想伸手拿無線電話，但最後還是作罷。因為我沒有勇氣。

我在床上翻來覆去，頭很痛，胃也不舒服，讓我更加睡不著了。

我昏昏沉沉地思考著很多事，但都是一些不著邊際的事，無法想出任何解決的方案，但我至少清楚知道一件事。

我無法放棄對麻由子的感情。

原本以為去了美國，或許可以忘記她，但那只是我的一廂情願，只是希望自己能夠做到。

如果我能夠放棄她，就應該對智彥和她結婚作好心理準備，然而，我卻如此害怕這件事，甚至害怕得睡不著。

我不想麻由子被任何人搶走，無論如何，都想要得到她的愛。即使因此造成智彥的痛苦也在所不惜。從她生日時，我贈送她胸針的那一刻起，我和智彥之間的友情已經蕩然無存。

翌日，我到了MAC，就去找智彥和麻由子，但我不可能去他們的研究室問昨天的結果，只能等待在走廊上假裝巧遇他們，或是在食堂遇見他們。

但是，我既沒有見到智彥，也沒有遇見麻由子。我放下自己的工作，找各種理由離開研究室，毫無意義地在走廊上徘徊。

「你今天好像心神不寧。」小山內先生立刻提醒我，指出了我心不在焉地製作的報告中的疏失。

那天晚上，我離開MAC後，沒有回自己的家，而是去了高圓寺車站，然後走進之前送浮雕寶石胸針給麻由子時的那家咖啡店。幸好那家店沒什麼客人，我坐在隔著玻璃窗，可以看到車站的座位，點了一杯咖啡。一杯咖啡含消費稅是三百五十圓。我雙眼盯著車站，拿出皮夾，從裡面拿出三個一百圓和五個十圓放在桌子上。

我花了十五分鐘喝完第一杯咖啡，之後對著空咖啡杯坐了十五分鐘。因為很在意服務生的視線，我又點了第二杯咖啡，從皮夾裡拿出一個五百圓，把桌子上的一個一百圓和五個十圓放回了皮夾。

在我第三杯咖啡喝到一半時，麻由子出現了。她穿著芥末黃的束腰套裝，即使在遠處，也可以察覺她疲憊的樣子。

我拿起桌上的帳單和一千零五十圓站了起來，收銀台的店員剛好在為前面的客人結帳，我說了一聲：「我放在這裡。」把帳單和錢放在收銀機旁，等自動門一打開，就急忙衝了出去。

麻由子正準備轉入小巷。我知道這一帶的巷弄彎彎曲曲很複雜，一旦跟丟了，就很難再找到，所以我小跑著去追她。

她似乎聽到了腳步聲，我還沒叫她，她就轉過頭。可能因為光線的關係，看不清楚我的臉，露出了狐疑的眼神後，立刻瞪大了眼睛，同時停下腳步。

「你怎麼在這裡？」麻由子十分驚訝。

「我在車站前等妳，因為有一件事，無論如何都要在今天晚上向妳確認。」

「什麼事？」

「去美國的事。」我直視著她的臉，「智彥已經告訴妳了吧？」

「喔。」麻由子點著頭，露出笑容，「聽說你也被選中了，太好了，恭喜你。」

「謝謝妳，但我要先問妳一件事，」我在說話時，繼續靠近麻由子。她的臉上仍然帶著微笑，但出現了警戒之色。我繼續問她：「妳怎麼回答智彥的？」

「啊……」麻由子的眼神飄忽著。

「智彥不是希望妳跟他一起去美國嗎？」

她的眉毛動了一下，然後左右張望了一下，露出僵硬的笑容說：「你很喜歡站在路上說話嗎？」

也許她努力想要開玩笑，我盡可能放鬆臉上的表情，也放鬆了肩膀。

「那我送妳回家，妳不是住在附近嗎？」

「差不多五分鐘。」麻由子說完，邁開步伐，我走在她旁邊。

走了幾步後，她開了口，「他昨天跟我說了。」

「去美國的事？」

「對。」

「希望妳跟他一起去嗎？」

「對，還說希望我們結婚。」

我沉默不語。我應該問她，她當時怎麼回答，但我說不出口。因為我害怕知道答案。我默然不語地輪流邁著步伐，完全不知道自己走在哪裡，呼吸也越來越困難，腋下不停地流汗。

可能因為我沒有發問，麻由子也默然不語。我突然想到，也許她不想告訴我她怎麼回答智彥。

麻由子突然停下了腳步，我緊張地注視著她的臉。她露出有點害怕的眼神，然後嫣然一笑。

「到了。」她的聲音有點靦腆。

我們站在一棟貼著白色磁磚的建築物前，隔著建築物玄關的玻璃門，可以看到裡面整齊的信箱。

「妳住在幾號室？」

聽到我的問題，她遲疑了一下後回答說：「三〇二室。」

「那我送妳到家門口。」

她搖了搖頭說：「送到這裡就好。」

「是嗎？」我雙手插在口袋裡，毫無意義地抬頭看著建築物。

「我，」麻由子開了口，她的聲音有點凝重，「不會去美國。」

我驚訝地看著她的眼睛，笑意從她長長的杏眼中消失了，取而代之的是意志堅強的光芒。

「妳不跟智彥同行嗎？」

她看著我，縮起了下巴。

「為什麼？」我進一步問道。

「因為我認為我們還沒有到那個階段，帶著僥倖的心情做出無法後退的事，以後必定會後悔，無論我和他，都無法因此得到幸福，我們需要更多時間。」

「但這段時間，你們會分隔兩地。」

「只要心靈相通，空間的距離並不會造成影響。如果因為分開，就導致感情轉淡，就代表原本就只是這種程度的關係。」

「妳也這麼對他說嗎？」

「嗯。」

「他接受嗎？」

「他好像無法接受，但他說，就這麼辦。他想要尊重我的工作，從客觀的角度思考，也認為這是最好的方法。」

我認為從各方面來說，這個回答都很像智彥的作風。他無法強勢地帶自己的女人去美國，現在一定像某天晚上那樣獨自買醉。

「你想問的就只有這件事嗎？」她稍微放鬆了臉上的表情問道。

「對。」

「那就沒事了吧。」說完，她走上通往玄關的樓梯，但走上一級樓梯，立刻轉頭對我說：「去美國好好加油，你一定可以有出色的成就。」

「還有半年多時間。」

「但之後不知道什麼時候能見面，所以要趁現在作好心理準備。」她輕輕伸出右手，很自然地準備和我握手，「真的要好好加油，我很期待聽到你的好消息。」

我看著她的手幾秒鐘，從口袋裡拿出右手和她握手。回想起來，這是我第一次握麻由子的手。她的手纖細柔軟，卻有點骨感。我的掌心滲著汗。

我突然有一股衝動，想要把她拉過來，手指忍不住用力。麻由子似乎看透了我的心思，瞪大了一對杏眼，小聲地說：「不行喔。」說話的語氣好像在訓誡小孩子。

「妳真的不去美國嗎？」我握著麻由子的手問，她點了點頭。我確認後，鬆開了手，

「那我知道了。」

麻由子縮回右手，反手拿著皮包，「那就晚安囉，謝謝你送我回家。」

「晚安。」

她走上樓梯，玻璃門打開，她走了進去。我目送她的背影消失後才離去。或許因為全身發熱的關係，帶有些許熱氣的九月風吹在身上，也感覺很舒服。

兩天後，我再度前往百迪科技，答覆被派去美國一事。這次再度等在上次的會議室，但不見智彥的身影。我暗自感到慶幸。

敲門後走進會議室的是幾天前已經見過的青地，人事課長並沒有一起露面，可能覺得不聽我的答覆也知道結果。

「你已經決定了嗎？」

「對。」

「很好，三輪昨天也已經答覆了，那我會馬上和總公司聯絡。」青地說完，準備從旁邊的皮包裡拿出文件。

我慌忙說：「不，不是……」

「不是什麼？」

「去美國的事……請容我婉拒。」

青地似乎無法馬上理解我這句話的意思，他茫然地看著我的臉，然後緩緩張開嘴巴，費力地擠出聲音說：

「你說什麼？婉拒……你是認真的嗎？」

「我是認真的，考慮再三之後，我做出了這樣的決定。」

「喂喂喂，你真的有考慮嗎？這是很重要的事，一旦錯過這個機會，搞不好一輩子都沒有機會去總公司。」

「我知道，我是在瞭解這件事的基礎上做出的決定。」

青地吐了一口氣，然後用力抓著頭，梳得整整齊齊的頭髮被抓亂了，「原因是什麼？」

「因為私人因素。」

「你父母反對嗎？」

「不……非要說原因不可嗎？」

「不，那倒不是。」青地雙手放在會議桌上，一下子十指交握，一下子又鬆開了手。我的拒絕似乎打亂了他的計畫。

青地抬起頭說：「我想你會後悔。」

我默然不語地看著他。我也知道自己做了蠢事，但這是我持續捫心自問，對自己來說什麼最重要之後，所做出的決定。

「算了，那我再去徵詢其他人選的意見。」青地似乎發現我心意已堅，嘆著氣說：「但是，很可惜，真的很可惜。」

「這是價值觀的問題。」聽到我的回答，青地露出有點意外的表情。

那天晚上，我在家裡等智彥的電話。他當然會聽說我拒絕去美國這件事，到時候一定會打電話來問我的真實想法。我絞盡腦汁，思考該如何向他解釋，但怎麼也想不到不會引起他懷疑的理由。之前好幾次都小看了他敏銳的洞察力，被他識破了謊言。

我想不到任何藉口，時間慢慢流逝。那天晚上，智彥並沒有打電話給我，我鬆了一口氣，但猜想他隔天晚上會打電話，或是在MAC遇到時問我，但都必須面對，只是時間早晚的問題。

沒想到隔天也沒有遇到智彥，他也沒有打電話到我家。也許智彥並不知道我婉拒一事，果真如此的話，那就太好了。

但是，又隔了一天——

我正在研究室寫報告，桌上的電話響了。電話中傳來麻由子的聲音。因為是內線電話，所以代表她也在MAC內。幸好我旁邊沒有人，不必擔心被人偷聽。

「你現在可以稍微離開座位一下嗎？我有事要找你。」她對我說。

「好啊，妳人在哪裡？」

「我在資料調查室，但這裡不方便說話，我會去屋頂。」

「好，那我也馬上過去。」

我搭電梯前往頂樓。麻由子竟然主動找我談事情，實在太難得了，應該說是破天荒第一次，我忍不住想像到底是什麼事，想到她可能改變心意，決定要去美國，立刻感到心慌起來，覺得電梯太緩慢了。

我從頂樓的樓梯走向屋頂，麻由子背靠著欄杆站在那裡。她穿了一件淺藍色短袖夾克，同色的褲裙下露出一雙纖細的腿。我納悶她為什麼今天沒有穿白袍。

走近一看，發現麻由子瞪著我。我想問她為什麼，但她搶先開了口。

「你為什麼拒絕了？」

她語帶責備問。聽到這句話，我立刻知道她在問什麼事，同時也感到意外。她怎麼會知道這件事？

「今天上午，我去了百迪科技，人事部找我去。」

「找妳？」不祥的預感好像墨水滴入水中般漸漸擴散。

「人事部問我，想不想去洛杉磯總公司。」

「怎麼會……」我覺得耳朵深處好像有什麼東西破裂，「怎麼會有……這種事？因為妳今年才剛進入ＭＡＣ啊。」

「我也這麼問，他們說，這是特例。」

「特例？」

「他們說，已經決定了一名去美國的人選，但無論如何都需要一個人輔佐。原本有一名人選，但那個人婉拒了，所以破例找上我。」

我說不出話，各種思緒同時浮現在腦海，好像洗衣機裡的衣服般不停旋轉。需要一個人輔佐？我只是輔佐智彥嗎？不，現在不是想這件事的時候。

「已經決定的那個人就是智彥，所以就是你婉拒了……我難以置信，也不願意相信，但真的是這樣嗎？」

我用右手按著額頭走向欄杆，但完全看不到下方的風景。難以置信，也不願意相信？麻由子剛才說的這番話，正是讓我產生了這樣的心境。

「是我……」我語帶呻吟地說，「是我婉拒的。」

「果然……」我的眼角掃到身旁的麻由子緩緩搖頭，「為什麼？為什麼要這麼做……」

「因為私人的……理由。」

「這是千載難逢的機會啊。」

我雙手抓著欄杆的鐵網，手指用力，好不容易才克制想要大喊的衝動。

「是喔，原來是這樣。因為我婉拒了，所以就找妳……」有什麼東西湧上心頭，「我就像傻瓜，真是太可笑了，我到底在幹什麼啊。」我想要笑，想要嘲笑滑稽的自己，但只是臉部肌肉醜陋地皺在一起。

「敦賀，」麻由子說：「該不會是因為我那天說的話？因為我說不會跟著他去美國……」

我沒有說話。鐵網卡進肉裡，但我無法鬆開。

「是這樣嗎？所以你才婉拒嗎？」她繼續問道。她的問題令我感到痛苦。

我低著頭，把額頭抵在鐵網上。

「我想要留在妳身邊，」我回答說：「只要能夠持續在妳身旁，也許可以打動妳，我想要從智彥手上把妳搶過來。雖然妳說空間的距離沒有影響，但我不這麼認為，最重要的是——」我停頓了一下後繼續說道：「我不想離開妳。」

「你……」

「但是，我不能有這種齷齪的想法，所以這麼快就有了報應。如果妳取代我去了美國，根本就是白忙一場。」

「你可以要求公司取消，現在還來得及。」

「不，不可能，而且也算了。」我搖了搖頭，「我是自作自受。」

「你別這麼說，這是關係到一輩子的事。你……難道不覺得為了我改變自己的生活方式很愚蠢嗎？」

「我只是做了忠於自己的事。」

「但是，這樣太過分了……」

我發現麻由子的聲音發抖，轉頭看著她。淚水從她的眼中滑落，順著臉頰流了下來。她的眼眶發紅，用力抿著嘴唇，似乎在忍受著悲傷。我頓時感到手足無措。

「真傷腦筋，妳不要哭，妳沒有錯，是我自己愛上妳，而且還把事情搞砸了，妳完全不必在意。」

「但這樣下去……」

「真的沒關係。」

我緩緩舉起右手，伸向麻由子左側臉頰。她一動也不動，用真摯的眼神目不轉睛地看著我。她的雙眼充血。我的指尖碰到了她的臉頰，她仍然一動也不動。她的眼睛下方被淚水溼了，我用大拇指的指腹為她擦拭。帶著刺痛的刺激貫穿我的身體，好像產生了靜電。我全身僵硬、發熱。
麻由子的左手握住了我的手指，她問我：「為什麼是我？」
「不知道。」我回答說。
樓梯那裡傳來說話聲。已經是午休時間了，可能有人會來這裡。我們不約而同地分開了。
「妳什麼時候要答覆去美國的事？」我問。
「人事部要求我明天之前。」
「是喔……妳告訴智彥了嗎？」
麻由子搖了搖頭說：
「還沒有。」
「妳最好趕快告訴他，他一定很高興。」我努力擠出開朗的聲音說道，「那我先走了。」說完，我準備走向樓梯。這時，剛好兩個男人拿著高爾夫球棒走上來。他們可能想要練習揮桿，希望他們不會發現麻由子的淚痕。
在這種精神狀態下，下午根本不可能繼續坐在桌前工作。我對小山內先生說，身體不舒服，所以提早下班。從某種意義上來說，我並不是裝病，我真的痛苦得難以站立。我在廁所照鏡子時，發現自己灰色的臉上愁眉不展，難怪小山內先生馬上就同意我請假回家。

我很想喝酒，想把自己灌醉，但最後還是直奔家裡。因為我不知道大白天就可以喝酒的地方，更重要的是，我不想被人看到，我想要獨處。

家裡還有沒喝完的起瓦士威士忌和還沒有開封的兩瓶野火雞。只要全都倒進胃裡，一定可以爛醉如泥。但是，我躺在床上一動也不動。雖然我想喝醉，但就連喝酒的力氣也沒有。我什麼都不想做。

我沒有吃東西，也沒有睡覺，只是在床上痛苦地翻騰。連我自己都搞不清楚是在為放棄了大好機會後悔，還是為完全失去麻由子感到難過，甚至覺得一切都很煩，乾脆一死了之。

我在床上躺到半夜，然後緩緩下床，開始喝半溫不熱的威士忌純酒。我不想吃任何東西，只是一口接著一口灌酒。黎明時分，我去廁所途中，在廁所門口嘔吐起來，但吐出來的都是黃色胃液。即使想吐也吐不出來的痛苦，讓我滿地打滾，覺得從窗戶照進來的陽光也很煩。

我再度向ＭＡＣ請假，對我來說，實驗和報告都無所謂了。

中午過後，響起了電話鈴聲。雖然我已經把鈴聲調小聲了，但鈴聲還是增加了我的頭痛。我像菜蟲一樣扭著身體爬下床，抓起丟在地上的無線電話。「你好，我是敦賀。」我的聲音聽起來好像感冒的牛。

停頓了一下，電話中傳來麻由子的聲音。「是我。」我立刻忘記了頭痛。

「喔……」我想要說話，卻不知道要說什麼。

「你生病了嗎？」
「身體不太舒服，沒什麼大礙。」
「那就好。」她遲疑了一下，又繼續說：「我剛才去了百迪科技。」
「是喔。」
各種思緒在我腦海中翻騰。她為什麼特地打電話給我？代表這是最後通牒嗎？此時此刻，智彥一定欣喜若狂。這下子一切真的完了——
「我拒絕了。」麻由子說。
「啊……」
我的腦筋一片空白。
「妳拒絕了？什麼意思？」
「我回絕了去美國的事。」
我握著電話，說不出話。她什麼都沒說，但可以隔著電話，聽到她急促的呼吸聲。
「為什麼？」我問。
「因為……我覺得我不能去。」她說。
我原本想再度問為什麼，但最後沒有問出口。
沉默片刻後，我問她：「智彥知道嗎？」
「不知道，我沒把公司徵詢我要不要去美國的事告訴他。」

「這樣好嗎？」

「就是這樣。」

「是喔。」我吞著口水，滿是苦味。「所以，這次的事要瞞著智彥。」

「是啊。」

「我想和妳見面談。」

麻由子猶豫了一下，回答說：「下次吧。」

我並沒有因此感到失望，「好，那就下次。」

「你多保重。」

「謝謝。」

我們掛上了電話。

翌日，我去ＭＡＣ上班。

但我心神不寧，坐立難安，犯了好幾次簡單的錯誤，即使別人跟我說話，我也都心不在焉。

「你怎麼了？這陣子不太對勁，是不是夏天太累了？」

小山內先生忍不住提醒我，我在請假多日後又魂不守舍，他當然想要抱怨。

「我沒事。」我說完之後，回到自己的座位，但一開始工作，立刻開始想其他事。振作點，有什麼好興奮的？我忍不住斥責自己。

我的確很興奮，而且樂不可支。想到麻由子不去美國，而且是顧慮到我，才不去美國，我渾身就充滿了歡喜。原本以為一直在黑暗中，如今發現有一道光從正上方照了進來。

雖然無從得知麻由子會不會就這樣愛上我，但她尊重我對她的心意。對我來說，這就是很大的進展。

我對智彥並不是沒有歉疚，但我努力忽略這件事。我告訴自己，自己根本沒有資格在意這種事。

總之，我想趕快見到麻由子，我想看著她的臉，聽她的聲音。如果可以，我想更正確地把握她的心意。我拚命想著是否有這樣的機會，自然就無法認真工作。但說句心裡話，這種感覺並不壞。

「記憶包小組最近不知道在忙什麼，」我用閒聊的語氣對坐在我旁邊的柳瀨說道，「這一陣子都沒看到他們。」

正在按照小山內先生的吩咐進行模擬測試的柳瀨一臉疲憊地看著我，微微偏著頭說：

「最近好像一直都這樣，聽說須藤先生和三輪先生都住在實驗室。」

「住在實驗室？太猛了。」

「有點搞不懂他們為什麼這麼著急，最近有沒有發表，如果真的是很緊急的研究，百迪科技應該會派人來支援。」

我突然想到一件事。

「你最近有沒有見到篠崎？」

「篠崎嗎？完全沒有，他可能也和三輪先生他們在一起做實驗吧。」

「嗯，那天派對的時候，是我最後一次見到他。」

聽到我這麼說，柳瀨也用力點頭。

「我也是。那天的事太令人印象深刻了，之後他可能不敢喝那麼多了吧。」說完，他小聲笑了起來。

那天晚上，我打電話去麻由子家。在七點之前打了好幾次，她都不在家。我看著美式足球比賽的錄影，吃著廉價的晚餐，之後又打了電話，但好幾次都不在家，八點多時，才終於接通了。電視上，達拉斯牛仔隊剛好進了一球。

麻由子聽到我的聲音並沒有感到太意外，用一如往常的平靜語氣說了聲：「你好。」

「昨天謝謝。」我對她說道。我很沒出息，聲音有點緊張。

「嗯。」

「妳今天好像也很忙。」

「今天不太忙，雖然比平時更早下班，但去了幾個地方，所以晚回家了。」

「是嗎？」

早知道我就去車站等妳了。我原本想要這麼開玩笑，但還是把話吞了下去。我不希望她覺得我這麼快就得意忘形。

「沒什麼特別的事，」我說：「雖然這句話很老套，但我只是想聽聽妳的聲音。」

電話中傳來笑聲，「還真的是很老套的一句話。」

「妳和智彥談過了嗎？」

「今天幾乎沒有談話。他一直都在實驗室內，我也在自己的座位上分析數據。」

「聽說他一直都住在實驗室。」

「對啊，因為有一些事情要忙。」

「是不是篠崎的事？」

我似乎猜對了。麻由子停頓了一下才開口。

「……他對你說了什麼？」

「智彥都顧左右而言他，但我很清楚。」

「是喔，你是在說派對的事。」

「是啊。」

「那天的情況真的很異常。」

「篠崎記憶混亂，是不是受到實驗的影響？」

麻由子嘆了一口氣，她似乎無意掩飾。

「發生了一點狀況，但現在已經沒問題了，所以我今天才能夠這麼早下班。」

「已經解決了嗎？」

「嗯。」

「那真是太好了，所以智彥的研究已經完成了九成嗎？」

「我也不太清楚，應該八成左右吧，還需要再加把勁。」

「太厲害了。」我說，停頓了一下後問：「所以現在能夠篡改記憶了？」

麻由子沒有說話。雖然只沉默了數秒鐘，但這段時間足以讓她下決心。她終於開口說：「可以啊。」

「是喔。」

千頭萬緒在我內心翻騰，挫敗、嚮往、驚嘆，以及嫉妒……

「智彥真是天才。」我說。說出這句話有一種自虐的快感。

「我也這麼覺得。」麻由子也說。

「妳不想和這種天才在一起嗎？」

我當然是指她跟著智彥一起去美國的事，但立刻感到後悔，覺得不該這麼酸言酸語。麻由子說：「如果你說這種話，我的決定就失去了意義。」

她說得完全正確，所以我無言以對。

「智彥今晚也住在實驗室嗎？」

「今天應該不會，因為終於告一段落了，他說今天要回家。」

「所以，現在可能已經到家了。」

「是啊，你要打電話給他嗎？」

「我想聯絡他看看。」

「聯絡他當然沒問題……」

「我知道，我不會多嘴，只是問他研究的事。」

「那就麻煩你了。」麻由子說，她仍然想要保護我們的友情。

掛上電話後，我立刻打電話去智彥家，但他似乎還沒有回家。鈴聲響了七次之後，我掛上了電話。

十一點多時，我一邊喝著兌水的波本酒，再度打了電話，但電話仍然沒有接通。

十二點多時，我又打了一次，還是沒人接。

他還在MAC嗎？麻由子說，問題已經順利解決了，難道又發生了新的問題？還是只是被一些瑣事耽擱了？

我換了睡衣，躺在床上，但還是很在意。凌晨一點整，我再度拿起無線電話，按了重撥鍵，電話中只聽到單調的鈴聲。

我下床換了牛仔褲和棉T，穿上球鞋後出了門，然後從公寓的停車場牽了腳踏車，直奔MAC。

MAC研究大樓的窗戶幾乎都暗了，我向睡糊塗的警衛出示了身分證明。

「我把東西忘在辦公室了，明天出差需要用到。」

警衛不耐煩地點了點頭。

我走上樓梯，快步走出智彥他們的研究室。研究室的門關著。我豎起耳朵，裡面沒有任何動靜。但這裡的研究室隔音設備都很好。

我猶豫了一下，最後還是敲了門。雖然可能會引起懷疑，但我可以說，打了好幾次電話去他家都沒人接，所以有點擔心，來這裡看看。況且，這也是實話。

但是，實驗室內沒有回應。我又敲了一次門，還是沒有回應。我鼓起勇氣，轉動了門把。門鎖著，打不開。

他不在這裡。

正當我感到納悶時，外面傳來汽車引擎的聲音，車子就停在研究大樓旁。我從走廊的窗戶往下看，一輛灰色廂型車發動了引擎，停在網球場旁。駕駛座旁的門打開，一個男人下了車。那個男人身穿工作服，但因為光線太暗，所以看不清他的臉。我不認識那個男人。

我把臉湊向窗戶，看到身穿工作服的男人打開了廂型車背部的車門。

這時，兩個男人走向車子。我瞪大了眼睛。即使相隔一段距離，我也知道那兩個人是誰，他們是須藤老師和智彥。

有一樣東西更吸引了我的目光。兩台推車一起載著一個很長的大箱子，外形有點像是裝冰箱的大紙盒。

廂型車司機和須藤老師一前一後抬起了箱子，智彥把推車移到旁邊，以免擋住他們。司機和須藤老師緩緩地把箱子搬上廂型車的載貨台，簡直就像是葬禮時出殯。

當箱子裝進載貨台後，司機關上車門，和須藤老師說了幾句話後，坐上了駕駛座。

廂型車駛向出口。

須藤老師和智彥站在一起，目送車子離去。當車子消失後，兩個人推著推車離開了。

我走向走廊相反的方向，以免撞見他們。但我的腳步漸漸加速，最後跑了起來。

莫名的恐懼在內心擴散。

第八章

證據

聲音聽起來很遙遠，起初他並不知道對方在說什麼，隨後才漸漸聽清楚。敦賀先生，敦賀先生，一個女人的聲音不停地叫著。

光線從漆黑的視野角落慢慢擴散，是模糊的影像。當他的視線終於聚焦時，看到一張年輕女人的臉。

崇史眨著眼睛。他的腦袋昏昏沉沉，視網膜上還留著奇妙的殘影。他這才發現自己倚靠在牆上，只是一時不知自己身在何處，但很快回想起眼前的狀況。自己正在篠崎伍郎的租屋處。

「你沒事吧？」直井雅美仰著頭，一臉擔心地問。

「嗯，我沒事，只是有點頭暈。」說完，他按著雙眼。

「嚇死我了，你有貧血嗎？」

「應該沒有，可能最近太累了。」

「你工作一定很忙吧。」

「也還好。」

更何況現在被調去閒職了。這句話衝到喉嚨口，最後還是吞了下去。

「呃，我們剛才在說什麼？」崇史按著太陽穴問道。

「葬禮，」雅美說，「我爸爸的葬禮。」

「喔，對喔。」

崇史想起了某個場景，那個場景很像是出殯的儀式。幾個男人搬著一個長箱子，智彥站在旁邊。雖然他不知道為什麼現在會想起那個場景，但此刻成為清晰的記憶，留在他的腦海中。

崇史懷疑篠崎被裝在那個箱子裡。因為之後就聽說篠崎離開了ＭＡＣ，也許並不是真的辭職，而是被悄悄運去某個地方。

篠崎的身體顯然出現了某些異常變化。

崇史不可能把這件事告訴雅美。她原本就在懷疑篠崎可能已經不在人世，如果告訴她這件事，她會徹底陷入絕望。而且，崇史自己也開始覺得，篠崎也許已經不在人世了。

崇史認為繼續留在這裡，也無法找到進一步的線索，只能確認有人巧妙地掩飾了篠崎失蹤這件事。

正當他準備離開時，踢到了放在地上的紙袋。剛才已經確認了紙袋內的物品，那是篠崎在ＭＡＣ時穿的工作服和安全鞋。

崇史猜想篠崎那天應該也穿著工作服和安全鞋，如果他被裝進那個箱子搬去他處，代表有人從他身上脫下了衣服和鞋子放來這裡。這麼麻煩的事也是偽裝工作的一環。

崇史再度打量著工作服和鞋子，衣服和鞋子都不太髒，但並不像是剛洗過。仔細一看，發現工作服的袖口沾到了幾根細毛。崇史猜想應該是刷子上的毛。

「妳特地帶我來這裡，卻沒有發現任何新的線索。」離開篠崎的公寓，走到青梅大道時，崇史對雅美說。

雅美搖了搖頭，「那也是無可奈何的事，有人真心為他擔心，就為我壯了膽。」

「聽妳這麼說，我的心情也比較輕鬆了。」他看著馬路上的車輛，想要攔一輛計程車，「我送妳，現在已經很晚了。」

「不，沒關係，我搭電車回家。」

「但是……」

「而且，」她又接著說：「我想在伍郎曾經住過的街道走走看看。」

「原來是這樣。」崇史點了點頭，同時感到難過，覺得還是不應該把智彥他們那天晚上搬「棺材」的事告訴她。「這樣也好。」說完，他左右張望著。

右眼的眼角捕捉到奇妙的動靜。

有什麼東西迅速地移動。崇史不假思索地看向那個方向，只看到兩個像是高中生的年輕人有說有笑地走在路上。他繼續注視著那個方向，看到一輛車子從巷弄內駛出，駛向青梅大道，那是一輛深色的轎車。

崇史想起之前去智彥家時的情況。當時也覺得自己受到了監視。那個像是在跟蹤自己的男人和今天一樣，也是開著車子離開。

難道有人持續監視自己嗎？從見到直井雅美之後，一直到去篠崎伍郎家裡的一舉一動，都受到了監視嗎？

他渾身起了雞皮疙瘩，怒火在內心熊熊燃燒。

到底是怎麼回事？讓我陷入目前的遭遇，還有什麼好監視的？這些人到底想達到什麼目的？

「請問，你怎麼了？」雅美問道，似乎察覺到他的樣子不對勁。

「不，我沒事。」崇史努力恢復平靜，「那妳路上小心。」

「如果有什麼新的狀況，請你再和我聯絡。」

「妳也一樣。」

雅美向他鞠了一躬後離去，崇史目送著她的背影，但腦袋裡開始想其他的事。

翌日下午，崇史搭上了新幹線「回聲號」。雖然有很多空位，但他沒有坐下，一直站在門口附近。他的周圍沒有其他乘客。

他在東京車站打電話到公司，用公事化的口吻說他要請年假時，主任有點不知所措，但並沒有多問就同意了。公司規定，當下屬請年假時，禁止主管追問理由。

崇史看了一眼手錶，拿起放在地上的運動袋。快到靜岡了。

崇史認為自己有兩條路可走，第一條路就是找到須藤或是麻由子等瞭解真相的人，問清楚到底是怎麼一回事。另一條路就是找一個地方躲起來，直到自己的記憶恢復正常。

他幾乎沒有猶豫，就選擇了後者。因為他覺得要找到麻由子他們並非易事，在記憶還沒有恢復之前，即使四處調查，也無法得到理想的結果。

在思考記憶恢復之前要去哪裡這個問題時，立刻想到了靜岡老家。說來諷刺，他之前很少回老家，也從來沒有想回家。因為他一直覺得思念故鄉的行為很消極，更覺得等老了以後再想這些事也不遲。

然而，考慮到自己目前的狀況，他認為回靜岡是最佳決定。因為那裡有真真切切的過去，有很多不需要對自己的記憶感到不安的過去。

新幹線內的廣播響起，「回聲號」很快將抵達靜岡車站。這時，有幾名乘客站在崇史身旁，看起來都像是上班族。

「回聲號」在月台停止，車門打開後，那些乘客全都下了車，沒有任何乘客上車。崇史繼續站在車廂內。停車時間是一分鐘，他看著手錶，計算著時間。

在車門即將關閉的瞬間，崇史跳下車。車門立刻關上。他巡視周圍，並沒有乘客像他一樣，在車門關閉前一刻下車。

他在靜岡車站前攔了計程車，對司機說了目的地後，立刻回頭向後看，沒有看到任何遭到跟蹤的跡象，但其實即使被跟蹤也無妨。只要整天窩在老家，根本不必擔心被監視。

母親和子看到兒子突然回家，在高興之前，先感到不安。

「是不是出了什麼事？」她劈頭問道。

「沒事啊，因為出差來到附近，所以順便回來看看。」

聽到崇史的回答，和子才終於放了心，開始關心他的身體好不好，工作會不會太累。崇史的哥哥茂在本地工作，已經結了婚，所以和子最關心的是獨自在東京生活的小兒子。

崇史配合著母親的話題，也適時說了謊。他覺得現在還不是告訴母親，自己被調去其他部門的時機，也沒有提麻由子的事，更不可能說他們曾經同居。更何況關於她的記憶，已經失去了自信。

「三輪也還好嗎？」和子問完了兒子的近況後提到。

「應該很不錯吧，」崇史回答說：「他目前在美國總公司。」

「美國？真的嗎？果然不一樣。」和子語帶佩服地說，她以前就一直認為，兒子是因為受到三輪的影響，才開始用功讀書。

因為剛好提到智彥，崇史想到可以去他老家看看。他仍然記得之前詢問智彥的消息時，智彥母親的態度有點奇怪，好像在隱瞞什麼。

崇史心想，直接見面聊，或許可以掌握某些線索。面對面說話，很容易判斷對方是否說謊，甚至可以追問。

崇史對和子說，晚餐之前會回家，就走出了家門。

從車站前商店街稍微再往裡面走一小段，就是智彥的老家。他家門口掛著「三津輪印刷」的招牌，印刷廠不是取名為三輪，而是取為三津輪，想必出自智彥父親的匠心，但智彥很討厭這個店名。讀小學時，曾經有同學看到這塊招牌後，就為他取了「三津輪」的綽號。

看著久違的「三津輪印刷」的門口，崇史覺得比他印象中小了很多，店門口前的馬路也很狹窄。崇史猜想是因為以前自己很矮，所以看什麼東西都覺得大。他再度認識到記憶有問題。

玻璃門緊閉著，門內拉著白色窗簾。他試著打開玻璃門，門鎖住了。

店面後方是住家，崇史打量著玄關，看到信箱上有對講機。他按了對講機，等待屋內的人來應門，但完全沒有動靜。他連續按了好幾次都沒有反應。

崇史繼續在店門口打轉，一個身穿工作服的老闆從隔壁腳踏車行走了出來。崇史記得這個老闆，他的第一輛腳踏車就是在這家店買的，之後來這裡修過幾次，但老闆已經忘了他，滿臉狐疑地看著他。

「請問今天這家店休息嗎？」崇史指著智彥的老家問道。

「嗯，好像是。」腳踏車行的老闆說：「他們突然關了店。」

「突然？」崇史皺著眉頭，「什麼時候突然關店？」

「今天啊，上午還在營業，下午突然關了店。夫妻兩個帶著大行李箱出門，好像要出國旅行。」

「你知道他們去哪裡嗎？」

「那我就不知道了。」老闆笑著搖頭。

「他們兩個人看起來怎麼樣？」

「怎麼樣？」

「就是……有沒有很開心的樣子？」

「那不是開心的表情，」老闆抱著雙臂，「看起來很慌張，我向他們打招呼，他們也愛理不理的。這麼說可能不太好聽，他們看起來好像在被人追趕，嗯……」

被人追趕？

崇史思考著到底誰在追趕他們，但隨即想到一件事。

會不會是為了躲避我？

「敵人」很可能已經知道崇史來到了靜岡。他們擔心崇史會去找智彥的父母，所以搶先一步和他的父母聯絡——

這並非不可能的事。之前打電話時就已經發現，智彥的父母也想要隱瞞真相。

所有人都消失了，崇史心想。繼篠崎、智彥、麻由子和須藤之後，這次又有兩個人消失了。

崇史回到家中，父親浩司已經回家了。浩司在一家食品廠當廠長，三年後即將退休。父子兩人吃著用新鮮海鮮做的下酒菜，難得一起喝著啤酒。浩司很想瞭解崇史的工作內容。崇史知道同樣身為技術人員的父親想要向他提供建議，所以不得不再度說謊敷衍。

「我相信你會有各種不滿，但無論如何，公司都會保護員工，只要相信這一點就沒錯。」

崇史附和著父親說的話，因為他不想破壞父親的人生觀。

晚餐吃到一半時，兄嫂也帶著孩子一起回來了。他們的孩子已經兩歲，崇史看著父親抱著孫子，一副和藹可親的樣子，覺得自己不知道在幹嘛。因為即使回到這裡，也無法解決自己目前面臨的問題。

「崇史，你平時有洗衣服嗎？」晚餐後，和子突然問道。

「有啊，為什麼問這個問題？」

「還不是因為春天的那件事。」

「春天？」

「你忘了嗎？你把一直沒洗的衣服都從宅急便送回家裡，我費了好大的工夫，才把那些衣服全都洗乾淨。」

「喔……」他想起的確有這件事，當時裝了兩個紙箱。

「都是冬天的衣物，所以我放進衣櫃了。如果你要穿，我幫你寄過去。」

「嗯，現在還不需要。」

「其他東西呢？可以丟掉嗎？」

「其他什麼東西？」

「你一起寄回來的書和漫畫，還有其他東西啊。」

還有那些東西嗎？他的記憶有點模糊，覺得自己好像也放進了紙箱。

「我都放進紙箱，放在二樓的房間，你可不可以去看一下，把不需要的東西拿出來？」

「好。」崇史回答。

崇史的房間在二樓，兩坪多大的和室，書桌和書架放在牆邊，睡覺時，要從壁櫥內把被子拿出來，但今天晚上，房間裡已經鋪好了被子。

崇史坐在椅子上，看著書桌上和抽屜內的東西，以及書架上的書。每一樣東西都充滿了回憶，現在仍然可以隨手從記憶中撿起。一切都沒有改變，只有和麻由子之間關係的相關記憶與事實不符。

一個紙箱放在書架前，應該就是和子剛才提到的東西。崇史盤腿坐在被褥上，打開了紙箱。乍看之下，裡面並沒有放什麼重要的東西。首先看到十本單行本的漫畫。因為不知道要放哪裡，丟掉又覺得可惜，所以決定寄回老家。還有小說和傳記類書籍共八本、舊鬧鐘、品味很差的帽子，以及幾件只能稱為破爛的東西散落在紙箱底。

崇史嘆氣時，發現那些破爛中有一個小紙包。細長形狀，長度約二十公分，用包裝紙包了起來，還用膠帶纏了好幾圈。

這是什麼？他想了一下，但還沒想到答案，就立刻撕開膠帶。包裝紙拆開了，裡面有一個牛皮紙信封，但並不是信，信封裡裝了東西。

他把信封裡的東西倒了出來，然後左手拿了起來。

那是一副眼鏡，金框眼鏡右側的鏡片破了。

他以前看過這個形狀。不光是形狀，他對鏡框的設計和鏡片的厚度都很熟悉。因為「他」從高中時代之後，就一直戴著這副眼鏡。神經質的「他」說戴其他眼鏡不習慣，所以一直只戴這一副。

「他」就是智彥，這是智彥的眼鏡。

崇史感覺到有一股無形的力量壓迫著自己的腦袋，有什麼東西試圖從記憶深處浮現，但同時有一股阻止的力量。

眼鏡，智彥的眼鏡，我從哪裡拿到這副眼鏡？

他感覺到自己的視野變得狹窄，那並不是錯覺。他在無意識中漸漸閉上了眼睛，然後直接倒在一旁的被子上。

某個影像試圖出現在腦海的螢幕上，只是始終無法變得清晰，像濃霧般的東西遮蔽了影像。

濃霧突然出現了裂縫，縫隙中出現了鮮明的影像。

那是智彥的臉。他沒有戴眼鏡，閉著眼睛，一動也不動。

崇史發現自己低頭看著智彥，同時回想起當時的感情。

崇史極度慌亂。他感受到衝擊，陷入了混亂，終於叫了起來。

「我殺了智彥！」

這個聲音令崇史感到驚愕。剛才是誰發出的聲音。是我嗎？還是記憶中的我在大喊？

不一會兒，濃霧再度籠罩了眼前。

SCENE 9

醒來時，我覺得和平時不太一樣。我起床拉開窗簾，玻璃窗外，白色的東西從天空飄落。最近很少在十二月下雪。我搜尋記憶，的確沒有印象。

我冷得發抖，去廚房準備咖啡機，正在吐司麵包上塗奶油時，桌上的電話響了。

「是我。」是麻由子打來的，「你已經起床了嗎？」

「剛起床。」我回答說，早上起床後，尤其是假日的早上起床後，聽到自己喜歡的女人聲音心情太好了。今天是星期六。「外面下雪了。」

「是啊。」她意興闌珊地回答，似乎心事重重。我有一種不祥的預感。她接下來說的話，證實了我的預感，「關於今天晚上的事……」

「嗯。」

「我覺得還是算了，我想了一晚，做出了決定。」

我握著電話沉默不語。

我猶豫很久，終於在昨天邀麻由子一起吃晚餐。這兩個月來，我每天晚上都打電話給她，卻從來沒有約過她。昨天晚上之所以會採取行動，是因為從她口中得知，智彥在聖誕夜約了她見面。下星期二是聖誕夜。

「為什麼？」我等心情稍微平靜後開口問道。

「因為這種關係很奇怪，不上不下的。」

「很多女人都同時和好幾個男人交往。」

「我相信有這種人，只是我沒辦法。」
「那聖誕節呢？妳要和智彥見面嗎？」
「我已經和他約好了，但並沒有答應你，只說讓我考慮一個晚上。」
我感到一陣焦躁，剛才還冷得發抖，此刻身體卻很熱。
「妳心裡到底是怎麼想的？」我問，「比起我，妳更喜歡他嗎？」
即使隔著電話，我也可以感受到麻由子說不出話，然後她回答說：「如果我這麼說，你就接受了嗎？」
「如果不是說謊的話，但即使這樣，我的心意也不會改變。」
我聽到吐氣的聲音，她似乎在嘆氣。
「不好意思，我沒辦法回答你剛才的問題。」
「妳的意思是，連自己也搞不清楚到底喜歡誰嗎？」
「你也可以這麼解釋，至少我目前不回答這個問題。」
「妳太狡猾了。」
「嗯，我知道，所以至少我不想劈腿。」
「為了公平起見，妳也應該取消和智彥的約會。」
「也許吧，嗯，應該是這樣，但因為有其他的原因，所以我想和他好好談一次。」
「其他原因？」
我察覺麻由子猶豫了一下，我立刻料到她想要說什麼，同時覺得想要避開這個話題。

「最近他有點奇怪，」她在電話的彼端說：「幾乎一整天都窩在實驗室，從實驗室內鎖上了門，也不讓我進去，但他並沒有做任何實驗，因為完全聽不到任何動靜，也沒有使用電力。」

「研究並不光是實驗而已。」

「這我知道，但實在太異常了，上次剛好門沒鎖，我向實驗室內張望，發現他在昏暗的房間內發呆，連燈也沒開。我走進去後，他也沒有馬上發現，我還以為他死了。我問他在幹嘛，他說在想事情。」

「既然他這麼說，應該就是這樣吧。」

「但每天都這樣，你不覺得奇怪嗎？」

雖然我覺得奇怪，但我判斷不如實回答比較好。

「有時候難免會為研究的事煩惱，他以前有時候就會這樣，妳讓他一個人安靜一下。」

但我的建議沒有發揮任何效果，她的回答直搗核心。

「他是在研究告一段落後才開始變得奇怪，差不多是九月底到十月初的時候。」

「那有什麼問題嗎？」我努力用冷靜的聲音問道。

「有一件事讓我很在意，就是篠崎的事。」

我忍不住一驚，但不能讓麻由子察覺我的慌亂。

「篠崎不是秋天的時候離開ＭＡＣ了嗎？」

「他的離職不太對勁，因為太突然了。」

「不能突然離職嗎？」

「並不是這個意思，而是我有點在……總之，因為這個關係，我想和智彥好好談一談，請你諒解。」

「所以，你是以和一個研究室成員的身分和他談話。」

「是啊。」

「那我就不便多嘴了。」

「對不起。」

「妳道歉很奇怪。」

掛上電話後，我內心仍然感到不爽快。咖啡已經好了，我倒進大馬克杯中，直接大口喝著黑咖啡。連我自己也不知道到底為什麼悶悶不樂。今晚約會遭到拒絕並沒有對我造成太大的打擊，果然是因為她談到智彥的事，讓我感到不快。

我並沒有把那天晚上的事告訴麻由子，就是智彥他們半夜三更在搬一個像棺材一樣的箱子的事。當然我也沒有問智彥，所以我至今仍然不知道箱子裡裝了什麼，也不知道他們那天晚上做了什麼。

但是，我對此有一個想像，而且這個想像和麻由子剛才說的話一致。

那就是關於篠崎的事。那天之後，就沒見過篠崎，據說他後來離職了。離職的原因是個人生涯規劃。

篠崎就在那天的箱子內的想法並不荒誕，反而是很合理的推理。問題在於箱子裡的篠崎是怎樣的狀態。

我避免繼續想下去，但有某些想像，只是想像的內容會讓心情變差，而且也沒有任何根據。

我之所以沒有告訴麻由子，是不想讓她擔心。只要她不知道，就不會連累她。想到這裡，我內心產生了猶豫。

真的是這樣嗎？我不告訴她的原因僅止於此嗎？

我認為並非如此而已。我是為了自己，才沒有把棺材的事告訴麻由子。是為了自己，覺得不可以告訴她。因為我害怕一旦說出口之後，就會破壞一切。

到底會破壞什麼？為什麼會遭到破壞？我內心還沒有完全消化，所以無法用言語表達，但我的確感到害怕，而且向自己發出了警報。

麻由子和智彥要在聖誕夜見面，她可能會知道「什麼」。

我害怕這件事，這就是我內心的不安。

星期一是天皇生日，從星期六開始連休三天。如果我能夠在星期六晚上見到麻由子，身心都能夠煥然一新，可惜這次連假只是百無聊賴地休息了三天而已，連假的收穫就是看了之前一直沒看的錄影帶和一本傳記小說。

正當我空虛地消磨著連假最後的夜晚時，門鈴響了。我隔著門上的貓眼，看到智彥一臉奇怪的表情站在門外。

「怎麼了？」我抓著門把問。

「嗯，有件事想要拜託你。」智彥的表情很僵硬，削瘦的臉比平時更蒼白、更憔悴。

「進來吧。」

我對他說，但智彥站在門口，也沒打算脫鞋子。「怎麼了？進來啊。」我再度說道。

「不，站在這裡就好，我馬上就走。」

「到底是什麼事？這麼嚴肅。」我雖然擠出笑容，但表情也有點僵硬。

「嗯，我想跟你要一樣東西。」

「什麼東西？」

智彥吸了一口氣，直視著我的雙眼說：「保險套。」

這次輪到我倒吸一口氣。我抱著雙臂，吐了一口氣，點了點頭，「原來是為了這件事。」

「你之前不是說，擔心我去買會不好意思，需要的時候向你說一聲。所以……」

我的確說過這句話，那時候，我還有資格稱為是智彥的摯友。

「是喔，所以你特地上門。」我抓著頭，將視線從他身上移開，「不好意思，讓你特地上門，但我現在剛好沒有。」

「是嗎？」

「是啊。」我點了點頭，看著智彥，他目不轉睛地看著我，臉上並沒有失望的表情。

「這樣喔，那就沒辦法了，我自己去搞定。」

「即使不用去藥局，便利商店也有賣。」

「嗯，我知道，不好意思，打擾了。」智彥抓著門把。

「喝杯啤酒再走吧。」

「不，今天就不喝了，下次再說。」

智彥最後看了我的臉一眼後轉身離開，我上前一步，準備鎖門，但隨即停在那裡。因為我沒有聽到智彥在走廊上離去的腳步聲。

他還在那裡，他正站在門外。

那個剎那，我終於知道智彥來這裡的原因了。他來確認我的心意，確認我對麻由子的心意，如今，他必定證實了他的想法。

我和智彥像銅像般站在門的兩側。雖然我看不到他，但我知道他一定就在門外，他也知道我站在門內。

不知道這樣站了幾秒。我好像僵住般靜止在那裡，感覺到內心有什麼東西緩緩崩潰。我的腦海中想起以前看過的亞馬遜巨樹倒下瞬間的慢動作影像，背景音樂是《安魂曲》。

我聽到喀答的聲音。那是智彥邁出第一步的聲音，就像是解除封印的暗號般，我的身體也動了起來。我聽著他遠去的腳步聲，鎖上了門。

就在這時，內心有一種奇妙的感覺。那種感覺似曾相識，以前好像有過相同的經驗。不，並不是這樣，而是我之前就預感到今晚的事。我知道智彥會上門，我們的友情會破滅。雖然我不知道原因，但我就是知道。

腦袋隱隱作痛，我有點想吐。

即將凌晨十二點時，我走出家門。風很冷，被暖氣溫暖的身體一下子冷了。我雙手放在皮大衣的口袋裡，來到大馬路後找計程車。吐出的氣像抽菸時吐出的煙一樣白。

終於攔到一輛計程車，上車後我對司機說：「去高圓寺」後，就靠在椅背上。我想要靜靜思考，但最後還是放棄了思考。看向車窗外，雖然已是半夜，但路上的車輛和白天差不多。

我發現有一個極度冷靜的自己正看著準備做出脫離常軌行動的自己，就像第三者一樣，觀察我的行動，分析我的思考。下一剎那，立場顛倒了，我看著我自己。我知道接下來我會做什麼，也知道做了之後的結果，然而，我無法控制自己的行為，只能旁觀。

計程車從環狀七號線駛入了高圓寺車站前那條路，我請計程車停在車站前，付了車資。電車似乎還在行駛，人潮不斷湧出車站。我隨著人潮一起走向兩旁都是商店的小路，但所有的店都已經打烊了。

我一路回想著之前和麻由子一起走過的路線。雖然只來過一次，但完全沒有迷路，幾分鐘後，就站在那棟白色磁磚的建築物前。我毫不猶豫地沿著正面的階梯走了上去，推開玻璃門，右側是信箱。三〇二室的名牌上寫著津野的名字。

搭電梯來到三樓，樓梯旁就是三〇二室，門旁有一個門鈴。

「我」很清楚，一旦按下門鈴，就會有完全不同的未來，同時覺得不應該按門鈴，但我還是按了。「我」看著自己從大衣口袋裡拿出右手，緩緩舉起，用食指按下了門鈴。門內響起門鈴聲。

屋內傳來了動靜，我瞪著貓眼。麻由子的那雙杏眼應該就在貓眼的另一端。打開門鎖時，聲音比我想像中更大聲。門打開了，麻由子探出頭。她瞪大了眼睛，臉上帶著不安、驚訝和困惑。

「怎麼了？」她的聲音有點沙啞，頭髮的髮梢有點溼，可能是因為剛泡完澡。我似乎聞到了香味。

我可以隨便敷衍幾句，然後轉身離開。這個想法也閃過我的腦海，但最後我並沒有這麼做，我無法戰勝在內心用力撼動我的衝動。「我」也知道，自己根本無法戰勝。

我一句話都沒說，就把門開得更大。麻由子張大了嘴，我推著她的身體，闖入了室內。然後反手關了門，鎖上了門。

「你要幹嘛？」麻由子用責怪的眼神看著我。

「我來找妳上床。」

「我」聽著我的聲音。

麻由子瞪著我，輕輕搖著頭。我把手伸向她的脖子。她後退著，避開了我的手。

我脫下鞋子，走進房間，當場脫下了大衣。

麻由子愣在狹小套房的中央。電視開著，螢幕上，一個外國男歌手正用充滿磁性的嗓音唱著民歌。電視前有一個小型玻璃茶几，籃子裡裝著橘子。籃子旁有剛吃完一個橘子的痕跡。電視對面的牆邊放了一張床。

我向前一步，麻由子就後退一步。重複幾次後，她已經無路可退。她背後是陽台的玻璃窗戶，隔著蕾絲窗簾，可以看到她的背影和我的身影。我不想看到自己的臉，所以移開了視線。

我再度把右手伸向麻由子的脖子，但她彎下身體，鑽過我的手臂，想要逃向玻璃茶几。我立刻抓住她的右手，她重心不穩，跪在鋪了電熱毯的地上。

我抓著麻由子的右手，想把她的身體拉過來，但她露出痛苦的表情，我放鬆了手的力道。

她默默搖著頭，掙脫了我的手，然後在離我稍遠處跪坐著。她緊握的雙手放在穿著運動褲的膝蓋上，露出悲傷的眼神看著我。

她的眼神讓我遲疑，但只有一眨眼的工夫。我再度握住了麻由子的右手，她試圖掙脫，但我這次並沒有放鬆力道。

她扭著身體想要逃開，但我摟住了她的左肩，把她拉了過來。

麻由子的臉就在我面前。她身上有香皂的味道，她仍然露出悲傷的表情。

我一動也不動，好像中了邪，只是凝視著她的臉，她也注視著我的眼睛。

她突然放鬆了全身的力量。前一刻還像石像般的身體突然變輕、變柔軟了。

我吻著她，然後緊緊抱著她。

我和麻由子淡淡地做愛，好像在進行某種儀式，或是某種慣性的行為。兩個人都沒有說話，我關了電視，麻由子關了夜燈。我脫了她的內衣褲，也脫下了自己的內褲。一切都在默默無言中進行。

剛做完愛時，麻由子的腦袋在我右手臂下方，我用指尖摸著她的頭髮，但她很快下了床，黑暗中，可以隱約看到苗條的裸體輪廓。她撿起剛才被脫下的衣服走去浴室，我打開了夜燈，把燈光調到最暗。

麻由子回來後，穿上了裙子，又穿上毛衣。她似乎微微皺著眉頭，但不知道是對亮著燈感到意外，還是覺得光線太刺眼。

她坐在床上，低下了頭。我發現她輕輕嘆了一口氣。

我把手掌放在她的手上。

「妳願不願意嫁給我？」

麻由子的肩膀抖了一下，用力深呼吸後，沒有正眼看我就回答說：

「我……做不到。」

「為什麼？」

她再度站了起來，走到夜燈的光無法照到的玄關後轉過頭說：

「忘了今天晚上的事，我也會忘記。」

「什麼意思？」

「我的意思是，這是第一次，也是最後一次。」

「妳要選擇智彥嗎？」

「我已經，」她緩緩搖著頭，「沒有選擇的權利了。」

「什麼意思？」

「對不起，不要再逼問我了。」麻由子走下玄關，開始穿鞋子。

「麻由子……」

「我去外面走走，你趁我不在時離開，拜託了。」

「等一下，我還想和妳談談……」

但她不理會我，走了出去。我跳下床，急忙穿上剛才脫掉的衣服。

當我衝出她家時，已經不見她的身影。我猶豫了一下，不知道該不該等她回來，但最後還是按了電梯。因為我覺得如果我不離開，她就不會回來。

走出公寓後，我在夜晚的街道上奔走，尋找麻由子的身影。冬天的空氣急速冷卻了我有點發燙的臉和腦袋，但腋下流著汗。

到處都不見麻由子的身影，我沒有放棄，持續尋找著。無論走到哪裡，眼前只有毫無表情的黑暗街道。

我內心湧起了對智彥的憎恨，這份憎恨漸漸膨脹，支配了所有的思考。

麻由子被他束縛了。

如果他的身體正常，她一定能夠下決心和他分手，但她無論如何都不願意拋棄身體有缺陷的他。

他看準了她的心軟，並且充分加以利用，藉此得到她。

只要他消失。

只要沒有智彥。

歹毒的念頭占據了我的心，我發現了內心的歹毒，不禁感到愕然。

不，不是這樣。

當時，我缺乏足夠的冷靜注視自己的心情。感到愕然的並不是當時的我，而是旁觀著我的另一個「我」。

我停下腳步，四處張望。

「我」在哪裡？這裡又是哪裡？

我恍然大悟，瞭解了一切。

這是過去，是記憶中的世界。「我」注視著記憶中的我。

心靈敲響了警鐘，必須趕快回去。「我」內心的某種東西發出了警告。

「我」掙扎著，伸手抓向天空。

第九章

覺——醒

一片白茫茫，中央慢慢裂開，眼前出現模糊的影像，然後漸漸有了明確的輪廓。崇史最先看到的是自己的右手，想要抓住空氣般的手指顫抖著。

他隨即發現自己躺在床上，只有右手在動。

「敦賀先生，敦賀先生。」

有人在叫自己的名字。他轉動躺在枕頭上的脖子，身穿白袍的中年男子站在床邊，探頭看著他的臉。男人的身後站了一個纖瘦的護理師。

看起來像是醫生的白袍男子在崇史的臉前揮著手問：「可以看得到嗎？」

「可以。」他回答說。

「請你告訴我，你叫什麼名字。」

「我叫敦賀崇史。」

醫生和護理師互看了一眼，崇史覺得他們鬆了一口氣。

「呃，我到底……」他想要坐起來，這才發現頭上好像貼著什麼，好幾條細長的電線連在枕邊的儀器上。崇史知道那是腦波儀。

「現在可以拆掉了。」

醫生說道，護理師把崇史頭上的電線拆了下來。崇史搓著臉，坐了起來。

「感覺怎麼樣？」醫生問。

「沒什麼特別感覺，既不好，也不壞……請問，到底發生了什麼事？我為什麼會在這裡？這裡看起來像醫院。」他巡視室內，發現是單調的白色單人病房。

「我們還想請教你發生了什麼事。」醫生搓著手說道，「聽你的家人說，你在自己的房間內昏倒了，原本以為你只是打瞌睡，所以沒有打擾你，但到了隔天早上仍然沒有醒來，而且一直睡到晚上。即使你母親想要叫醒你，你仍然昏睡不醒。你父母這才發現不對勁，和我們醫院聯絡，然後送你來這裡。」

「持續昏睡……嗎？」

崇史的記憶有點模糊，他在老家二樓打開紙箱，看到了智彥的眼鏡，然後記憶就中斷了。

「但是，」醫生說：「即使我們檢查了你的身體情況，也沒有發現任何異狀，完全不瞭解你為什麼會持續昏睡。你總共睡了四十個小時，我們正在考慮給你補充營養，結果聽說你醒來了，所以馬上就衝來這裡。」

崇史搖了搖頭，「四十個小時嗎？難以置信。」

「你以前也曾經有過類似的情況嗎？」

「沒有，從來沒有。」

「是喔……」醫生愁眉不展。

「真的完全沒有任何異狀嗎？」崇史問。

「沒有，我們起初懷疑是腦部障礙，但完全……」醫生說到這裡，看向腦波儀。

「怎麼了？」

「不，這並不算是異狀。」醫生先說了這句話，「只是腦波的狀態有點不尋常。」

「怎麼不尋常？」
「簡單地說，就是你做了很多夢。」
「是指有精神活動的意思嗎？」
醫生聽了崇史的話，用力點著頭。
「正是這樣，當然，正常人也會有這種情況，只是顯示你有精神活動的腦波出現次數極度頻繁。」
「是喔。」
「但是，正如我一開始說的，這並不算是異常。事實上，目前對於睡眠問題還有很多不解之謎。」
崇史點著頭，他非常瞭解這件事。
「既然沒有異常，我現在可以回家了嗎？」
「再稍微做幾項檢查，如果沒有任何問題，你就可以回家了，只不過，」醫生抱著雙臂，「最近還是小心一點，最好避免開車。」
「你認為我像猝睡症病人一樣嗎？」
「猝睡症的病人雖然會突然陷入睡眠，但也只是幾分鐘到幾十分鐘而已。」
「我知道了，我會小心。對了，今天是星期幾？」
「星期天，你是從星期五晚上開始昏睡。」
太好了，崇史暗自慶幸。這麼一來，至少避免了無故曠職的情況。

「呃，病人的母親在哪裡？」醫生問護理師。

「在外面。」護理師回答，「從剛才就一直等在門外。」

「那在檢查之前，先讓他母親看看他醒來的樣子。」醫生說完，對崇史笑了笑。

母親走進病房，一看到崇史就哭了起來。她似乎真的擔心崇史會一睡不醒。聽到醫生說原因不明，她覺得可能還會發生相同的情況，不安地皺著眉頭。

「目前先暫時多觀察一下，明天早上打電話到公司，應該就不算是曠職了吧？」回家的計程車上，母親對他說。

「那倒是沒問題，只是我不可能一直留在這裡。」

「但至少要好好休息兩、三天啊。崇史，你太累了，所以才會發生這種情況。」

崇史知道和母親爭執，母親也不可能會改變主意，所以並沒有接話。

回到家時，父親已經等在家裡，聽到母親說，目前查不出原因時，他露出不滿的表情說：

「是不是該去大醫院檢查一下？」

「但那家醫院已經是這一帶最大的醫院了。」

「既然查不出原因，不是也沒用嗎？」

「你這麼說也沒用啊。」

父母快要吵起來了，崇史費了一番工夫才總算勸開了他們。

雖然睡覺時完全不吃不喝，但他並不感到肚子餓。母親為他做了簡單的餐點，他花了很長時間慢慢吃下肚。

傍晚時，崇史回到自己房間，悄悄開始收拾行李，然後把行李綁在繩子上，從窗戶慢慢丟到後巷。然後臨時起意，留了一封短信放在桌子上。短信上說，因為有工作要忙，所以回東京了，請父母不必擔心。

他說要出門散步，父母果然表示反對。

「今天至少要在家好好休息。」母親語帶拜託地說。

「因為睡太久了，全身都痠痛，我想出去走走。別擔心，我不會走太遠的。」

「但是……」

「最遠只能到商店街。」

崇史離開滿臉擔心的父母，走出了家門，然後繞去後巷，撿起剛才丟下來的行李。來到大馬路時，剛好有一輛計程車經過，他毫不猶豫地舉起手。

崇史在往東京的「回聲號」上打開了皮包，最上面放著裝了智彥破損眼鏡的牛皮紙信封。他喝著車上賣的啤酒，啃著三明治，端詳著這副眼鏡。

喝完第二罐啤酒，崇史放下座椅的椅背，舒服地靠在椅背上，閉上了眼睛。眼前立刻浮現出最後一次見到智彥時的情景。

智彥閉著眼睛躺在那裡，一動也不動。

耳邊縈繞著自己的聲音，我殺了智彥——

他知道那不是錯覺，也不是幻想，而是事實。

智彥死了，所以到處都找不到他。

崇史同時想起自己對智彥產生了殺意，覺得如果沒有他，不知道該有多好。此刻，他清晰地回想起當時內心的醜惡。

他在八點多抵達東京，回到早稻田的租屋處，在答錄機中聽到了母親的留言，要求他到家後立刻打電話回老家。崇史刪除了母親的留言，並沒有打電話回家，直接拔掉了電話線，沒有換衣服就倒在床上。雖然已經連續睡了四十個小時，但腦袋還是昏昏沉沉，也可能是睡太多造成的影響。

十二點多，他出了家門。他不知道自己是否仍然遭到監視，為了安全起見，他故意走進彎曲複雜的小巷內，中途回頭看了好幾次，並沒有發現任何人跟蹤。

崇史徒步走到MAC附近。整棟建築物都靜悄悄的，因為是星期天晚上，所以並沒有人住在這裡加班。

崇史思考著進入MAC的方法。只要出示百迪科技的員工證，找一個適當的理由，即使時間已經這麼晚了，警衛應該也會放行，但他不願意選擇這個方法。他不想讓人知道自己來過這裡。

最後，他爬上停在路旁的卡車載貨台，從那裡越過圍牆，順利進入了MAC。

走進建築物內，他沿著樓梯來到智彥他們研究室的樓層。走在空無一人的昏暗走廊上，想起去年秋天，也曾經偷偷溜進這裡。那天晚上，智彥他們在搬「棺材」。

崇史和那天一樣，站在智彥他們的研究室前，轉動了門把。門鎖著，這也和當時一樣。崇史抬頭看著門。門上裝了緩衝器，減少關門時的衝擊。他伸手在緩衝器上摸索，指尖碰觸到用膠帶固定的東西。他鬆了一口氣，原來自己並沒記錯。

他撕下膠帶，上面黏著鑰匙。他把鑰匙插進鑰匙孔，向右轉動。鑰匙順利轉動，發出喀答的聲音。

門打開了，室內有一股灰塵的味道。他打開了帶來的筆型手電筒，並不算太亮的光環照亮了前方的牆壁。

室內空無一物。幾個月前，這裡還放滿了鐵架、櫃子、桌子和各種儀器，如今全都搬空了，連垃圾桶也不見了，甚至不見任何一張紙。

房間後方還有另一道門，崇史走了過去。門的另一側就是智彥他們的實驗室。這道門沒有上鎖。也許根本沒必要鎖，因為裡面也是空空的。

崇史站在以前曾經是實驗室的空房間中央，巡視著灰色的地板和牆壁。在他的記憶中，這個房間內有很多儀器和裝置。因為第一次看到時感到很震撼，所以難以想像就是眼前這個空蕩蕩的房間。

但這個房間內的異味讓他感到熟悉，那是混合了油和藥品味道的異味。

沒錯，崇史心想。智彥就是死在這個房間，是我殺了他——

崇史用手電筒照著下方，仔細檢查房間的每一個角落，思考著是否留下了當時的痕跡，想要尋找可以證明那個如同惡夢般的夜晚實際存在的證據。

但是，證據湮滅得很徹底，崇史無法找到任何可以證實當時灰暗記憶的蛛絲馬跡。誰湮滅了證據？他並不認為自己有必要考慮這個問題。

他走出實驗室，回到剛才的房間。他也用手電筒照遍了地上的每個角落，但並沒有任何發現。因為有淡淡的地板蠟味道，所以一定已經拖過地了。

準備離開時，他的手電筒停在地上的某個地方。他蹲了下來，指尖抓起一根毛髮。是誰的毛髮？智彥的嗎？還是……

他認真思索著到底是誰的毛髮，隨即發現思考這件事根本沒有任何意義，獨自在黑暗中苦笑起來。即使這是智彥的頭髮又怎麼樣？這裡是他的研究室，有一、兩根頭髮掉落也很正常。

崇史丟掉毛髮站了起來，把門打開一條縫，確認走廊上沒人後走了出去。

就在這時，一個想法浮現在腦海。雖然這個想法突然出現，但必定是「毛髮」這兩個字引起的聯想。

崇史認真思考著由此衍生的聯想整整數十秒期間，這段時間足以讓他整理思緒。當他鎖好門，把鑰匙放回原處時，已經有了一個假設。無論從哪個角度看，都想不到這個假設有任何矛盾之處。

他沿著和剛才潛入時相同的路徑離開了MAC，然後又沿著相同的路回到了公寓，但中途發現了電話亭，他停下了腳步。

一看手錶，已經凌晨兩點了。他猶豫了一下，打開了電話亭的門，從牛仔褲口袋裡拿出記事本，查了直井雅美的電話。

翌日下午一點，崇史站在ＪＲ新宿車站東口附近的剪票口。他今天也向公司請假，上司對於他以身體不適為由請假沒有表達任何意見，崇史覺得那並不是因為公司規定上司不得問下屬休假原因，而是上司刻意避著自己。他對這個推理充滿自信。

一點十分後，綁著馬尾的直井雅美從地下道走來。她穿著白襯衫和黑色迷你短裙，崇史猜想那是她打工地方的工作服。

他們站在顯示「暫停」的售票機前。

「對不起，我一直找不到機會溜出來。」雅美的臉頰泛紅，剛才可能一路跑過來，脖子上也微微滲著汗。

「沒關係，昨天晚上不好意思，好像嚇到妳了。」

因為他昨天晚上半夜打電話給雅美，雅美以為廣島的老家出了什麼事，聽到崇史的聲音時，還以為是可疑的騷擾電話。

「沒關係，只要能夠查到有關伍郎的線索。」說完，她點了點頭，她仍然有點喘，看來不光是因為一路跑來的關係。

「這就是我請妳帶來的東西嗎？」崇史指著她手上的紙袋問。

「對，因為你叫我不能碰，所以我就直接拿來了。」

「很好，謝謝妳。」崇史接過紙袋。

「呃，請問可以找到伍郎的下落嗎？」雅美抬眼看著崇史，從她的眼中可以看到她內心的真誠。

「目前還不確定，但我認為可以成為重要的線索。」崇史輕輕拍著紙袋。

她看著崇史的真摯雙眼移向紙袋，「是喔……」

「只要一有什麼新消息，我會馬上通知妳。」

「拜託你了，即使像昨天那樣，半夜聯絡我也沒問題。」

「好。」

「那我回去上班了。」雅美說完，深深鞠了一躬，轉身小跑著離去。

如果她知道真相，不知道會如何——崇史帶著同情和明知道不該有的好奇心，目送著雅美的背影離去。

傍晚時，他搭地鐵去了永田町車站，然後走進車站附近的一家咖啡店。他在一個小時前和桐山景子約好在這裡見面。和桐山景子約定見面的一小時前，他先去了一個地方，把篠崎伍郎的工作服帶去那裡，確認自己的推理是否正確。他對結果感到滿意。

崇史喝了半杯咖啡時，桐山景子從自動門走進店內。他輕輕舉起手。

「最近你常約我。」她一坐下，立刻從皮包裡拿出菸盒，然後向服務生點了檸檬紅茶。

「因為我只相信妳。」

「開什麼玩笑？聽說你有一個漂亮的女朋友。」景子吐著白煙，看著崇史，但似乎察覺到他臉上表情的變化，收起了調侃的眼神，「不能提你女朋友的事嗎？」

「也不是這樣，只是這和我接下來要拜託妳的事不無關係。」

「你想幹什麼？」

「我只想查明事實真相。」崇史向她探出身體，「我以前不是向妳提過記憶包的事嗎？妳還記得嗎？」

「當然記得。」她點了點頭，「有人的記憶遭到了篡改。」

「有關這個消息有後續情況，那個人的記憶的確遭到了篡改，顯然已經開發了記憶篡改的方法。」

景子立刻巡視周圍，然後把臉湊到崇史面前，「千真萬確？」

「千真萬確。」

「難以置信。」她連續眨了好幾次眼睛，「果真如此的話，公司為什麼不公布，至少應該讓新型實境的相關研究人員知道。」

「因為有隱情，所以無法公開。」

「什麼隱情？」

「目前還不方便透露，因為有些事還需要確認。」

「你還真會賣關子。」景子微微撇著嘴。

「並不是這樣，而是不希望告訴妳一些不確實的消息，給妳帶來麻煩。」

「真是個好藉口。」

景子抽菸時，服務生把她的檸檬紅茶送了上來，兩個人暫時沒有說話。

「等到一切水落石出，我一定會告訴妳。」服務生離開後，崇史說，「所以，也希望妳能夠助我一臂之力。」

景子喝了一口檸檬紅茶，點了第二支菸。

「如果是我力所能及的事，我當然願意提供協助，雖然我幫不上什麼大忙，因為我既沒有人脈關係，也沒有和公司高層有一腿。」

聽了她獨特的笑話，崇史忍不住笑了笑。

「和人脈沒有關係，而是只有妳能夠做到的事。」

然後，他說出了自己的想法，景子立刻皺起眉頭。

「什麼意思？為什麼要這麼做？」

「我剛才說了，等所有的事都解決之後，我會告訴妳。」

景子嘆了一口氣，然後打量著崇史的臉，眼神中透露出困惑、驚訝和懷疑。

「我知道這麼拜託妳很自私，但如果不這麼做，就無法查明真相。」

「萬一被人發現怎麼辦？」

「我會努力不讓人發現，絕對不可以被人發現。不，萬一被人發現，我也絕對不會連累妳。」

「說這種話沒有用，萬一被人發現，我不可能置身事外。」

崇史無法反駁，只能低下頭，然後再度看著她說：

「妳知道三輪智彥吧？」

「我聽過他的名字，聽說他很優秀，在MAC時，你們兩個人的實力不分軒輊。」

「目前他們對外宣稱，他在美國。」

「對外宣稱？」崇史的話有點微妙，景子立刻有了反應，「什麼意思？」

「但其實他並沒有去美國。」

「那他人在哪裡？」

他長眠了——如果這麼告訴她，這位知性美女不知道會露出什麼表情？崇史心想，但他當然不會說出口。

「為了搞清楚這件事，所以需要妳的協助。」

崇史注視者桐山景子的雙眼。她一手拿著茶杯，頻頻抽著菸。她也注視著崇史的雙眼。

景子在菸灰缸中捻熄了菸，用另一隻拿起檸檬紅茶喝了起來。

「如果真要做，只有明天，錯過明天，就沒有其他機會了。」

「妳願意幫我嗎？」

「能不幫嗎？」景子換了一隻腳蹺著腿，「但你真的要這麼做嗎？」

「是真的。」

「那裡有什麼？」

「有……」說到一半，他住了嘴，「這也以後再告訴妳。」

「又用這句話來對付我。」桐山景子淡淡地笑著，搖了搖頭，「你明天會來上班吧，那詳細的步驟我明天下午再打電話告訴你。」

「謝謝。」崇史道了謝，伸手拿桌上的帳單，景子搶先拿走了帳單。「啊！」他叫了一聲。

「至少讓我付咖啡錢，但到時候你真的要把所有的事都告訴我。」

「一言為定。」崇史斬釘截鐵地說。

翌日，崇史一如往常地去公司上班，坐在專利部的自己座位上做很不擅長的工作。周圍的同事完全沒有問他為什麼請了年假之後又請假兩天，不，不光如此，那些同事完全沒有問他任何事，每個人都避著他，似乎害怕和他有任何牽扯。崇史認為這應該不是自己的心理作用。

下午一點整，崇史左前方的電話響了。坐在那個座位的真鍋接起了電話，說了一、兩句話後，露出好像遇到了什麼倒楣事的表情看著崇史。

「有電話找你。」

「謝謝。」崇史道謝後，接過電話。

是桐山景子打來的。

「我已經準備好了，你五點半來這裡，只要稍微遲到就有危險。」

「我知道了。」他簡短回答後，掛上了電話。

可能因為通話太簡短了，真鍋一臉訝異地看著崇史，周圍其他同事似乎也都豎著耳朵偷聽。崇史看向周圍，其他同事立刻轉過頭，埋首於自己的工作。

五點之前，崇史一直在自己的座位上做著無聊的工作。五點一到，陸續有人準備下班，他也露出一臉準備下班的表情開始收拾辦公桌，穿起了上衣。

五點二十五分，他走出專利部，然後低頭走進電梯，不讓別人看到自己的臉。搭電梯來到七樓後，走廊的第一道門就是他不久之前的工作地點，也就是實境開發部第九部門的入口。

門旁有一個讀卡機，但他現在沒有卡片。他看著手錶，等到五點三十分，按了讀卡機旁的按鈕。

喀答一聲，門打開了。戴著金框安全眼鏡的桐山景子探出頭。

「沒有被人看到吧？」她迅速在走廊一張望。

「沒有。」

「快進來。」她讓崇史進去後，立刻關上了門。

除了景子以外，室內沒有其他人。

「其他人呢？」

「有兩個人出差，其他人剛才下班了。」

「原來是這樣。」

崇史巡視室內，不久之前，崇史進行研究的地方，如今完全是一片空蕩蕩。他站在房間中央，搖了搖頭。

「什麼都清理乾淨了。」

「你一被調走，這裡的設備也全都被搬走了。」

「是啊。」

「現在無暇陷入感傷，我們的時間不多了。」

景子把載著黑猩猩籠子的推車推了過來，崇史慌忙上前協助。

籠子周圍用鋁板遮了起來，看不到裡面的情況。景子打開上方的蓋子，裡面是空的。

「雖然有點臭，但你忍耐一下，因為沒有足夠的時間好好打掃。」

「宙偉在哪裡？」他關心原本應該住在這個籠子裡的猩猩。

「在房間角落的壓克力箱子裡，讓牠在那裡忍耐一晚上。」

「會不會傳出叫聲？」

「不必擔心。」景子點了點頭。

崇史脫下上衣，解開領帶，和皮包放在一起後，交給了景子。「妳幫我藏起來，如果覺得麻煩，就丟掉吧。」

「我會放在我的置物櫃裡。」

「拜託了。」崇史說完，穿著鞋子，右腳伸進了籠子。

「敦賀。」景子叫了一聲，崇史回頭看著她。

「你無論如何都想找到答案嗎？」

「什麼意思？」

「我的意思是，」她抱著崇史的衣服和皮包，微微偏著頭，「這個世界上，有些問題不解決比較好。」

崇史點了點頭，「我也這麼認為。」

「既然這樣。」

「但是這次不行，這是必須解決的問題。」

景子低頭吐了一口氣，「好吧，那你進去。」

崇史走進籠子，抱著膝蓋蹲在籠子裡。景子蓋上了蓋子，他壓低了頭。即使蓋上了蓋子，仍然有光線從洞裡照進來。那似乎是透氣孔。

「可以嗎？」景子問。

「應該沒問題。」

「我可以再問一個問題嗎？」

「好啊。」

「那個記憶遭到篡改的人……是不是你？」

崇史沒有吭氣，但這似乎成為他的回答。景子沒有繼續追問。

鈴聲響了。景子走了過去，接著傳來開門的聲音。

「辛苦了。」她對來訪者說。

「只要保管這個籠子就好嗎？」聲音聽起來是一個年輕男人，崇史記得這個聲音，他是資材部的年輕員工。

「對，明天一早就送回來這裡，我也會提早來上班。」

「好……咦？為什麼都圍起來了？」他似乎在問籠子四周的鋁板。

「為了防止雜音，因為黑猩猩裝了特殊的裝置，必須讓牠在這種狀態下睡一晚上，所以要放在安靜的地方。」

崇史不由得佩服她的演技，這樣就不會遭到懷疑。

「不可以打開蓋子嗎？」

「千萬不要，會讓我們一整個月的實驗都泡湯。」

「但如果黑猩猩吵鬧……」

「這倒不必擔心，萬一需要打開時，請務必和我聯絡，總之，不可以擅自打開。」

「好的，一個晚上的話，應該不至於有問題。」

崇史感覺到推車移動了。「還滿重的嘛。」資材部員工說。

「裝置很重，」景子說：「那就小心點。」

「沒問題。」資材部員工回答，但崇史知道她是對誰說「小心點」。

崇史縮著身體被推走了。雖然脖子慢慢有點痛，但他不能隨便亂動。當推車經過有高低落差的地方時，衝擊從腰部一直傳到脊椎，而且籠子裡很熱，額頭流下的汗水都滲進了眼睛。

但是，崇史應該可以在推車要去的地方找到想要的答案，他對此深信不疑。

篠崎工作服上的毛成為線索。崇史昨天和直井雅美道別後，立刻帶著篠崎的工作服去找了獸醫，請獸醫確認那到底是什麼毛。

獸醫很快就給了他答案。正如崇史所想的，那是黑猩猩的毛。

篠崎並沒有參與動物實驗，工作服上不應該沾到這種東西，而且MAC內並沒有飼養黑猩猩。

崇史在去年秋天，曾經看到智彥他們悄悄地從MAC搬出一個像是棺材的東西，他猜測篠崎躺在棺材裡。

崇史猜想，篠崎被送去的地方有黑猩猩，因為篠崎的工作服不小心沾到了幾根黑猩猩的毛。

但是，「那些傢伙」並沒有察覺這件事，為篠崎脫下工作服後，就放去他的公寓，偽裝成他消失之前，曾經一度回去公寓。

崇史認為這是自掘墳墓的行為。

推車時而停下，時而搭電梯、轉彎，朝向目的地前進，在不知道第幾次停下之後，傳來了說話的聲音。

「我去第九部門帶回來了，要寄放到明天早上。」年輕的資材部員工說。

「這是怎麼回事？根本看不到裡面的情況啊。」說話的聲音聽起來比較年長。應該是檢查資材倉庫和實驗動物管理室出入情況的人。

資材部員工轉述了桐山景子剛才對他說的話。

「是喔，不會對其他動物造成危害嗎？」

「應該不會，牠只是在睡覺。」

「真奇怪啊。」崇史頭上的鋁板發出哐、哐的聲音，可能是那個檢查人員在拍打。

「不可以拍啦，會把黑猩猩吵醒。」

「放進飼育室吧。」

推車又動了起來，崇史完全不知道自己會被推去哪裡。

推車再度停了下來，響起了開門的聲音。資材部員工吹著口哨，推車似乎被推進了某房間。隨著關門的聲音，崇史的周圍安靜下來。

等了幾分鐘後，他緩緩推起上方的蓋子。周圍一片漆黑，什麼都看不到，但可以聞到動物糞便的臭味。

崇史小心翼翼地從籠子裡爬了出來，打開放在口袋裡的手電筒。那裡是差不多五坪大的房間，像街上的寵物店一樣，有大小不同的籠子和盒子，但只有黑猩猩和老鼠兩種動物。

入口的門上有一扇小窗戶，可以看到外面的情況。走廊上沒有人，沒有任何說話聲，也沒有動靜。他立刻走了出去。

走廊對面有一排同樣有小窗戶的門，分別是「測量儀器保管室」、「光學儀器室」，因為都沒有燈光，裡面應該沒人。

他依次看著每個房間的牌子時，走廊轉角處傳來了說話聲。崇史急忙看著附近的門。就在這時，他看到了「實驗動物解剖．治療室」。他毫不猶豫地打開門溜了進去，輕輕把門關上。

崇史打開手電筒，發現這裡不像是進行解剖或是治療的地方，反而像是廚房。有流理台，也有食品乾燥機，還有冰箱，但看到牆邊數量龐大的解剖標本，就知道這的確是許多小生命犧牲的地方。

房間深處還有另一道門，那道門上沒有窗戶。崇史緩緩轉動門把拉了一下，門鎖住了，無法打開。他想要尋找標示，但看不到任何標示。

一定就在這裡面，他深信不已，真相就在這道門內。

他鑽進解剖機下，躲進從門口看不到的位置。他決定在這個狹小的空間等待機會來臨，他完全不去思考今天晚上可能等不到機會的情況。

他抱著膝蓋等待這一刻，在等待時，思考了各種事。麻由子的事、智彥的事，以及自己的未來。

他已經決定向所有這一切告別。

燈光亮起時，崇史愣了幾分之一秒，一時不知道自己身在何方。他差點移動身體，但幸好忍住了。他好像在不知不覺中睡著了。

他豎起耳朵，有人走進了房間。崇史思考著萬一被人發現時，自己該採取的行動，他打算採取強硬的手段。

但是，他多慮了。走進房間的人直接走向後方道門。崇史把臉壓低，看向那個人的腳。那是女人的腳，身上穿著白袍。

女人打開門鎖，走進門內。目前那道門並沒有上鎖。

崇史從解剖機下爬了出來，然後站了起來。他伸展了一下身體，走向那道門。

他握著門把，拉開數公分，從縫隙中向門內張望。

真相就出現在他眼前。

他把門用力打開，身穿白袍的女人轉過頭。那是一個中年女人，她露出不知所措的表情，臉頰隨即抽搐起來。

「你怎麼進來這裡……」她的聲音好像在呻吟。

崇史走進房間內，「原來在這裡，果然在這裡。」

白袍的女人閃躲著崇史，從他剛才走進來的那道門走了出去。他不理會那個女人，繼續往前走。

那裡放了兩張床，兩張床上都躺著人。雖然瘦得不成人形，但他知道其中一個是篠崎伍郎，另一個是三輪智彥。兩個人的身上都連著腦波儀和看起來像是生命維持系統的裝置。

後方傳來腳步聲，腳步聲在崇史的後方停了下來。

「你都想起來了。」一個聲音說道。崇史轉過頭，看到須藤站在那裡。

「全都想起來了，」崇史回答說：「這兩個人還在長眠嗎？」

「沒錯，還在長眠。」須藤說，「你要讓他們活過來。」

SCENE 10

「……由此可見，從這所MAC畢業的人，幾乎毫無例外，都在百迪科技取得了出色的成果，希望各位也能夠繼承學長姊的這種優良傳統，也深信你們一定可以做到。」

百迪科技的人事部長一字一句地說完這番話，但我費了好大的力氣，才能夠挺著脖子不打瞌睡。認真聽一、兩個人致詞並不至於太痛苦，但連續三、四個人致詞，真讓人受不了。為什麼日本人都喜歡致詞，尤其這些老人很喜歡激勵年輕人。

我轉動眼珠子，觀察周圍的情況。左斜前方的人左右搖晃著，其他人似乎也努力忍著呵欠。普通學校的畢業典禮有很多人，即使有人打瞌睡也不會引起太大的注視，但今天坐在這裡的畢業生只有數十人，誰都不希望在這種時候讓人事部對自己留下壞印象，影響日後的部門分配，所以我也努力撐著隨時想要垂落的眼皮。

致詞完畢後，每個人都領到一張結業證書，但並不像普通學校的畢業證書那麼大，只有明信片般大小。這張證書只是自我滿足，所以這樣就夠了。

「結業典禮到此結束。」主持人用這句枯燥無味的話結束了儀式。

走出成為典禮會場的教室時，有人拍我的肩膀。轉頭一看，智彥看著我的臉。

「嗨！」我向他打招呼，「你剛才坐哪裡？我還以為你沒來呢。」

在畢業典禮開始之前，我曾經找了他好幾次。

「我稍微遲到了，坐在最角落的座位。」

「真難得啊，你居然會在這種場合遲到。」

右腿不方便的智彥無論做任何事，都會比別人提前準備。

「因為實驗室有事。」

「實驗室？這種日子還有事？」

「是啊，對了，」說完，他巡視四周，稍微壓低了聲音繼續說道：「你會去參加歡送會吧？」

「我打算去啊。」

我和智彥所屬的實境工學研究室將要為我們舉行歡送會，會場就在附近的義大利餐廳。

「結束之後，你有沒有其他事？」他問我。

「沒特別的事。」

「既然這樣，」智彥說完，舔了舔嘴唇，「可不可以占用你一點時間？」

「好啊……怎麼了？」

「有事想和你談談，有點複雜。」智彥把右手插進長褲的口袋，左手抓了抓鼻翼，「我想找一個安靜的地方和你聊一聊，就只有我們兩個人。」

雖然智彥說話的語氣很平淡，但我感到不安。因為我猜想八成是麻由子的事。

「好啊，要去哪裡找你？」

「約在我們研究室門口怎麼樣？」

「OK。」我點了點頭。

歡送會在下午五點舉行。包括我們在內，總共有六個人從實境工學研究室畢業，其他人以我們六個人為中心聊著天，開了一瓶又一瓶的啤酒。

麻由子稍晚也出現了。我很想立刻去找她，但很多人都找我聊天，我遲遲無法抽身，最後只能假裝要去上廁所，擠出人群，才終於走到她身旁。

麻由子一看到我，顯得有點緊張，但她並沒有逃離，而是站在原地。

「我還以為妳不會來。」我對她說。

「當然要來啊，要歡送你們這些曾經照顧過我的人。」說完這句話，她的視線從我身上移開。

我點了點頭，斜斜地看著她的臉，「妳看起來氣色很不錯。」

「是啊，很好啊。」她說。

去年年底之後，我們就幾乎沒有見面，當然更沒有機會聊天。不用說，當然是她逃避我，電話也都設定了答錄機。

「等一下要和智彥見面。」我小聲地說，我察覺到她的表情有點僵硬後說：「在此之前，我想和妳談一談，妳願不願意給我幾分鐘？」

麻由子沒有回答，突然露出笑容從我身旁走了過去，走向在不遠處和別人說話的男人。「山本學長，恭喜你畢業了，以後見不到你會很寂寞。」她故意大聲對那個人說話。

「嗨，是津野啊。這句話是什麼意思？是因為少了福委的意思嗎？」那個姓山本的人故意搞笑地和她聊了起來。
我嘆了一口氣，走向廁所。
歡送會到七點結束，雖然小山內老師邀我去續攤，但我推說還有重要的事，婉拒了他的邀約。
離開餐廳後，我繞遠路回到MAC，以免被其他人發現。走進大門時，警衛問我：「忘了帶東西回家嗎？」我回答說：「是。」
今天沒有人留在實驗室，雖然時間還不算太晚，但整棟研究大樓都靜悄悄的。我獨自搭上電梯，聽著自己的腳步聲，走向智彥的研究室。智彥還沒有到。
我思考著他打算和我聊什麼，也許他要我放棄麻由子。智彥將獨自啟程前往美國，他應該最擔心麻由子的事。他不至於遲鈍到沒有發現我對麻由子的心意。
但是，我也想到其他可能性。智彥和麻由子目前到底是什麼關係？現在仍然可以稱為戀人嗎？
聽到電梯門打開的聲音，我轉頭看向走廊前方，智彥削瘦的身影出現在走廊上。他用和普通人不同的節奏走了過來。
「半夜在這裡的時候，」智彥邊走邊說：「有時候會覺得這裡是遠離現實的空間，無論時間和空間都和外界隔離。」
「今天就可以擺脫這個世界。」
「很難說，我們可能永遠無法擺脫這個世界。」

智彥站在研究室門口，用力高舉右手，從門上的緩衝器上拿了什麼東西下來。原來是鑰匙，用膠帶黏在緩衝器上。

他把鑰匙插進鑰匙孔，喀答一聲，門鎖打開了。

「進來。」說完，他打開了門。

智彥打開牆上的開關，日光燈的白色燈光照亮了研究室內。桌子和架子上都整理得很乾淨，顯示研究已經告一段落，幾台電腦的鍵盤也都罩上了防塵套。

走廊上很陰涼，但室內還殘留著溫暖的空氣，於是猜想智彥今天可能來過這裡。

「兩年的時間真是一眨眼就結束了。」智彥輕輕坐在窗邊的桌子上，雙手插在長褲口袋裡。

「是啊，」我把旁邊的椅子拉了過來，在他對面坐了下來，「好像不知不覺就結束了。」

「但接下來才是一場硬仗，好好加油。」

「這是我要對你說的話，因為你要去美國總公司了。」

如果智彥還不知道我婉拒去美國的事，他應該會露出驚訝的表情，但他面不改色，低下頭後，再度看著我的臉。

「聽說你拒絕了。」

「是啊。」

我以為他會問我原因，我還在猶豫，不知道該信口編一個理由，還是說出對麻由子的心意。

但是，智彥並沒有問我原因。「太遺憾了，原本想和你攜手努力，不過……」他連續點了幾次頭，似乎已經接受了這件事。

我覺得這種態度不太像他的作風。難道他不想知道我為什麼拒絕去美國嗎？

「崇史，你好久沒有進來這個研究室了吧？」智彥巡視室內後問道。

我點了點頭，「這一年來，我想進來也進不來。」

「因為須藤先生下達了命令，我知道你心裡很不高興，但我無法違抗老師的方針。」

「這代表研究內容是極機密。」

「雖然我認為告訴你應該沒關係，但須藤先生說，這種事如果做得不徹底，就無法保守秘密。」

「也許吧。」

「我對你感到很抱歉，好像把你排斥在外。」

「沒關係，反正已經過去了。」

「聽你這麼說，我心情稍微輕鬆了點，原本還以為你會恨我。」

「恨你？我嗎？開什麼玩笑。」

我擠出笑容，誇張地將身體向後仰，但這只是為了掩飾內心的慌亂。因為我為了其他的事，一直痛恨智彥。

「今天請你來這裡，不是為別的事，只是想把之前一直瞞著你的研究內容告訴你。」

「是喔……」

我有點意外，原本認定他會和我談麻由子的事。

「但這樣好嗎？不需要再保守秘密了嗎？」

「這當然還是最高機密，但我想告訴你。」

「是喔。」我不知道該露出怎樣的表情，不置可否地點著頭。

「你是不是也想知道？是不是想知道我在做什麼研究？」

「是啊。」

智彥點了點頭，然後重新戴好眼鏡。

「去美國的事，」他說：「我完全能夠理解你為什麼拒絕，這也是無可奈何的事。

如果換成是我，我應該也會拒絕。」

我看著智彥，不知道他在說什麼，顯然不是在說麻由子的事。

「什麼意思？」

「我是說，」智彥再度推了推眼鏡，這是他努力使自己心情平靜時的習慣動作，「既然要去美國，當然是自己的研究得到認同之後再去比較理想。」

即使聽他這麼說，我仍然搞不清楚他想說什麼，智彥又補充說：

「如果我知道是去輔佐別人，也不想去美國。」

聽到這句話，我才終於恍然大悟。他以為我拒絕去美國，是因為知道自己只是輔佐他的研究而已。

各種思緒同時在腦海中翻騰。既然他這麼認為，不妨讓他繼續這麼認為，那就不必提麻由子的事了，但是，下一剎那，脫口而出的話和我的想法完全不同。

「是啊，我只是輔佐你。雖然當初徵詢我的意願時曾經樂翻了天，但現在回想起來，覺得自己實在蠢透了。」

我知道自己說的話很酸溜溜，卻無法不說。

智彥輕輕搖了搖頭。

「沒這回事，雖然是輔佐，但也很重要。百迪科技真的很有眼光，具有實力的人才能協助我的研究工作。」

「看起來是很重大的研究項目。」

「是啊，我很有自信，認為可以徹底顛覆實境科學。」

我帶著奇妙的心情看著自信滿滿地說話的智彥。他向來不說大話，總是過低評價自己。

智彥似乎誤解了對我的沉默，慌忙說：

「當然，我覺得你們的研究也很出色，我認為那很了不起。」

「不必安慰我沒關係。」我撇著嘴，心裡開始覺得很不舒服。

「我真的這麼認為，這次雖然是我的研究得到認同，但我猜想你的研究也會在不久之後獲得肯定。因為腳踏實地的努力很重要。」

腳踏實地的努力？他說自己在做最尖端的研究，我的研究卻只是腳踏實地的努力？我知道自己的臉因為不悅而扭曲，智彥似乎完全沒有察覺到我的內心，繼續說道：

「我去了洛杉磯總公司後，會盡可能趕快和總公司的人推薦你的研究，然後請他們把你也調去美國。怎麼樣？是不是好主意？」

「你不必這麼做。」我搖了搖頭。

「為什麼？你的夢想不是去美國總公司嗎？」

「是啊，但我想靠自己的力量。」

「自己能有多少力量？這件事就交給我吧，我一定會讓你在不久的將來，帶著自己的研究來美國，那就不再是輔佐我，這樣就不會傷害你的自尊心了吧？」

「自尊心？」

「不就是因為這個原因嗎？」智彥說，他的語氣有點咄咄逼人，「所以才不願去美國輔佐我，不是嗎？所以我提議了不會傷害你自尊心的方法。」

一種近似嘔吐的不悅湧到喉嚨口，想要抑制感情起伏的某種力量在瞬間消失。

「不是，」我說：「不是你想的這樣。」

「不是這樣？」

「這和自尊心無關，這種東西根本不重要，我才不是因為這種原因拒絕去美國。」

「那到底是為什麼？」智彥從椅子上站了起來，低頭直視著我，「除此以外，還能有什麼理由。」

「你想不到嗎？」我問。

「想不到，完全想不到。」智彥回答，他的眼神變得很銳利。

我內心的控制力正要發揮作用，但開關隨即啪地一聲關掉了。

「因為麻由子。」我說。

「麻由子？」智彥皺起眉頭，「她怎麼了？」

我打量著智彥的臉。他問我麻由子怎麼了？他不可能沒有發現我對麻由子的感情。

「我喜歡她。」

智彥面無表情地聽我說完這句話，冰冷的空氣似乎搖晃了一下。我們都默然不語地看著對方的眼睛。遠處傳來車輛經過的聲音。

智彥的喉結動了一下，接著他張開了嘴。

「這是怎麼回事？」他用沙啞的聲音問道。

「就是這麼回事，我喜歡麻由子，所以決定不去美國。」我突然感到口乾舌燥，但還是繼續說道：「你應該也察覺到我對她的感情。」

智彥緩緩搖著頭，搖晃著後退幾步，用手扶著桌子。

「不知道，」他說：「我完全不知道這件事。」

「騙人。」

「我沒騙你。你……竟然喜歡麻由子……我無法相信。」

我才無法相信，我一直以為他不可能沒發現。

「總之，就是這麼一回事。」我說。

智彥一隻手撐著桌子，雙眼看向窗戶，但窗前拉起了百葉窗，什麼都看不到。

「我無法理解，」不一會兒，他小聲嘀咕，「即使真有這麼一回事，我也無法理解你為什麼不去美國。因為她……麻由子她……」他轉頭的動作很僵硬，好像人偶一樣，「她屬於我。」

「我無論如何都想要得到她，所以，我認為你們分隔兩地時是大好機會，而且，」我吸了一口氣，慢慢吐出來之後繼續說道：「她不屬於任何人，也不屬於你。」

「她屬於我，」智彥說話的聲音不大，卻很尖銳，「她只屬於我。」

「不是。」

「崇史即使你這麼想，」智彥轉過頭看著我，他聳起的肩膀起伏顯示他呼吸急促，「麻由子也不會理你，她一定只愛我，一定是這樣。」我可以察覺到他吞著口水，「她一定只愛我一個人，絕對、絕對不可能理你。」

他的臉脹得通紅，我看著他，站了起來。因為坐在椅子上一動也不動令我痛苦。

「的確，她目前並沒有對我敞開心房。」

「我就知道。」

「但那是因為有你的關係。」

「你說什麼？」

「她不想傷害你，不希望看到你同時失去摯友和女友，所以才會對我避不見面。」

智彥雙手握緊拳頭，戴著眼鏡的雙眼瞪著我。

「你是說，其實麻由子喜歡的是你嗎？」

我收起下巴說：「我相信是這樣。」

「我不相信，你根本沒有任何根據。」

「我有啊。」我靜靜地說。

智彥似乎想到了什麼，瞪大了眼睛。他連續眨了好幾次眼，右手的拳頭舉到胸前。他的拳頭不停地顫抖。

「你……和她上床了嗎？」智彥用我幾乎聽不到的聲音問。

我遲疑了一下，但還是回答說：「是啊。」

智彥下顎的肌肉抽搐，可能咬緊了牙關。

「你在說謊。」

「我沒騙你，是去年年底的事。」

「去年……」

智彥微張著嘴巴，臉色發白，呼吸變得急促。

他用空洞的眼神看向周圍，伸手拿起桌上的電話，然後從口袋裡拿出便條紙，按了紙上的號碼。

「你打電話給誰？」

智彥沒有回答我的問題，電話似乎很快就接通了，他對著電話中說：「那裡有一位姓津野的女客人，可不可以請你叫她聽電話？」

他似乎打去一家餐廳。

等了一會兒，智彥再度對著電話說：

「我和崇史在實驗室，希望妳馬上過來一趟。馬上過來，有重要的事情要談。」

掛上電話後，智彥頭也不回地說：「咖啡店就在這附近，十分鐘應該就可以到了。」

「你們約好了要見面嗎？」

「是啊。」

「你叫她來這裡幹什麼？」

「想瞭解她的真心。」智彥說完，坐在椅子上，「你應該也想知道吧？」

我沒有回答，在旁邊的椅子上坐了下來。

我始終不知道說出對麻由子的心意是不是正確的決定，只不過我完全沒想到智彥竟然沒有察覺，但我安慰自己，反正這件事早晚必須告訴他。

「關於剛才的事，」智彥開了口，「你覺得怎麼樣？」

「剛才哪一件事？」

「就是同時奪走我的摯友和女友這件事，你覺得怎麼樣？」

我重重地吐了一口氣。

「我認為這也是無可奈何的事。雖然我也很痛苦，但最終還是無法放棄她。」

「是喔……」

智彥陷入了沉默，我也不再說話。空氣似乎變得更冷了。

不一會兒，智彥幽幽地開了口：「我……」

我轉頭看著他。

「我還沒和她上過床……」

我垂下雙眼，繼續沉默。

走廊上傳來腳步聲。我想起麻由子今天穿了高跟鞋。雖然覺得過了很久，但一看手錶，距離智彥打電話才過了十二分鐘而已。

門靜靜地打開了，麻由子走了進來。她不安的眼神透露她已經知道我們剛才在談什麼。

「不好意思，還讓妳特地過來一趟。」

「怎麼了？」麻由子輪流看著我們兩個人的臉。

「我有事想問妳，關於妳和崇史的事。」

麻由子看著我，臉上的表情既像是憤怒，又像是悲傷。

「崇史都告訴我了，我想瞭解妳的真心。」智彥說：「妳到底喜歡誰？是我？還是崇史？」

麻由子站在那裡，用力握著皮包的把手。她的眼眶溼潤，而且微微顫抖著。

「這種問題……」她痛苦地張開了嘴，「這種問題，我不想回答。」

我不忍心看她，轉頭看向智彥。他應該從麻由子剛才這句回答中知道，她已經不再是他的女朋友。

「是喔……原來妳不想說。」

智彥的眼神黯淡，彎著嘴唇，好像在笑。不知道是諷刺的笑，還是自嘲的笑。他帶著這個表情站了起來，然後邁開了步伐。

「你要去哪裡？」我問。

智彥停下腳步，微微轉過頭。

「我要去哪裡，和現在的你有關嗎？」

我無言以對。

「我想一個人靜一靜，等一下再談。」智彥說完，走進了後方的實驗室。

我注視著關上的那道門，裡面傳來嗡嗡的聲音，那是冷卻扇的聲音。

「為什麼會這樣？」身後傳來說話聲，回頭一看，麻由子瞪著我。她的眼眶很紅，臉頰閃著淚光。「為什麼要輕而易舉地破壞重要的東西？我再三拜託你，不要做出不可挽回的事。我搞不懂，我完全搞不懂你這個人。」

「我喜歡妳，喜歡得無法自拔。智彥對我來說很重要，但魚和熊掌不可能兼得，我不惜破壞和他之間的友情，這是無可奈何的事，我作好了充分的心理準備。」

「我……」麻由子大叫了一聲，然後用力呼吸了兩、三次，讓心情平靜下來，「我原本打算今天之後，就再也不和你們見面。」

「為什麼？」

「因為這是最好的決定。無論我選擇誰，我們三個人都不會幸福。」
「如果妳選擇我，我可以離開百迪科技，這樣就永遠不會再見到智彥。」
麻由子緩緩搖著頭。
「你完全搞不清楚，這就是我們三個人的不幸。你腦筋出了問題，才無法想像我們都離開他，他會有怎樣的心情嗎？」
她的話就像是銳利的箭，直擊我的胸口。我啞口無言，注視著她的嘴唇。
「我相信你也知道，」她靜靜地說道：「到頭來，你根本無法犧牲你和他之間的友情。」
我垂下視線。很遺憾，我並不想反駁她的話。雖然覺得沒這回事，但我內心的某些東西阻止我把這句話說出口。
我做錯了嗎？內心產生了這樣的念頭。
背後傳來喀答的聲音。實驗室的門打開了。脫下上衣的智彥臉色蒼白地看著我。
「崇史，你過來一下。」
「我一個人嗎？」
「對，我希望兩個人再單獨談一談。」
我瞥了一眼麻由子，走進實驗室。
室內放滿了實驗機器，整片牆壁前都排放著分析儀器，從這些儀器拉出來的同軸電纜爬在地上，就像《法櫃奇兵》中出現的那一群蛇。房間中央有一張像牙科醫院讓病人坐的椅子，實驗對象應該就坐在這上面。

「我會完成剛才和你的約定。」智彥說：「我會把研究內容告訴你。」

「這已經不重要了，」我搖了搖頭，「更重要的事……」

「你不聽我說，我會很傷腦筋，」智彥打斷了我的話，「如果不先說這件事，就沒辦法討論接下來的事。所以，你先聽我說。」

「但是……」

「拜託了，」智彥露出嚴肅的眼神，「你聽我說。」

我抱著雙臂，再度巡視實驗室內。我搞不懂智彥在想什麼。

「好吧，那我聽你說。」我打開靠在牆上的鐵管椅坐了下來。

智彥點了點頭，輕輕坐在實驗對象的椅子上。

「我記得之前曾經告訴你，起初只是一件微不足道的事。當時的實驗對象篠崎的記憶中出現了一些錯誤。他小學時的老師明明是中年男人，他卻說是年輕女老師。」

我記得曾經聽他說過，所以默默點了點頭。

「為什麼會發生這種狀況？研究的第一步就是尋找其中的原因，不久之後，我就找到了答案。一旦知道答案，就發現實在很簡單。」智彥蹺起了腿，雙手交握，放在腿上，「有意識或是無意識的願望產生的幻想，會對記憶產生影響。」

「幻想對記憶產生影響？」

「這並不是什麼特殊的情況，每個人在日常生活中，都曾經經歷過類似的情況。比方說，遇到一些不愉快的事之後，經過一段時間，不是就會忘記嗎？事後回想起來，甚至會覺得是美好的回憶。其實是在無意識中把回憶進行加工，讓自己更容易接受，當時的痛苦幾乎都從記憶中消失了。」

「有人認為這是腦內嗎啡產生的影響。」

「我同意，而且也這麼認為，腦內嗎啡和記憶篡改有密切關係。我再舉一個例子，崇史，不知道你是否有這樣的經驗？在告訴別人某件事時，會不會稍微改變成對自己有利的內容。」

「不能說完全沒有。」我想了一下之後回答。

「對不對？我也有過類似的經驗。比方說，在街上遇到混混，搶走了我的零用錢。事後和別人提起這件事時，即使對方只有兩個人，也會說成有五個人，其他內容也會稍微改變，避免和改變後的設定產生矛盾。」

原來他曾經有這種經驗。我聽著智彥的話時想道。

「然後和很多人聊這件事，在聊了幾次之後，整個過程就會在腦袋裡固定，留在腦袋裡的過程中，理所當然地認為對方有五個人，整個過程也越來越條理清晰。經過一段時間，當再度聊起這件事時，腦海中浮現的不再是實際發生的事，而是自己事後篡改的過程，但當事人認為是『真實的記憶』，會充滿自信地回答說，有五個混混找自己麻煩，完全沒意識到自己在說謊。」

「也就是說，篡改了記憶……嗎？」

「曾經有一本書上提到這種情況，那些被警察逮捕後，聲稱自己無罪的嫌犯中，有不少人會陷入這種錯覺。即使親手犯了罪，但在一次又一次說謊之後，竟然覺得自己的狡辯是真的。」

「我曾經聽說過。」

「這或許可以解釋為人類的自我防禦本能，所以，我想要利用這種本能，人為地創造出這種狀況。這就是這一年來，我持續進行的研究。」

智彥站了起來，把放在旁邊的一疊紙遞到我面前。那是裝訂在一起的報告紙。

我看著報告內容，不，說我看報告內容並不正確，報告上所有的內容都讓我受到了很大的震撼。

「正如報告上所寫的，只要一個想像就可以成為誘導。」智彥說：「記錄當事人在想像時腦部機能的模式，然後植入記憶區，基本上，這樣就完成了。」

「之後就會自動在意識閾中進行處理……是不是這樣？」

「當事人會在無意識中改變記憶，彌補記憶的偏差，成為最合乎邏輯的方式。因為會不斷改變記憶，所以我命名為骨牌效果。」

「太驚訝了，」我抬起頭，「太厲害了。」

「我只是運氣好。」智彥說。

我再度低頭看著報告，骨牌效果的發現和第一次應用報告——

我認為並不是他運氣好，即使我遇到相同的狀況，應該也無法發現。三輪智彥是天才。

「我終於知道百迪科技選擇你的理由了，」我說：「這是理所當然的選擇。」

「很高興你這麼說。」

「我是實話實說。」我把報告放在旁邊的儀器上，我覺得身體很沉重，挫敗感帶走了我全身的力氣。

「崇史，」智彥問我：「你想不想實驗一下骨牌效果？」

我看著智彥，不知道他想要說什麼。

「由我……來當實驗對象。」

「你在說什麼啊。」

「我並沒有在開玩笑。」智彥的臉上充滿了緊迫的表情，「我想要改變，改變記憶。」

「智彥。」

「所以我才會向你說明這些裝置。」他拿下眼鏡，放在旁邊的架子上，「我想忘記麻由子的事，我希望自己覺得她一開始就不是我的女朋友，否則，往後的日子很難過。」

「原來是這樣……」

「崇史，拜託你，就當是幫助我。」

這的確是理想的解決方法，如果消除關於麻由子的記憶可以幫助他，這樣也未必不好。

「不需要徵求麻由子的意見嗎？」

「我希望在完成之後，由你向她說明，因為我無法向她說明。」

「但是……」

「拜託你了。」智彥露出懇求的眼神說，「記憶有時候會束縛一個人，如今，記憶造成了我的痛苦，所以我想消除這些記憶。」

他向我鞠躬，雙手合十拜託道。

「別這樣，」我說：「別對我這樣。」

「所以你願意幫我嗎？」

我按著眼角思考片刻。雖然我腦海中浮現遇到這種情況時可以說的話，像是拋棄記憶太卑鄙，或是不要逃避現實，但我都不想說。原來這個世界上有太多缺乏誠意的話。

「好，那就試試吧。」左思右想後，我終於表示同意，「但我能進行嗎？」

「可以啊，比打遊戲更簡單。」

智彥把手寫的操作手冊拿給我，向我說明了操作步驟。的確不難，重要的是時機。

說明完畢後，智彥設置好各個儀器，坐在中央實驗對象使用的椅子上。首先用腰間的皮帶固定身體，把名為頭腦網、上面連著電極的網罩戴在頭上，然後把頭部也用皮帶固定在椅背上。

「可以了。」他向我示意。

我打開第一個開關，一個巨大的圓筒形頭罩從上方降落，一直覆蓋到智彥的胸口。頭腦網可以感應腦部的活動，頭罩是利用磁力加以控制，同時，這個頭罩還可以隔絕外界的電磁波。
「先檢查一下。」我檢查了各個儀器是否能夠發揮正常功能，似乎都沒有問題，我說：「檢查完畢，沒有異狀。」
「那就開始吧。」智彥說。
「你要選擇什麼記憶作為誘導？」
「我想想，」智彥想了一下後說：「用第一次向你介紹麻由子的記憶，沒問題吧？」
「可以啊，」我簡單回答，「那就開始囉。」
「嗯。」
我首先測試了腦部發出的信號，四台電腦的螢幕上，分別出現了不同的3D曲線圖。
「第一個問題。」我按照操作手冊發問，「這裡是哪裡？」
「……咖啡店，新宿的咖啡店，但我忘了店名。」智彥在頭罩內回答。
電腦螢幕上並沒有出現太大的變化，我繼續發問。
「第二個問題，這是什麼時候發生的？」
「一年前，進入MAC整整一年的春天，是三月的時候。」
「第三個問題，你在那裡做什麼？」
「和崇史……和敦賀崇史見面。」
「第四個問題，為什麼見面？」
「介紹朋友給他認識，要把津野麻由子介紹給敦賀崇史……」

四個電腦螢幕都出現了巨大的變化，其中一個圖形失去了立體性，變成了平面圖形，然後出現了「ERROR」的文字。

「智彥，出現錯誤。」我說。

我可以聽到智彥嘆氣的聲音，「再從頭開始。」

「好。」我再度重新設定。

智彥說的「朋友」兩個字應該是出現錯誤的原因，他無法順利想像以朋友的身分介紹麻由子的情況。

第二次發問時，也在回答同一個問題時出現了錯誤。因為這個部分不符合事實，所以也是無可奈何的事。

「真不順利。」智彥說，他似乎很煩躁。

「要不要休息一下？」

「不，繼續下去——崇史，我問你。」

「什麼？」

「男人和女人真的可以當朋友嗎？」

我忍不住一驚，看著智彥。他戴著頭罩，所以看不到他的臉。

原來他卡在這裡，所以無法順利想像。我恍然大悟。

「你認為呢？」他再度問道。

這個問題很難回答，老實說，我也不知道答案。自古以來，就有很多人討論這個問題。
我隨即想到，目前並不需要解決這個疑問，只要消除智彥的猶豫。
「即使愛上對方，也可以繼續當朋友啊。」我說。
「什麼意思？」
「只要隱藏自己的感情，就不會有超越朋友的關係，至少在形式上是這樣。」
「原來是這樣……」智彥右手的手指咚咚咚地敲著椅子的扶手，「只要我不向她表白，我們就還是朋友，至少表面上是這樣。」
「也可以用這種方式思考。」
「好，我知道了，這樣應該可以順利想像了，再從頭開始。」
我決定按照智彥的指示，重複實驗步驟，首先將電腦的數值都設定在初始值。
我有一種胸口被勒緊般的不舒服感覺。隱藏自己的感情，繼續當朋友？這原本是我應該做的事。如果一年前我這麼做，就不會有眼前的狀況。
我自己做不到，但為了解決目前的狀況，卻要求智彥做相同的事，儘管我比任何人更清楚，那是多麼大的痛苦。
「第一個問題，那是在哪裡？」
但是，我並沒有提出停止實驗。
第三次實驗時，智彥終於成功地創造出成為篡改基因誘導的想像，電腦也順利記憶了他當時的思考，只要再植入他的記憶中樞，並讓這個想像固定在記憶中就完成了。

「我想問你一個問題，」我說：「在進行這個實驗後，你遇到的第一個記憶矛盾，就是自己在這裡幹什麼，這個問題該怎麼處理？」

「喔，原來是這個問題。」聽他的語氣，似乎早就料到了。「完成之後，會陷入輕微的記憶喪失狀態，然後才會逐漸掌握事態，篡改為最具整合性的記憶。至於是怎樣的記憶，我也無法預測，所以，你到時候只要配合我一下就好。」

我覺得簡直就像在賭博。

「麻由子怎麼辦？她還不知道你改變了記憶這件事。」

「晚一點由你告訴她。」

「但是——」

「有一件事，」智彥打斷了我的話，「要請你幫忙。我的上衣不是掛在那裡的椅子上嗎？」

「對。」

那是一件很有質感的深藍色西裝外套。

「內側口袋裡有一個相片夾。」

我拿了出來，那是一個又薄又小的相片夾，裡面放著麻由子的獨照。她穿著黑色T恤和牛仔上衣，戴著紅色耳環。

「那是我們去迪士尼樂園時拍的，也是我最喜歡的照片。」

「要送給我嗎？」

「希望你收下，可以嗎？」

這個要求令人痛苦。只要看到這張照片，我的內心就無法平靜，但這也許是智彥無力的復仇。

「好，那我就收下。」

「這個相片夾有點舊了，請你去換一個新的。」

智彥的確是一個細心的人。「好。」我回答說。

「好，那就繼續吧。」智彥說：「你知道方法了，對嗎？」

「對，沒問題。」我只要按幾個電腦的按鍵就好，儀器會處理接下來的一切。

「好，那就開始吧。」

「智彥……真的要這麼做嗎？」

「是啊，」他靜靜地說：「真的要做。」

「那好。」

「嗯，開始吧。」

我閉上眼睛，用力深呼吸。然後張開眼，敲打著鍵盤。

四個電腦螢幕同時動了起來。

成為誘導的想像需要一分鐘左右才能植入記憶中樞，我不知道是要花一分鐘，還是一分鐘後就可以完成，決定用這一分鐘端詳智彥給我的照片。照片中的麻由子的確很美，渾身散發出光芒。

我不認為自己在做對的事，也覺得自己很卑鄙，但除此以外，還有什麼解決方法？理想論和冠冕堂皇的話無法解決任何問題。

但是，親眼目睹智彥悲壯的決心，我內心漸漸產生了一個想法，我是不是也該忘記麻由子？不應該由某個人得到某樣東西，要創造一個誰都得不到任何東西的狀況。

這個主意並不壞，我開始認真思考這件事，然後搖了搖頭。我無法否認，自己感到畏縮。

智彥，你很堅強——我抬起頭嘀咕道。

就在這時，我發現了異常。四台電腦中，有兩台的螢幕出現了顯示腦部機能異常的圖像，剩下的兩個螢幕中，其中一個顯示「ERROR」。

我看著手錶，已經超過了三分鐘。我慌忙翻著操作手冊，確認出現異常時的應對方法，但上面並沒提到處理目前狀況的方法。

我打開門大叫著：「麻由子！」

麻由子坐在椅子上，似乎在想事情，眼神有點渙散。

「妳快過來，出事了。」

她停頓了一下，立刻快步衝了過來。「發生什麼事了？」

我不知道該如何說明情況，只好讓她看了實驗室內的情況。麻由子看到坐在椅子上的智彥，愣在那裡。

「他為什麼……？」

「詳細情況晚一點再說，他的腦部機能出問題了。」

麻由子看著螢幕，瞪大了眼睛，「怎麼會有這種事……」

「現在到底是什麼狀況？」

「智彥以前曾經給我看過相同的圖像，這是長眠狀態，永遠都無法從沉睡中醒來。」

「什麼……？現在該怎麼辦？」

「不知道，當時只是討論模擬的狀況。」

「那就沒辦法了……」我迅速敲打著鍵盤，操作手冊上寫了緊急停止的方法。

系統停止後，覆蓋住智彥頭部的頭罩升了起來。他閉著眼睛，臉上沒有表情。

我衝上前去，解開固定了他的頭和身體的皮帶，然後叫著他。

「智彥，智彥，你回答我。」

但是，他沒有任何反應。我搖晃著他的身體，他像人偶般無力。

「智彥，怎麼會這樣……？」

就在這個剎那，我瞭解了一切。

智彥料到會發生眼前的情況。失去女友，又被摯友背叛的他選擇了長眠。永遠的長眠，這不就是死亡嗎？即使他還在呼吸，繼續發出腦波，但根本已經死了。

我搖晃著身體，靠在身後的儀器上，智彥放在儀器上的眼鏡掉落在地上。我打量了很久，撿了起來。其中一片鏡片破了。

後悔和悲傷像海嘯般，以驚人的速度洶湧地撲了過來。

「我殺了智彥！」

喉嚨深處迸出了這個叫聲。

第十章

歸來

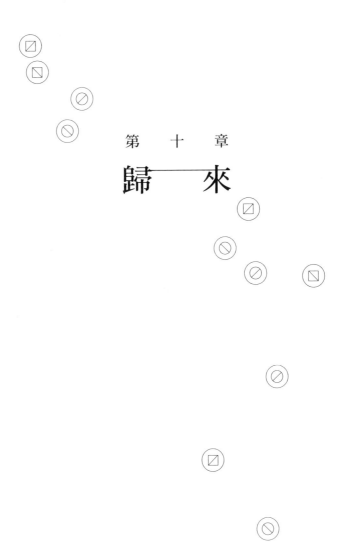

「之後就立刻把智彥送來這裡了嗎？」崇史看著床上的智彥問道。

須藤點了點頭，「沒錯，因為那已經是第二次意外，所以我們比較能夠迅速處理。」崇史立刻通知了須藤，智彥陷入了長眠狀態。須藤臉色大變地趕到後，命令崇史和麻由子，不得向任何人透露這件事。

不久後抵達的廂型車將智彥運走。那正是篠崎消失前，崇史曾經看到的那輛廂型車，於是他確信，篠崎也陷入了和智彥相同的狀態。

「那次之後，我就不知道任何詳細的情況，也完全沒有告訴我智彥在哪裡、在做什麼，是否有可能醒來。」

「因為你沒必要知道，我們反而希望你可以忘記一切，忘記記憶篡改的事，和三輪陷入長眠狀態這件事。」

「這是百迪科技的最高機密。」

聽到崇史這麼說，須藤緩緩搖著頭。

「這已經不只是百迪科技的問題了，世界各地的研究機構都積極蒐集有關篡改記憶的資訊，你知道太多，反而害了你。」

「所以你利用了麻由子。」

「只是請她提供協助，為了幫助你。」

「話都可以隨你說。」

「但是，」須藤看著崇史說：「你自己也同意了啊？如果當事人不同意，記憶篡改不可能成功。」

崇史咬緊牙關。他無法否定這一點。

當時，麻由子提出篡改他的記憶。

忘記一切，重新開始吧——

崇史接受了她的提議，因為他深陷痛苦，無法不接受。

「沒有篡改麻由子的記憶嗎？」

「原本打算篡改，但情況發生了變化。」

「什麼意思？」

「說來話長，」須藤站在篠崎躺著的床邊，「你似乎也在某種程度上察覺到這件事。去年秋天，我們面臨了第一個考驗，那就是篠崎陷入了昏睡。雖然一切順利，但在某個時期之後，他的記憶出現了混亂，最後失去了意識。可能是自我防禦本能發揮了作用，保護思考迴路受到記憶矛盾的影響。我和三輪想盡各種辦法，努力摸索讓篠崎的腦部恢復原狀的方法。我認為首先必須找到引發長眠狀態的條件，只要瞭解這個條件，就可以想出解決方法。但問題沒這麼簡單，因為我們發現，引發長眠狀態的條件並非單一，而是許多偶然的結合，或者說，必須是許多不幸同時發生，才會引發長眠狀態。真是太諷刺了，從這個角度來說，篠崎的運氣實在太差了。」

「但智彥不是也陷入了相同的狀態嗎？」崇史指著沉睡的智彥說。

「沒錯，也就是說，他發現了長眠的條件，然後用自己的身體證明了這個條件。」

「同時達到自殺的目的嗎？」

「這就不知道了。既然你這麼說，也許是這樣，對我們來說，最重要的就是重現了長眠狀態。於是，我調查了三輪的研究紀錄，奇怪的是，有關長眠的紀錄資料全都刪除了。我們去他家徹底翻找，也沒有找到。」

「難怪智彥家裡那麼亂……」

崇史回想起房間內亂成一團的樣子。磁碟片、錄影帶、ＭＤ，所有的記憶體都被帶走了。

「不可能沒有，一定放在某個地方，至少在最後一次實驗時，他需要這些資料，於是我在想，他是不是在最後那次實驗之前，把相關資料交給了誰。」

交給了誰？只有一個人。

「我嗎？」

「這是唯一的可能，但那時已經太晚了。」

「我的記憶已經遭到了篡改。」

須藤點了點頭。

「那時候剛篡改你的記憶，把篡改的記憶恢復原狀的技術還有很多未完成的部分，如果勉強進行，可能會引發造成第三名受害者的危險，最後，我們只剩下一條路可走，就是再度靠自己的雙手，發現三輪找到的長眠狀態的條件，拯救陷入沉睡的他們兩個人。雖然完全沒有公開，但這是百迪科技今年最大的研究課題。」

「難怪刪減了其他計畫的預算。」崇史回想起桐山景子告訴他的事說道。

「總之，我們卯足了全力，日以繼夜地進行許多實驗、分析數據，你也參與了這項作業。」

「我也參與了嗎？」崇史驚訝不已，但立刻想到了。「使用黑猩猩烏皮做的實驗也是……」

「那也是記憶篡改技術的一個環節，讓你參加研究有兩個原因，首先需要你在實境工學方面的才華，另一個原因，當然就是隨時監視記憶遭到篡改的你。」

「原來是這樣……」

崇史覺得所有的一切都有了合理的解釋。他之前搞不清楚研究的方向，是因為他並不知道真正的目的。

「麻由子和我一起生活，也是為了監視我嗎？」

「幸好她的記憶還沒有遭到篡改，但你不要誤會，是她主動希望陪在你身旁。」

「但她監視我的行動也是事實。」

「你最好不要這麼說，因為她也很痛苦。」

崇史的腦海中浮現出幾個象徵和麻由子共同生活的場景，但他決定現在不思考這些。

「……結果，不久之後，我開始恢復記憶。」

「從津野口中得知這個消息時，我震驚不已，因為之前完全沒有想到記憶會自然恢復。篡改記憶的技術在各方面還不成熟，但這絕對是拯救陷入沉睡的他們很大的機會。從那天開始，我們監視你所有的行動，對我們來說，最重要的就是你什麼時候想起三輪交給你的資料。」

「我搞不懂，」崇史說完，搖了搖頭，「根本不必這麼麻煩，只要告訴我真相，也許可以成為喚醒記憶的契機。」

「如果能夠這麼做，我們也不必這麼辛苦了。但我剛才也說了，當實驗對象深信自己擁有的記憶是真實的，如果用強硬的方式讓他意識到記憶的偏差，是極其危險的行為。篠崎也是因為這個原因，才會變成現在這樣。」

崇史回想起篠崎在派對上的混亂，那果然是凶兆。崇史又想起自己回老家時，想起智彥最後的樣子後，就連續昏睡了數十個小時這件事。原來那也是一種徵兆。

「所以，必須讓你自然恢復記憶，不是由第三者告訴你，而是靠自己發現記憶的矛盾，回想起正確的往事。你瞭解嗎？任何人都不可以告訴你真相。」

「所以麻由子也消失了，還有你、智彥的父母也都消失不見了。」

「就是這樣，但其實發生了讓我們嚇出一身冷汗的狀況，尤其沒有想到你會和直井雅美接觸。」

「必須向她說明真相。」

「你不必擔心，我們會處理。」須藤走向崇史，然後把手放在他肩上，「以上就是事實真相，其他的都不需要再說了吧？因為你已經全都想起來了。告訴我，三輪最後把資料交給了你嗎？」

崇史推開了須藤放在他肩上的手。

「對，沒錯。」

「在哪裡？」

「我帶你們去。」

「你只要告訴我，我們可以去拿。」

「我說要自己去拿。」崇史瞪著須藤的臉說。

須藤聳了聳肩。

「好啊，那就請你帶路。」

崇史坐著須藤開的車，回到了自己的租屋處。兩個陌生男人坐在後車座，但崇史認識其中一個人。之前去智彥家時，就是這個男人從對面的房子監視。

一回到家，崇史立刻走去臥室，拿起放在書桌上的東西。

那是麻由子的照片，是智彥送給他的。

崇史打開相片夾，看到了摺起的紙和一張像是卡片的東西。卡片是微型光碟。如果當初聽智彥的話，更換相片夾，應該早就發現了。

「這應該就是你們要找的東西。」崇史把光碟交給了須藤。

「沒想到藏在這種地方，」須藤撇著嘴角，「那張紙呢？」

「那應該是寫給我的信，你該不會要我把這個也給你吧？」

須藤微微偏著頭，向另外兩個人使了一個眼色，那兩個人轉身走了出去。

「辛苦了，我會聯絡你。」須藤說完，也消失在門外。

當只剩下崇史一個人時，他坐在床上，看著智彥寫給他的信。看著看著，眼睛深處發熱，他終於忍不住流下了熱淚。淚水模糊了信紙，但他看了一次又一次。

「從去年秋天開始，我為了兩件事煩惱不已。首先是篠崎的事，其次是麻由子的事。我覺得很對不起篠崎，我太投入研究，完全沒有顧及安全性的問題，因此奪走了他寶貴的未來。我認為即使犧牲自我，也有義務要拯救他。

至於麻由子，我一直告訴自己要趕快放棄她，因為我之前就發現，她更喜歡你，但無論如何都放不下她。我這輩子再也無法遇到像她那樣的女人，即使能夠遇到，對方也不可能像她那樣喜歡我。

這幾個月來，這兩個煩惱始終困擾著我，最後，我終於想到了可以同時解決這兩個煩惱的方法。我要成為實驗對象，重現篠崎的意外。須藤先生和其他人一定能夠參考這個結果，開發出拯救篠崎的方法。在我陷入沉睡的這段期間，你可以和麻由子在一起。根據我的計算，我的記憶會遭到篡改，當我醒來時，一定可以衷心祝福你們。

我在意的是你的想法，我想要確認你對麻由子的感情，所以故意說了一些讓你不舒服的話，我要為這件事向你道歉，但當我得知你真心愛她時，我感到放心了。希望你代替我帶給她幸福。

我很希望只要慎重使用篡改記憶的系統，就不會發生意外，你們是否也願意改變這一年的記憶？如此一來，我們就能夠像以前一樣繼續當朋友。

因為即使改變了這一年，也不會影響我們的友情。

當我醒來時再見面，先暫時向你說再見。」

崇史內心湧起窒息般的感動和自責。智彥以為自己陷入沉睡後，崇史會立刻看到這封信。他在極限狀態下，在最後關頭，仍然想要維持和崇史之間的友情，甚至希望崇史也改變記憶。

相較之下，我呢？崇史咒罵著自己，為了逃避悲傷和痛苦，選擇了篡改記憶——

聽到動靜，崇史抬起頭。麻由子站在臥室門口。

兩個人相互凝視。崇史有很多話想說，也有很多事想問，卻什麼都說不出來，但他把手上的信遞給她。

她默默接過信看了起來，崇史發現她的眼睛越來越紅。

「我……太懦弱了。」崇史終於說出這句話。

麻由子站在他面前，握住了他的手。

「你當時也這麼說。」

淚水順著她的臉頰流了下來，落在崇史的手上。

心靈的螢幕上出現了記憶中的最後一幕。

LAST SCENE

進入實驗室後，我仍然無法下定決心。

是否可以用忘記來解決經歷了不愉快、悲傷和痛苦造成的心痛？每個人不是應該一輩子帶著這些傷痛活下去嗎？

我背叛了摯友，搶走了他的女友，把他逼入形同自殺的狀態。我想要忘記這個事實，想要當作從來沒發生過。這種行為是不是太卑劣了？

我記住這些事，又有什麼好處呢？

我放棄了和麻由子在一起，既然智彥已經變成那樣，我不可能再和她毫無牽掛地交往，我猜想她也有同感。

到頭來，我們什麼都沒得到，只是白白失去了摯友。

我開始覺得，不想捨棄記憶，或許只是一種自我滿足。

自從麻由子提議篡改記憶之後，我一直在思考這些事，卻始終在原地打轉，遲遲沒有結論。

她說希望可以篡改記憶，她想要一切從零重新開始。

我猶豫再三，最後終於同意了，所以今天來到這裡。我和麻由子，還有百迪科技的技術人員都在場。

「不好意思，可不可以讓我們獨處一下？」我對百迪科技的技術人員說，他輕輕點了點頭，走去了隔壁房間。

「你還在猶豫嗎？」

「我不認為這是正確的做法。」

「對什麼而言不正確？」

「不知道，可能是對自己吧？」

麻由子搖了搖頭，「根本沒有什麼自己，只有自己曾經存在的記憶，大家都被這些記憶束縛了，你我也一樣。」

「所以，改變記憶就是改變自己。」

「我希望你改變自己，我也會改變。」麻由子注視著我的眼睛，似乎在訴諸我的內心。

我將目光從她身上移開，看著實驗對象坐的椅子。有那麼一剎那，我以為智彥坐在那裡。

「只要坐在那裡就好嗎？」

「對，身體放輕鬆。」

當我坐下後，麻由子繫好固定的皮帶，把網罩戴在我頭上。

「我最後還想問一件事。」

「什麼事？」

「當時，妳是不是也在對面的電車上看我。」

麻由子緩緩眨了一下眼睛。
「我在看你啊。」
「我就知道……」我吐了一口氣，「我想問清楚這件事。」
「那我把頭罩放下來囉。」
「等一下。」我舉起一隻手制止。
「怎麼了？」麻由子擔心地問。
我看著她，然後對她說：
「我是個懦弱的人。」
她垂下雙眼，沉默片刻。當她抬起頭時，睫毛都溼了。
「我也是。」
麻由子把頭罩放了下來。
我的視野一片漆黑。

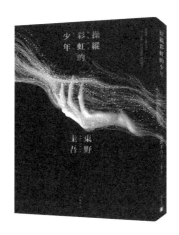

以前，我死去的家

其實……我們都死過了……只是因為不想看到躺在那裡的自己的屍體，所以假裝沒有發現而已。

東野圭吾「才能的沸點」！日本暢銷突破 85 萬冊！一開始讓人不安，沒想到最後這麼感動！你絕對不能錯過的一本東野圭吾！

七年前，沙也加跟我分手。如今，她突然與我聯絡，希望我陪她去一個地方。她的爸爸不久前病逝，她從遺物中找到一把鑰匙和一張地圖。

沙也加告訴我，她沒有任何關於童年的記憶，即使翻看舊相簿也全無印象。照片裡的小女孩總是不笑，一臉嚴肅地盯著鏡頭。

沙也加堅信，這份地圖的目的地，一定藏著她失落的記憶。於是，我們便來到了這幢無人居住的小屋。

然而，才進入小屋之後沒多久，我們就開始後悔了。

房子裡所有的時鐘，為什麼都停在 11 點 10 分……那一年、那一天的 11 點 10 分，這裡，到底發生了什麼事？沙也加露出我從沒看過的表情，既茫然又恐懼……

同級生

彌漫在校園裡的惡意，才是最致命的！

暢銷突破 70 萬冊！

東野圭吾繼《放學後》最經典的校園推理代表作！

修文高中三年級的宮前由希子死了。

西原莊一是由希子的同學，突然得知這個噩耗，幾乎無法接受。所有老師口徑一致，都說由希子是因為車禍而死，但卻極力隱瞞事故的細節。

奇怪的謠言開始在校園裡流傳……有人說由希子懷有身孕，發生車禍那天就是去婦產科看診，要回家的路上被貨車撞死；有人說莊一之前跟由希子過從甚密，並非只是單純的同學關係而已。

莊一試圖釐清真相，卻在此時，一名老師被人發現被勒死在教室裡。而警方從現場蒐集的種種證據在在顯示，西原莊一就是兇手……

謎
人
俱
樂
部

歡迎加入**謎人俱樂部**！為了感謝您對皇冠出版的推理、驚悚小說的支持，我們特別規劃推出讀者回饋活動，您只要按照規定數量蒐集每本書書封後摺口上的印花（影印無效），貼在書內所附的專用兌換回函卡上，並詳填個人資料後寄回，便可免費兌換謎人俱樂部的專屬贈品！詳細辦法請參見詳細辦法請參見【謎人俱樂部】活動官網。

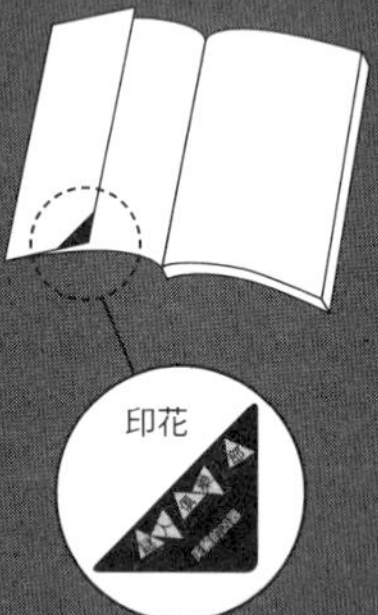

【謎人俱樂部】臉書粉絲團
www.facebook.com/mimibearclub

☐集滿4個印花贈品（二款任選其一）：

A：【推理謎】LOGO皮質燙銀典藏書套一個
（黑色，25開本適用，限量1000個）

B：【推理謎】吉祥物『獨角獸』圖案皮質燙金典藏書套一個
（咖啡色，25開本適用，限量1000個）

☐集滿8個印花贈品（二款任選其一）：

C：【推理謎】LOGO皮質燙金證件名片夾一個
（紅色，11.5cm x 8.6cm，限量500個）

D：【推理謎】吉祥物『獨角獸』圖案環保購物袋一個
（米色，不織布材質，41.5cm x 38.6cm，限量1000個）

☐集滿12個印花贈品（三款任選其一）：

E：【推理謎】LOGO不鏽鋼繩鑰匙圈一個
（限量500個）

F：【推理謎】吉祥物『獨角獸』圖案馬克杯一個
（白色，320cc容量，限量500個）

謎人俱樂部會不定期推出最新限量贈品提供兌換，請密切注意活動官網和粉絲專頁。

?

【注意事項】
◎本活動僅限台灣地區讀者參加。
◎贈品兌換期限自即日起至2021年12月31日止（以郵戳為憑）。
◎贈品圖片僅供參考，所有贈品應以實物為準。
◎所有贈品數量有限，送完為止。如讀者欲兌換的贈品已送完，皇冠文化集團有權直接改換其他贈品，不另徵求同意和通知。贈品存量將定期在【謎人俱樂部】活動官網上公佈，請讀者在兌換前先行查閱或直接致電：（02）27168888分機114、303讀者服務部確認。
◎皇冠文化集團保留修改或取消謎人俱樂部活動辦法的權利。辦法如有更動，將隨時在【謎人俱樂部】活動官網上公佈。

國家圖書館出版品預行編目資料

平行世界的愛情故事 / 東野圭吾著；王蘊潔譯. --
初版. -- 臺北市：皇冠, 2016.08　面；公分. -- (皇
冠叢書；第4568種)(東野圭吾作品集；24)

譯自：パラレルワールド・ラブストーリー
ISBN 978-957-33-3253-4(平裝)

861.57　　105011968

皇冠叢書第4568種
東野圭吾作品集24

平行世界的愛情故事

パラレルワールド・ラブストーリー

作　者—東野圭吾
譯　者—王蘊潔
發 行 人—平雲
出版發行—皇冠文化出版有限公司
台北市敦化北路120巷50號
電話◎02-27168888
郵撥帳號◎15261516號
皇冠出版社(香港)有限公司
香港銅鑼灣道180號百樂商業中心
19字樓1903室
電話◎2529-1778　傳真◎2527-0904
總 編 輯—許婷婷
美術設計—王瓊瑤
著作完成日期—1998年
初版一刷日期—2016年8月
初版十一刷日期—2021年5月
法律顧問—王惠光律師

如有破損或裝訂錯誤，請寄回本社更換
讀者服務傳真專線◎02-27150507
電腦編號◎527021
ISBN◎978-957-33-3253-4
Printed in Taiwan
本書定價◎新台幣350元/港幣117元

謎人俱樂部贈品兌換卡

我要選擇以下贈品（須符合印花數量）：☐A ☐B ☐C ☐D ☐E ☐F

1	2	3	4
5	6	7	8
9	10	11	12

【個人資料蒐集、利用及處理同意條款】

您所填寫的個人資料，依個人資料保護法之規定，皇冠文化集團將對您的個人資料予以保密，並採取必要之安全措施以免資料外洩。您對於您的個人資料可隨時查詢、補充、更正，並得要求將您的個人資料刪除或停止使用。

本人同意皇冠文化集團得使用以下本人之個人資料建立該集團旗下各事業單位之讀者資料庫，做為寄送出版或活動相關資訊、相關廣告，以及與本人連繫之用。本人並同意皇冠文化集團可依據本人之個人資料做成讀者統計資料，在不涉及揭露本人之個人資料下，皇冠文化集團可就該統計資料進行合法地使用以及公布。

☐同意　☐不同意

我的基本資料

姓名：＿＿＿＿＿＿＿＿

出生：＿＿＿＿年＿＿＿＿月＿＿＿＿日　性別：☐男 ☐女

職業：☐學生 ☐軍公教 ☐工 ☐商 ☐服務業

☐家管 ☐自由業 ☐其他＿＿＿＿＿＿＿＿

地址：☐☐☐☐☐＿＿＿＿＿＿＿＿

電話：（家）＿＿＿＿＿＿＿＿（公司）＿＿＿＿＿＿＿＿

手機：＿＿＿＿＿＿＿＿

e-mail：＿＿＿＿＿＿＿＿

我對【東野圭吾作品集】系列的建議：

寄件人：

地址：□□□□□

北區郵政管理局登
記證北台字1648號
免 貼 郵 票

〔限國內讀者使用〕

10547

台北市敦化北路120巷50號

皇冠文化出版有限公司　收